Aus Freude am Lesen

Ein junges Mädchen aus St. Petersburg entdeckt im finnischen Exil ein im Wald verstecktes geheimnisvolles Haus, und seine Fantasie explodiert. Der lebenssatte Bonvivant Hugo trauert im Paris der letzten Vorkriegstage um eine Kultur, die er für immer verloren glaubt. Ein reicher jüdischer Geschäftsmann wird in der Provinz unerwartet mit seiner ärmlichen Abstammung konfrontiert.
Irène Némirovsky schrieb und veröffentlichte ab 1930 bis zu ihrem Tod zahlreiche Erzählungen. In ihnen sind die Lebensthemen dieser großen französischen Autorin meisterhaft angelegt: ihre jüdische Herkunft, das pulsierende Paris zwischen den Weltkriegen, die behäbig-bigotte Provinz, die satte französische Bourgeoisie, die Brüchigkeit der bürgerlichen Existenz.

IRÈNE NÉMIROVSKY, wurde 1903 als Tochter eines jüdischen Bankiers in Kiew geboren. Nach der Oktoberrevolution ging die Familie nach Paris; dort avancierte Irène Némirovsky zum Star der Literaturszene. Nach dem Einmarsch der Deutschen floh sie in den Süden, wurde verhaftet und starb in Auschwitz. Ihr Werk wurde erst 60 Jahre später durch einen Zufall wiederentdeckt.

IRÈNE NÉMIROVSKY BEI BTB
David Golder. Roman (73509) · Der Ball (73578) · Der Fall Kurilow. Roman (73614) · Suite française. Roman (73644) · Jesabel. Roman (73778) · Die Hunde und die Wölfe. Roman (73930) · Leidenschaft. Roman (74242) · Die Familie Hardelot. Roman (74495)

Irène Némirovsky
Meisterzählungen

*Aus dem Französischen
von Eva Moldenhauer*

btb

Die in diesem Band veröffentlichten Erzählungen stammen aus einer im Jahr 2000 bei Éditions Stock, Paris, erschienenen Sammlung.

Verlagsgruppe Random House FSC® N001967
Das für dieses Buch verwendete FSC®-zertifizierte
Papier *Lux Cream* liefert Stora Enso, Finnland.

1. Auflage
Genehmigte Taschenbuchausgabe Dezember 2013,
btb Verlag in der Verlagsgruppe Random House GmbH, München
Copyright © 2000 by Éditions Stock, Paris
Copyright © der Erzählung »Rausch«:
Erstausgabe 1934 by Éditions Gallimard, Paris, Neuausgabe
Édition Denoël
Copyright © der deutschsprachigen Ausgabe 2011 by
Albrecht Knaus Verlag in der Verlagsgruppe Random House
GmbH, München
Umschlaggestaltung: semper smile, München,
Umschlagfoto: (c) Getty Images / Fred van Schagen
Druck und Einband: CPI – Clausen & Bosse, Leck
MK · Herstellung: sc
Printed in Germany
ISBN 978-3-442-74690-3

www.btb-verlag.de
www.facebook.com/btbverlag
Besuchen Sie auch unseren LiteraturBlog www.transatlantik.de

Inhalt

Rausch 7

Sonntag 50

Aino 74

Ein ehrbarer Mann 91

Die Vertraute 117

Brüderlichkeit 141

Der Zuschauer 158

Der Unbekannte 179

Monsieur Rose 200

Bibliographische Angaben 224

Rausch

Finnland in unruhigen Zeiten. Kurze Sommer, harte Winter. Nur zur Mittagsstunde dringt ein roter Strahl durch die Wolken, läßt den Schnee erglühen, funkelt und erlischt. Unmittelbar danach bricht die Dämmerung herein; alles schweigt still, verkriecht sich in den Häusern unter der Lampe und schläft bald ein. Die wenigen Schlitten gleiten lautlos dahin. Manchmal hört man im Abendnebel, im Schnee, ferne Glöckchen klingen. Dann herrscht Stille, tiefe Stille.

Es schneit. Die Schlitten bringen Baumstämme in die Stadt, die in den benachbarten Wäldern gefällt wurden. Der süße Geruch des Holzes verbreitet sich in der Luft, der Saft sickert noch aus der frischen Schnittfläche. Der Atem der Pferde und der der Menschen, die unter den schneebedeckten Planen eingeschlafen sind, vermischen sich und steigen dampfend nach oben. Die Seen frieren zu. Ein Eispanzer bedeckt die Bäche, die Teiche, die Bucht vor der Stadt. Man wandert, und während vieler Meilen sieht man nur makellose Schneefelder und plötzlich, am Horizont, ein baufälliges altes Haus, von Eis und Wind niedergedrückt. Die Wälder sind dunkel und ohne Vögel. Auf dem Boden gibt es Spuren von Tieren, die man aber nicht bemerkt; man hört weder menschliche Stimmen noch das Geräusch von Schritten.

Vor fünfzehn Jahren gerieten die Nachbarländer in Aufruhr, und das friedliche Finnland wehrte sich seinerseits. Doch an einem kalten Wintertag scheint alles düster und ruhig zu sein.

Zwei Bauern gehen von Dorf zu Dorf in Richtung Norden, machen in jeder vereisten kleinen Station unter dem hölzernen Unterstand halt und bekleben die Wände mit den roten Plakaten, auf die in Schwarz ein Hammer und eine Sichel gezeichnet sind: Aufrufe zur Plünderung. Der rauhe Wind zerreißt das Papier, dessen Fetzen durch die Luft fliegen. Die Bauern haben ihre Laternen auf die Erde gestellt, und der Wind läßt durch die dünne Glaswand hindurch die Flamme flackern. Schlösser werden in Brand gesteckt; in den Parks fallen die blinden, zerschlagenen Statuen um; ein in den See geworfenes Klavier bricht durch das Eis und versinkt langsam im Wasser. Die Weinkeller werden geplündert, aber sie waren schon seit langem halb leer.

»In der Stadt«, sagen die Bauern neidvoll, »werden sie mehr finden!« Dann erlöschen die Flammen, die Asche verstreut sich; durch die klaffenden Fenster bläst der Wind. Welke Blätter bedecken einen zerbrochenen, auf die Wiese geworfenen alten Spiegel. Mit spitzen Schreien ziehen die Wildgänse über den Himmel. Es schneit; die Flocken sind leicht, und der Wind verweht sie mühelos. Auf dem Acker liegt die Leiche eines Soldaten, friedlich, mit geschlossenen Augen. Krächzend sind die Raben davongeflogen. Später wird die Leiche tief im dicken Schnee versinken, und im Frühling werden die zitternden Gräser, der Wildhafer, die Blumen sie bedecken.

In der Stadt ist alles ruhig. Der Winter läßt die Bewohner erstarren. Die rote Fahne wird auf den Dächern der ehemaligen Staatsgebäude gehißt, die ebenfalls rot sind, von der Farbe getrockneten Bluts – schwärzlichen, verdorbenen Bluts. Die Reichsadler werden heruntergerissen. Die Soldaten der Miliz machen ihre Runde. Aber das Leben fließt ebenso trübsinnig und gemächlich dahin wie früher. Doch in einigen Häusern – friedlichen, bürgerlichen, nach deutscher Art möblierten kleinen Wohnungen mit einer Grünpflanze auf dem Lacktischchen zwischen dem Klavier und dem Kanarienvogelkäfig – bleiben Männer den ganzen Tag in dunklen Zimmern versteckt, bei geschlossenen Fenstern, und wenn zu jeder Stunde die Schritte der Milizen auf der gefrorenen Erde ertönen, dann verharren sie still, schließen die Augen, neigen den Hals wie in der Falle gefangene Tiere und betrachten in ihrem Herzen verzweifelt – zum letzten Mal, so meinen sie – ein Bild. Jeder hat sein eigenes, aber sie alle ähneln einander mehr, als sie glauben. Diese Männer sind die Offiziere der russischen Regimenter, die, nach Finnland geflüchtet, zwischen zwei Revolutionen, zwischen zwei Fronten geraten sind und die aufständischen Soldaten fürchten. Die Milizsoldaten schließen die Augen, geben vor, die täglich wiederholten Mordbefehle zu vergessen. Die Offiziere sind finnischer Herkunft, haben jedoch ihr ganzes Leben in der Fremde verbracht; die Milizsoldaten hassen sie nicht, empfinden ihnen gegenüber nur nachsichtige Verachtung. Die Monate verstreichen.

Es ist Abend, und es schneit; die blendenden, monotonen weißen Flocken zeichnen am Himmel feine Striche, bilden eine dunkle, stille Masse. Der Drehorgelspieler läuft schneller; der Gurt schneidet in seine gekrümmte Schulter; der Affe versteckt sich unter einem Zipfel der alten Pelerine.

Professor Krohn, der am Gymnasium Mathematik unterrichtet, geht nach Hause. Er ist ein großer, dicker Mann mit nach hinten gezogenen Schultern, das Gesicht ist mit einem wallenden blonden Bart geschmückt, und seine blassen Augen hinter dem Lorgnon sind weit aufgerissen. Er trägt schon am frühen Morgen einen Gehrock, ist zufrieden mit sich und dem Leben. Er hat seine Aktentasche voller Schularbeiten unter den Arm geklemmt. Vor seiner Haustür begegnet er den Cousinen seiner Frau, den beiden Fräulein Illmanen, die im selben Haus über seiner Wohnung leben. Christine und Minna Illmanen sind zwei hoch aufgeschossene, magere Geschöpfe, blaß, zart, engelsgleich, mit linnenen Stirnbändern, schwarzen Kapotthüten und Mänteln mit dreifachem Kragen; sie sind so groß, daß sie den Kopf einziehen müssen, um durch die Tür zu gehen, und so mager und durchscheinend, daß sie eher Schatten zu sein scheinen als lebendige Frauen. Sie sind in Schals, Wollsachen, übereinandergerollte Busentücher eingepackt, die ihre flachen Brüste nur schwach polstern. Sie grüßen Professor Krohn mit einem geflüsterten, kaum vernehmbaren »Guten Tag« und gehen weiter. Die Abendglocken läuten; ihr gedämpftes Bimmeln verliert sich im Schnee. Wieder einmal denkt Professor Krohn unwillkürlich: ›Schöne junge Mädchen, früher einmal, und was ist aus ihnen geworden? Eine zarte Gesundheit ...‹

Sie sprechen wenig und erröten, sobald sie den Klang ihrer eigenen Stimme hören. Die Jüngere, Minna, hält sich noch gerade, während Christine allmählich krumm wird; ihre Brust wölbt sich nach innen, die gebrechliche Wirbelsäule biegt sich wie eine Binse. Ein undeutlicher Geruch nach Medikamenten, Jodtinktur und faden Kräutertees, die ewig bei kleinem Feuer auf dem Spirituskocher stehen, scheint hinter ihnen herzuschweben. Ihre Jugend ist vorüber; ihre schönsten Jahre sind in einer geschlossenen Wohnung verflossen, geschützt vor dem Leben, das fern von ihnen dahineilt, nicht durch die Doppelfenster dringt, die fest verriegelt sind, sobald der Winter kommt.

Es schneit immer heftiger. In den protestantischen Kirchen, in einem kahlen, mit Karbidlampen grell erleuchteten kleinen Raum, singen alte Damen mit ihren zahnlosen Mündern die Psalmen des Herrn, und auf ihren Hüten zittern im Takt die künstlichen Trauben aus Gagat.

In jedem Fenster werden hinter den Plüschvorhängen die Lampen angezündet. Eine alte Petroleumlampe brennt auch in der Wache der Miliz, die in einem ehemaligen Palast untergebracht ist. Auf den Seidensesseln liegen schwere Stiefel, in den Porträtbildern sind die Augen ausgestochen. Jede Stunde kehren die Männer, die ihre Runde hinter sich haben, zurück, und andere stehen auf.

Hjalmar, mit dem Kolben seines Gewehrs auf den Boden stampfend, geht auf der menschenleeren Straße auf und ab. Es gibt nichts zu bewachen, wie es scheint. Die beiden Bauern kommen vorbei, ihre Laternen in der Hand und den Packen roter Plakate unter dem Arm; sie fangen an, sie auf den Lattenzaun zu kleben. Ihre schütteren Bärte, gelb und rauh wie Werg, flattern im Wind.

Später kommt auch Aino vorbei, die Frau von Professor Krohn; sie kommt aus der Kirche und preßt in ihrem Muff ihre beiden kalten Hände aneinander. Sie hastet durch diese dunkle Gasse; eine Straßenlaterne mit rötlichem Licht steckt in einem Haufen hart gewordenem Schnee, jede Schneeflocke ist von Licht durchdrungen und hebt sich als deutlicher, zarter, vollkommener Stern ab. Unwillkürlich schiebt Aino die Lippen vor, um den Geschmack nach Feuer und Eis zu spüren; sie schmelzen auf dem Mund. Hjalmar sieht Aino kommen; er pfeift melancholisch. Sie nähert sich, und in der trüben Helligkeit, die auf beide herabfällt, sieht er ihr Gesicht. Er sieht ihr blondes Haar, ihre blassen, hohlen Wangen, ihre Augen, die die Farbe von Wasser haben und einen sanften, schläfrigen Ausdruck. Als sie den Soldaten erblickt, verlangsamt sie ihren Schritt und sieht ihn ihrerseits an. Er neigt vor ihr seine hohe, mit einem Stern versehene Mütze; die weißen Zähne glänzen in dem harten, knochigen, arroganten Gesicht, das nach und nach durch ein Lächeln sanfter wird. Gegen ihren Willen sieht Aino ihn an, ohne die Augen niederzuschlagen; ein leichtes, zurückhaltendes Lächeln huscht über ihre Lippen, das lange durchsichtige Kinn bebt. Sie schweigen. Doch bei einer unbestimmten Bewegung des Soldaten in ihre Richtung weicht Aino furchtsam und erbleichend zurück. Wie konnte dieser Bauer, dieser Bärenjäger auch nur eine Sekunde stehenbleiben und ihr zulächeln? Hastig wendet sie sich ab, eilt davon, verschwindet in der Nacht. Wütend höhnt er: »Spießbürgerin, törichte, ängstliche Spießbürgerin!«

Die Stadt schläft. Nur hier und dort halten die Milizsoldaten Wache, gleichmütig, schweigend, mit unbeweglichen, kalten Gesichtern.

Bei den Krohns beenden die Ehegatten ihr Abendessen in dem engen kleinen Eßzimmer unter der Porzellankugel der Hängelampe. Dann deckt Aino den Tisch ab. Ihr Mann liest. Aino seufzt.

»Was gibt es denn schon wieder? Immer noch der Gedanke an deinen Bruder, an Ivar? Immer noch diese törichte fixe Idee?«

Seine Augen werden rund und scheinen aus ihren Höhlen zu treten, wie die dicken Augen der Fische; eine tiefe Falte bildet sich zwischen seinen Brauen. Er zittert vor Zorn.

»Ich werde ihn hier nicht hereinlassen. Ich fürchte um mein Leben. Ja, ich gestehe es ohne Scham, und ich finde es schade, daß meine Frau nicht stärker um meine Sicherheit besorgt ist. Er ist selber schuld! Denn er hätte bloß ruhig in seiner kleinen Stadt zu bleiben brauchen, wie du, wie ich. Er hätte nur Professor oder Beamter zu werden brauchen! Er wäre geehrt und geachtet wie ich! Unverwundbar, unangreifbar wie ich! Die politischen Umwälzungen, die allgemeinen Wirren würden an ihm vorbeigehen, wie sie an mir vorbeigehen! Er würde beschaulich und behaglich leben. Aber statt dessen wollte der Herr Offizier auf den Bällen bei Hof herumstolzieren, den lieben langen Tag mit Nichtstun verbringen – während doch Gott uns gebietet, im Schweiße unseres Angesichts unser Brot zu verdienen! Er wollte in einer pelzbesetzten Uniformjacke aufs Pferd steigen, und da soll ich ihm jetzt Schutz bieten! Ich würde seinetwegen das Gefängnis oder sogar meine Existenz riskieren. Diese jeden Abend wiederkehrende Diskussion langweilt mich, Aino. Ich befehle dir, nicht mehr an deinen Bruder zu denken, der im übrigen sicher seit langem außer Gefahr im Ausland ist!«

Er verstummt. Aino wendet sich ab, lächelt traurig und ironisch. Er sitzt jetzt still in seinem tiefen Sessel.

Lautlos verläßt Aino den Raum und geht zu der kleinen

Dachkammer, zu dem dunklen Verschlag voll alter Kleider und Koffer, in dem sich seit Wochen ihr Bruder Ivar versteckt. Sie bringt ihm Essen. Er liegt auf einem schmalen Sofa hinter dem Wandschirm, ein schöner Offizier mit vor Brillantine glänzendem Haar und roten, ungeduldigen Lippen. Er begrüßt sie stöhnend und klagend.

»Aino, ich ersticke! Laß mich hier raus! Der Tod ist besser als dieses Eingesperrtsein, dieser fade Geruch nach alten Kleidern, diese Langeweile!«

»Das Gefängnis wäre schlimmer, Brüderchen, Geduld ...«

»Aber die Stadt ist doch ruhig! Die Soldaten der Miliz schauen weg! Was haben wir ihnen denn Böses getan? Sie hassen uns nicht! Laß mich nur eine Stunde raus, ich wäre am Morgen wieder zurück, ich schwöre es! Eine einzige Schlittenfahrt im Wald! Die eisige Luft atmen, den verharschten Schnee, der unter den Pferdehufen hochspritzt, in die Augen bekommen! Gott, ich langweile mich! Ich ersticke!«

»Geduld, mein Freund, Geduld.«

»Dir fällt es leicht, das zu sagen, du hast ja noch nie Blut in den Adern gehabt! Erinnerst du dich, als wir klein waren, bist du den ganzen Tag in der Nähe unserer Mutter bei deiner Nadel geblieben, ohne dich vom Fleck zu rühren! Du gingst mir auf die Nerven, denn ich war ständig draußen, ständig auf dem Pferd, im Schlitten unterwegs.«

»Aber«, sagt Aino sanft, »auch mir hätte das gefallen, wenn ich gekonnt hätte ... wenn Vater mich mitgenommen hätte.«

»Mein Vater nannte uns ›Feuer und Wasser‹«, fährt er fort, ohne ihr zuzuhören. »Du kannst mich nicht verstehen! Du verbringst dein Leben an der Seite des Herrn Professor, sein Name sei verflucht! Dieser hochtrabende Idiot!«

»Sei still, Ivar!«

»Wie konntest du ihn nur heiraten?«

Sie schweigt, denkt an ihre traurige Jugend, an die kleine Rente, das einzige Überbleibsel ihres nach dem Tod des Vaters zerronnenen Vermögens, das ganz und gar dem vielversprechenden Offizier zugute kam, damit er seine Stellung in der Welt halten konnte. Sie sagt nur: »Er ist ein anständiger Mann.«

Sanft streichelt sie das Haar und das Gesicht ihres Bruders: »Geduld … Was soll ich dir sagen? Viele deiner Kameraden sind versteckt wie du. Ihr alle langweilt euch! Und ihr seid nicht die einzigen, das versichere ich dir, die wissen, was Langeweile ist.«

Sie seufzt und träumt. Er aber stößt sie zornig zurück und wirft sich wieder auf das schmale Lager, die Fäuste an sein Gesicht gepreßt. Mit leisen Schritten kehrt sie zu ihrem Ehemann zurück, der aufwacht, auf die Uhr sieht und brummt: »Acht Uhr … Wo hast du gesteckt, Aino?«

»Ich habe die Küche aufgeräumt.«

Er gähnt, streicht über seinen unter dem gelösten Gürtel schwellenden Bauch. Draußen wird die tiefe Stille nur vom eintönigen Schritt der Milizsoldaten und ihrem kurzen, durchdringenden Ruf unterbrochen, mit dem im Abendnebel einer dem andern die Parole gibt. Die wenigen Läden schließen nacheinander; man hört, wie die Türen verbarrikadiert und die eisernen Fensterläden quietschend geschlossen werden.

Ihren Handarbeitskorb zu Füßen, näht Aino zwischen dem

Käfig des eingeschlafenen Kanarienvogels und dem Kissen der Katze. Im Stockwerk darüber spielen die beiden Fräulein Illmanen wie jeden Abend Klavier, wiederholen immer dieselbe eintönige Etüde – dieselbe seit fünfzehn Jahren –, die allein die Stille des Hauses unterbricht, durch die dikken Zimmerdecken dringt, bis zu Aino gelangt. Sie denkt an Ivar, an sich selbst ... Die Langeweile ... Sie seufzt. Armer Junge, unvorsichtig und verrückt wie immer. Und dabei hatte er doch ein so glänzendes, glückliches Leben gehabt, daß allein die Erinnerungen daran ihn heute trösten sollten. Sie dagegen hat nicht einmal Erinnerungen ... In undeutlichen Bildern sieht sie Professor Krohn wieder, der kam, um seine Aufwartung zu machen, sein damaliges Gesicht, rosig und pausbäckig, sein goldgefaßtes Lorgnon, seinen kurzen blonden Bart: »Die schöne Goldfarbe«, sagten die Tanten, die Cousinen, die sie zur Heirat drängten. Ivar sagt: »Nur die eisige Luft atmen ...« Aber auch das versteht sie. Sie erinnert sich an die Tage ihrer Kindheit auf dem Land, im Schnee, an den Wind in ihrem Haar, den Schnee auf ihren Lippen und an ihre Gefährten, kleine Bauern, vermutlich jenem gleich, jenem Soldaten, dessen Schritt sie jetzt unfreiwillig unter ihrem Fenster hört.

Sic betrachtet das niedrige, halb unter dem Schnee begrabene Fenster und den Schatten von Hjalmar, den Schatten, den die mit einem Stern geschmückte hohe Mütze wirft. Sie sieht das dunkle Stück Straße wieder, den warmen, reinen Atem, der in der eisigen Luft in dicken Wolken aus dem Mund des Soldaten dringt, den weißen Glanz seiner spitzen Zähne. Ein hartes und feuriges schönes Gesicht.

Aber nein, aber nein, was denkt sie da? Er ist ein Bauer,

ein ungebildeter Rohling ... Gott weiß, welch böse, unanständige Gedanken ihm durch den Kopf gingen, als er sie lächelnd musterte. Ja ... Welche Gedanken? Sie errötet leicht, betrachtet verstohlen ihren wieder eingeschlafenen Mann; er wird so weiterschnarchen, bis die Uhr neun geschlagen hat, und dann mit schwerfälligem Schritt zu seinem Bett schlurfen; er wird unter die Decken kriechen, unter das nach deutscher Art bezogene Plumeau, und er wird weiterschnarchen, mit offenem Mund, wobei sein Atem den Bart anhebt, und das bis zum frühen Morgen. Und am frühen Morgen wird er das Haus verlassen.

Sie näht schneller und beugt den Kopf über ihre Handarbeit.

Ivar steht vor dem hermetisch verschlossenen Fenster. Besser als durch Vorhänge oder durch Fensterläden ist er durch die vereisten Scheiben geschützt, auf die der Winter dicke Farne gezeichnet hat. Er langweilt sich verzweifelt. Wenn Aino ihm wenigstens hätte Wein besorgen können, aber der Verkauf von Alkohol ist seit langem verboten. Er haucht auf die Scheibe und versucht durch den von seinem Atem gebildeten schwarzen Lichtkreis die Straße zu erkennen. Aber wozu diese Straße betrachten, diesen Wache haltenden Soldaten, der ewig vor einem menschenleeren Haus steht? Nur irgendeine Magd beeilt sich vielleicht, rennt wie ein dickes geschäftiges Huhn und antwortet auf den Ruf des Soldaten mit einem törichten, glucksenden Lachen.

Letzte Nacht hat er einen seiner Freunde vorbeikommen sehen, der sich im Schatten verbarg, gehetzt und versteckt wie er, und der sich dennoch nach draußen wagte. Der Soldat hat nichts gesehen oder nichts sehen wollen. Ivar ahnte, wohin der Offizier ging. In der Vorstadt, am Ufer der Meeresbucht, kampieren seit dem Herbst die Zigeuner. Alte Freunde ... Vermutlich fehlt es bei ihnen nicht an Wein. Er spitzt die Ohren; fast meint er im Wind das Echo ihres Lachens und ihrer fernen Lieder zu hören. Er zuckt die Achseln. Die Einsamkeit raubt ihm allmählich den Verstand. Über seinem Kopf spielen diese alten Jungfern auf ihrem ewigen Klavier. Er flucht laut. Er nimmt die Petroleumlampe, zündet sie an, nähert sie der Scheibe und wärmt das Eis, das schmilzt und in glänzenden Tränen herabrinnt. Wenn nur dieser Soldat fortginge. Aber nein, er bleibt da ... Ah, wenn er die Repressalien nicht fürchten müßte, denen seine Schwester ausgesetzt sein könnte, falls er sich schnappen ließe, wenn er nur sein eigenes Leben aufs Spiel setzen würde ... Nur diese Zigeuner wiedersehen, die er liebt, sich mit ihnen an die gute alte Zeit erinnern, ihren Liedern und dem Klang der Geige, der Zimbeln lauschen, ein dunkles Mädchen mit buntem Schal und goldenem Halsband sich drehen sehen, wie es dahinfliegt und rhythmisch auf ihre Brust schlägt. Sie sich einfach nur vorstellen, und er schreit ganz leise vor Lust. Macha, Varia, Sanka ... Der magere Junge in roter Bluse mit den harten Armen, der sich mit ausgestreckten Händen dreht wie eine Flamme, der Schrei, der aus all diesen keuchenden Mündern dringt ... Ah, eine Nacht, nur eine Nacht, und dann der Tod, wenn es sein muß!

Aber nein, das alles ist Vergangenheit. In dem dunklen Zimmer herrscht ein fader Naphthalingeruch; die Lampe blakt; der alte zerschlissene Wandschirm wirft einen gespenstischen Schatten an die Wand. Ivar denkt an seine toten Gefährten und beneidet sie. Nicht nur diejenigen, die auf den Schlachtfeldern gefallen sind, sondern auch die anderen, die von den Roten getötet, gefoltert, geviertielt wurden, und jene Offiziere, die, eine Schleifkugel an den Füßen, in die Bucht geworfen wurden und die langsam, kerzengerade zwischen den Eisschollen in die stillen Wasser sanken.

Die Fräulein Illmanen sind verstummt, haben endlich das Klavier geschlossen und ruhen sich nun unter der Lampe aus. Das abendliche Fieber rötet leicht ihre Wangen. Sie unterhalten sich.

»Was macht Aino? Man hört sie nicht. Wahrscheinlich näht sie.«

»Oder sie träumt.«

»Sie kümmert sich kaum um ihren Haushalt.«

»Wenn ich geheiratet hätte …«

»Ja. Und ich …«

Eine Pause. Ein Seufzer.

»Hast du gesehen, daß die Magd des Pfarrers einen Hut trägt?«

Pause. Christine fragt: »Liebe Schwester, wenn wir gesund gewesen wären, hätten wir dann wie die anderen geheiratet?«

»Bestimmt, Schwesterchen …«

Sie seufzen. Sie husten. Aino … Wie Aino waren sie jung und unbekümmert gewesen; gemeinsam waren sie nach Schulschluß durch die Straßen der Stadt gerannt. Gemeinsam waren sie über die zugefrorenen Bäche gerutscht, den Ranzen mit Schwung über die Schulter geworfen. Und Minna hatte im Alter von dreizehn Jahren mit Ivar getanzt, dem Leutnant, und er hatte für sie eine Blume gepflückt, die sie noch immer aufbewahrte. Doch als sie heranwuchsen, wurden sie so weiße, so magere, so durchsichtige junge Mädchen, ständig hustend, leidend, klagend, fiebernd, daß sie sich vom Leben entfernten. Es ist ohne sie weitergegangen, und alle haben sie nach und nach vergessen. Sie leben weiter, blaß, in Wollsachen und Decken eingemummt, einsam, vorzeitig gealtert, so schüchtern, daß beim Klang einer fremden Stimme ihr Herz zu klopfen beginnt. Kräutertees, Umschläge, Arzneien – damit vergeht ihr Dasein. Wenn der Winter lang und streng ist, gehen sie wochenlang nicht aus dem Haus. Früher leistete Aino ihnen Gesellschaft, aber seit einiger Zeit scheint sie ihnen aus dem Weg zu gehen.

Sie beugen sich zueinander, flüstern: »Aino scheint uns zu fürchten. Verbirgt sie etwas?«

Beide ahnen Ivars Anwesenheit: Ist die Stadt nicht voll von versteckten Offizieren? Wenn Aino Vertrauen zu ihnen hätte, würden sie niemals etwas verraten. Aber von allem werden sie ferngehalten. Sie sind nicht unglücklich, sondern abgestumpft ... Sie lesen. Sie sticken. Ein langer Tischteppich entrollt sich zwischen ihnen, verziert mit zarten, ineinander verschlungenen Blumen. Aber so blaß, kränkelnd, farblos, mit keiner anderen Stimme als diesem atemlosen Flüstern, dessen sie sich untereinander bedienen und das die anderen nicht einmal hören, sollte man da nicht meinen, sie seien dazu verurteilt, bald zu sterben? Keineswegs. Sie werden alt werden, nachdem sie Revolutionen, Kriege, Aufstände erlebt, Siege und Niederlagen und junge blutüberströmte Tote gesehen haben; sie werden so weiterleben, aufeinander gestützt, linkisch, verstört, auf wackligen Beinen, jedes Jahr magerer, gekrümmter, still wie zwei bleiche, in Tücher gewickelte Mumien, aber lebendig. Und zweifellos werden sie ein hohes Alter erreichen, auf den Straßen verfolgt von spottlustigen Kindern, halbtot und halblebendig in der Menschenmenge.

Gegenwärtig träumen sie noch manchmal davon, was hätte sein können, von Bällen, von Kindern, von verliebten Männern. Aber bald wird auch das aus ihrem Leben verschwinden, sie verlassen und nur, zu ihrer Freude und Qual, wiederkehren in ihrem leichten, unruhigen Schlaf, durch den die heißen Schwaden des Fiebers ziehen.

Die Uhr schlägt neun. Draußen fällt der Schnee schneller, dichter, und die wenigen Passanten stolpern in den tiefen Wagenspuren im Schnee, der mannshoch zu beiden Seiten die Gehsteige säumt.

In der Kirche beendet der Pastor die Abendversammlung. Eine Kerze brennt auf dem gewachsten Holzpult und läßt sein Gesicht aus dem Dunkeln auftauchen. Er ist alt und spricht mit schriller, keuchender Stimme zu einem Dutzend auf ihren Bänken halb eingeschlafener Kinder. Dann neigt sich die Flamme, und die Züge des Pastors verschwinden in jäher Finsternis.

»Und damals pflanzte Noah den Weinberg ...«

Die Versammlung ist zu Ende. Sie gehen hinaus, jeder mit seinem Licht, das er unter einem Zipfel seines Mantels verbirgt, damit der Wind die Flamme nicht auslöscht. Denn draußen sind der Schnee und der Wind noch heftiger geworden. Wenn zuweilen die Wolken aufreißen und ein Mondstrahl am Himmel aufscheint, dann beleuchtet er zwei auf einen Lattenzaun geklebte rote Plakate:

Genossen, geht hin zu den schändlichen Aristokraten und den Reichen, von denen noch viele der gerechten Rache des Volks entgangen sind, und holt euch euer Eigentum zurück. All die Paläste, die reichen Wohnungen gehören euch. Geht hin, aber wohlgeordnet, in Ruhe und Würde, nehmt, was ihr braucht. Zerstört nichts. Kunstwerke wie Statuen, Bücher und Gemälde müssen den Anführern der Milizen übergeben werden, denn es ist wichtig, sie für eure kulturellen Bedürfnisse und die eurer Nachkommen unversehrt zu bewahren. Brecht die Türen der Keller auf, aber trinkt keinen Tropfen Wein. Die Revolution vertraut euch. Vernichtet diesen verfluchten Alkohol, der eure Väter versklavt hat. Zerschlagt die Weinflaschen, ohne einen einzigen Tropfen zu trinken. Genossen, ertränkt nicht die beginnende Revolution im Wein.

Kinder lesen schweigend. Weitere finden sich ein. Stimmengewirr erhebt sich. Ein kurzer Trommelwirbel zerstreut sie, aber es bilden sich neue Gruppen, gehen weiter. Auf dem Platz kleben zwei ebensolche Plakate an den Mauern des Palasts. Welche Reichtümer verbergen sich wohl hinter dessen hohen Eisengittern? So hohe, so schwere Gitter … Aber unter dem Ansturm der Menge werden sie nachgeben. Die Arbeiter steigen aus den Trambahnen, die sie aus ihren Fabriken nach Hause bringen. Sie bleiben stehen, schauen. Die Möbel, die Statuen, vielleicht das versteckte Geld, der in den Zwischenwänden, den Ritzen des alten Parketts vergessene Schmuck – das alles lockt sie weniger als die Keller, der Wein … Schon so lange ist der Alkohol verboten. Schon so lange haben die Männer nur noch den Schlaf, um sich über das Leben hinwegzutrösten. Aus den benachbarten Straßen tauchen weitere Männer auf, Bauern, die ihr Holz verkauft haben und gemächlich durch die Straßen der Stadt schlendern, bevor sie wieder ihren Schlitten besteigen und in ihre fernen Dörfer zurückkehren.

»Auch bei uns wurde das Schloß geplündert«, sagen sie. »Ich habe Waffen, Messer mitgenommen. Meine Frau hat in einem Zimmer zehn Meter Seidenstoff und Federbetten gefunden, und in den Kellern gab es noch Wein. Liebe Leute, das ganze Dorf war besoffen. Es heißt, hier soll es noch welchen geben ...«

Der Wein, der Wein, denken die Männer.

Sie kommen näher, pressen ihre Gesichter an das Gitter, rütteln an den Stäben. Es tut gut, seine Kraft auszuprobieren. Die Nacht ist kalt. Es erhitzt das Blut, mit dem Gewicht seines ganzen Körpers gegen dieses so schwere Gitter zu drücken. Dahinter wird der Ehrenhof spärlich vom angehäuften Schnee beleuchtet. Noch weiter dahinter befinden sich die Türen. Die werden bald nachgeben. Los, los, wie töricht, diese Paläste unversehrt zu lassen. Wie sie einst glänzten in den Winternächten! Die Lüster funkelten. Die Offiziere tanzten, tranken. Sie werden wohl ein paar Flaschen in den Kellern zurückgelassen haben? Los, Brüder, los! Ein Schlag, noch ein Schlag ... Schon ächzen die Gitter, und aus der Vorstadt, geheimnisvoll angelockt von der Hoffnung auf Wein und Aufruhr, strömen die Matrosen herbei, lachen, pfeifen und rufen einander zu. Mehr als vier Jahre war der Alkohol verboten ... Natürlich nur für die Armen, die einfachen Leute. Den Reichen hat es nie daran gefehlt. Fehlt es denen überhaupt je an etwas?

Die Menge keucht und knurrt.

Erschreckte Köpfe beugen sich aus den Fenstern und verschwinden sogleich wieder. Eine Frau bekreuzigt sich und läuft weg. Eins, zwei, drei. Bei drei stürzt die Menge wie ein Rammbock auf das Gitter zu. Doch nein, es hält noch. Eins, zwei, drei ... Wütende Schreie, Verwünschungen werden laut.

Wein, es gibt Wein dort, und man ist nur durch dieses Hindernis von ihm getrennt. Aber schließlich sind sie Holzfäller, Bärenjäger. Noch einmal, noch eine Anstrengung. Ja, jetzt wanken die Gitter und geben nach. Ein großes Gelächter wogt, einer Dünung gleich, durch die Reihen. Die Gitterstäbe fallen zu Boden, man hört das Geräusch sich verbiegenden Eisens, die Männer stürmen darüber hinweg. Im Nu ist der Palast überflutet. Die Horde stößt Möbel um, zersplittert sie mit Stiefeltritten. Doch sie sucht etwas anderes: die Weinkeller! Sie sind riesig, und die Fässer reihen sich dicht aneinander. Mit der Axt, mit der Hacke werden sie aufgebrochen, und der Wein fließt.

»Prügelt euch nicht darum«, ruft ein Matrose. »Es gibt genug davon, genug für die ganze Stadt. Denkt an die Paläste entlang der Straßen, denkt an die Läden, an die Tavernen!«

Sie rennen. Sie schreien. Sie stürmen zu den benachbarten Häusern, schleppen Baumstämme mit, rammen sie gegen die Türen und öffnen sie mühelos.

»Auch die Fenster!« Sich so lange mit einem Gitter herumgeschlagen zu haben, wenn man doch von hinten eindringen konnte, indem man die Scheiben mit Steinen einschlägt! Man war eben noch dumm. Aber zu Recht heißt es ja, daß der Wein den Verstand beflügelt!

Von Straße zu Straße schwillt die Menge an. Die Alten sind am verbissensten; sie haben noch nicht getrunken, sie sind von den Jüngeren zurückgedrängt worden, bevor sie an die Fässer herankamen. Jetzt aber würden sie diejenigen, die sich ihnen in den Weg stellten, eher erwürgen! Sie haben den Wein gerochen. Einige von den Jungen haben ihn noch kein einziges Mal in ihrem Leben gekostet. Was für Kinder! Die Alten dagegen erinnern sich! Ihre langen Bärte flattern im Nachtwind. Ihre langen, weiten Mäntel schlagen um ihre dürren Beine. Hinter ihnen kommen lachend und singend die Männer. Dann die Dirnen am Arm der Matrosen. Die Kinder hüpfen entzückt und werfen im Vorbeigehen Schneebälle an die geschlossenen Fenster: Hastig schließen sich diese nacheinander auf ihrem Weg. Nach den Schneebällen fliegen Steine. Die Scheiben zerbrechen mit fröhlichem Klirren. Ein jeder schweigt in seinem Haus und wartet. ›Der Aufstand!‹ denken zitternd die Bürger und verstecken sich hinter den Vorhängen, als wollten sie sich in deren Falten vergraben.

Nur Professor Krohn sieht und hört nichts. Schon lange schläft er hinter seinen Bettvorhängen, das Laken bis zum Kinn hochgezogen, und sein Bart hebt sich im Rhythmus seines Schnarchens. Die Menge singt. Die Männer schlagen die an die Türen der Paläste genagelten Bretter herunter; sie bersten in der Mitte, lösen sich ab und fallen mit einem dumpfen Geräusch zu Boden. Der vom Wind vorangetriebene Schnee fliegt und wirbelt durch die Luft. Die Männer dringen in die Häuser, in die Keller ein. Der Wein ist da, in Fässern gefangen, golden, leicht, feurig und lebendig wie eine Flamme. Die Männer schleppen die Fässer und die edlen staubigen Flaschen mit sich auf die Straßen. Männer, Frauen, Kinder spannen sich vor die ächzenden Behälter, rollen sie die abschüssigen Straßen hinunter. Die Champagnerkisten werden aufgebrochen. Die Männer stopfen ihre Taschen mit Wodkaflaschen voll, zerschlagen deren Hals an den Mauern, trinken mit zurückgebogenem Kopf und geschlossenen Augen, finden dabei mit stummem, wildem Vergnügen den unvergeßlichen Geschmack wieder. Der Wein fließt, versickert im Schnee. Das Geschrei, das Gelächter, die schrillen Stimmen der Frauen vermischen sich; Dirnen und betrunkene Bauern jagen im Galopp die Schlitten aufs freie Feld. Der Sturm ist losgebrochen. Der Wind reißt die Wolken auf, und einen Augenblick lang scheint ein trüber, milchiger Mond und verschwindet wieder. Die Schellen läuten. Die Pferde sprengen los und jagen die vereisten Hügel hoch; hinter ihnen schleifen die abgerissenen Zweige junger Tannen über die Erde und ziehen tiefe Furchen. Die Matrosen dringen in die Vorstadt ein. Aus jeder Taverne kommen die Dirnen herbeigerannt, entblößen hastig ihre gepuderten nackten Brüste, ziehen die Männer mit sich. Man weiß weder woher noch wie die Geigen, die Akkordeons auf die Straßen gelangt sind. Alles tanzt, alles singt, grölt und lacht; die Dirnen drehen sich, ihre roten Unterröcke wirbeln durch die Luft. Der Glöckner ist betrunken, die Glocken der heiligen Kirche selbst sind betrunken, und ihre Metallzungen schlagen kräftig gegen die tönenden Wände.

Die Dünste des Weins, die Schreie, das Gelächter dringen bis in das dunkle Zimmer, in dem Ivar eingeschlossen ist. Er lauscht schon seit langem. Zuerst beunruhigt, auf einen Ellbogen gestützt, dann bebend, ungeduldig, berauscht.

Draußen werden leere Fässer angezündet. Scheiterhaufen werden aufgetürmt wie am Johannistag; Knaben springen über die Schwaden aus Rauch und Funken. Der Widerschein des Feuers beleuchtet Ivar, der am Fenster steht, sein Gesicht an die Scheibe gepreßt. Gierig atmet er die alkoholgeschwängerte Luft ein. Das Vergessen von allem. Die Freiheit. Die Liebe. Jenes Mädchen mit der goldenen Haut, das tanzt und sich dreht und im Rhythmus ihre schweren Armbänder und ihre Halsketten klappern läßt. Mein Gott, denkt Ivar, wer wird mich in dieser Menge sehen? Nur eine Nacht, eine Stunde am Ufer der Bucht, bei den Zigeunern!

Er ist nicht der einzige, der so träumt. In jedem Haus vergessen die erwachten Offiziere, von dem langen Eingesperrtsein geschwächt, die Gefahr, halten einen gierigen Mund nach draußen, atmen durstig den Geruch des Weins, des Schnees und laufen auf die Straße. Wer wird sie sehen? Die Männer sind betrunken. Außerdem werden sie sich abwenden, wie sie es bisher getan haben, und so tun, als sähen sie nichts.

»Waffenruhe«, murmelt Ivar lachend.

Eine Nacht des Fests, der Freude, der Sonne inmitten des trüben Winters; wer wird es wagen, in einer solchen Nacht zu schießen, zu töten?

Doch in jedem Haus weint eine Frau und fleht: »Geh nicht hin. Sie sind verrückt. Wer weiß, wie das enden wird!«

Die Männer stoßen sie ungeduldig weg, schlagen den Kragen ihres Gehpelzes hoch, lachen.

»Niemand wird uns erkennen. Vor Tagesanbruch sind wir zurück.«

Sie schlüpfen aus dem Haus. Sie sind jung, blaß, abgemagert, und ihre müden Gesichter zeigen zum ersten Mal einen munteren, fröhlichen Ausdruck.

»Wir leben wie Ratten in einem verräucherten Loch. Wie viele Wochen soll das noch dauern?«

Ein kleiner Leutnant springt über eine Barriere, läuft in der dichtgedrängten Menge mit, nimmt hastig einer Dirne eine halbleere Flasche aus der Hand, preßt sie an seine Lippen wie den Mund einer Frau. Dieser eiskalte Wein, dessen Farbe mit dem Alter ein fast rosiges Gold angenommen hat, rinnt in die Tiefe der Brust, und sogleich erscheint das Leben leicht. In dem leeren Haus weint seine Mutter und hält ihn für verloren. Die Frauen sind furchtsam und dumm. Was kann ihm Schlimmes passieren? Er ist jung. Er spürt sein Blut fröhlich in den Adern pochen.

Ein anderer, alter, mit magerem, verhärmtem Gesicht und langem, tabakgelbem Schnurrbart geht langsamer. Seine Frau ist in Rußland geblieben. Sie hatte versprochen, ihm nachzukommen. Er hat gewartet. Er wartet noch immer. Aber in seinem Herzen weiß er wohl, daß sie nicht kommen wird. Sie ist jung. Wozu um ein schon halb verstrichenes, verarmtes Leben bangen, dem als einzige treue Gefährten bis zum Ende nur noch die Einsamkeit und die Krankheit bleiben?

Im Vorbeigehen betrachtet er die Milizsoldaten voller Haß. Keiner von ihnen denkt daran, einen Gewehrschuß abzugeben auf diesen Mann, der friedlich zwischen ihnen geht, ohne sich zu schützen ... Esel, Rohlinge, Ignoranten! Aber der Geruch des Weins benebelt ihn nach und nach. Morgen ... man wird sehen, was das Morgen bringt. Vielleicht kehrt sie zurück? Da sind Männer, die die Flaschen eines in der Sonne Frankreichs gereiften Burgunders in die Runde werfen. Er fängt eine von ihnen auf, trinkt. Guter Wein, köstliche Flüssigkeit, die alle Erinnerungen auslöscht ...

Ivar hat die Tür eingetreten und rennt, springt durch die in den Schnee geschaufelten Pfade. Ein kleiner Bauer mit roten Haaren, die wie Flammen um sein Gesicht zucken, schreit mit schriller, bebender Stimme: »Brüder, trinkt! Ihr werdet den guten Wein Gottes doch nicht verkommen lassen. Ein fürstlicher Wein, der mehr Goldstücke wert ist, als ihr Jahre auf dem Buckel habt ...«

Aber der Wein geht allmählich zur Neige. Die einen stürmen zu anderen Häusern am Stadtrand, die noch nicht geplündert sind. Andere balgen sich, lassen sich auf den Boden fallen, legen sich in den Schnee, trinken den Wein zusammen mit dem eisigen Wasser aus dem Rinnstein. Schon prügeln sich einige, mit dem leisen, erstaunten Lachen von Betrunkenen. Sie fühlen den Schmerz nicht mehr. Sie schlafen und träumen.

Die Kinder sind verrückt. Sie halten sich an der Hand und tanzen Ringelreihen um den Pastor herum, der vergeblich versucht, dem Kreis ihrer ausgestreckten Arme zu entkommen. Ihre jungen, frischen Stimmen singen im Chor: »*Damals, damals pflanzte Noah den Weinberg!*«

Schließlich gelingt es dem Pastor, ihnen zu entfliehen. Aber er stolpert über ein kleines, noch heiles Faß. Der Geruch des Weins ist stark. Er trinkt. Zu lange schon, denkt er seufzend, ist der Alkohol verboten. Ein Schluck, nur ein Schluck. Und bald wird er betrunken neben den Soldaten sinken, der im Fallen mit seiner verkrampften Hand das rote Plakat zerrissen hat: *Ertränkt nicht die beginnende Revolution im Wein.*

Professor Krohn wacht auf, sagt zu seiner Frau: »Aino, geh und verbarrikadiere die Türen.«

Sie gehorcht. Aber sie hält sich lange in dem kleinen hellen Salon auf und sieht dem auf den Scheiben tanzenden Widerschein des Feuers zu. Welch seltsame Nacht. Welch süßer und warmer, starker Geruch schwebt wehmütig in der eisigen Luft! Andere haben die Sonne, den Duft der Blumen, die Liebe … Diese dürre Erde kennt nur einen kurzen, feuchten Frühling; früher fand sie im Alkohol das Vergessen von jeglichem Schmerz. Aber Aino verwirren andere Bilder. Jene Frauen, die tanzen und sich schamlos den Armen der Männer hingeben, wecken in ihrem Herzen ein sonderbares Gefühl, in dem sich zu gleichen Teilen Furcht und Verlangen mischen. Dabei kennt sie sie gut. Es sind Bäuerinnen, Mägde, jene, die morgens in ihren dunklen Kleidern schweigend und mit niedergeschlagenen Augen vom Markt kommen; jene, die sonntags in der Kirche Psalmen singen. Sie sind verrückt. Ihre aufgelösten langen Haare flattern über ihren Schultern.

Sie sind schön, sie lachen. Aino seufzt, kehrt mit langsamen Schritten zu dem Bett zurück, in dem ihr alter Mann brummt und hustet.

»Wie langsam ihr Frauen doch seid. Konntest du die Türen nicht schneller schließen? Was hast du dort denn wieder geträumt und gemurmelt! Schlafe.«

Sie legt sich neben ihn, der sehr schnell wieder tief einschläft; sie fühlt aber bald eine sonderbare Flamme in sich brennen. Wie schlafen bei diesem Geschrei, diesem Freudengeheul, diesen Gesängen und diesem blutroten Licht, das die Stadt erhellt?

Schatten tanzen auf den Fensterscheiben. Unfreiwillig, beklomm sucht Aino nach der mit einem Stern versehenen hohen Mütze, nach dem knochigen Gesicht, das sich kaum bewegt und zu warten scheint. Immer wieder ist er unter ihrem Fenster vorbeigegangen. Er scheint zu ahnen, daß sie nicht schläft, daß sie an ihn denkt. Sie versucht, nicht an diesen Mann zu denken – ein Soldat, bestimmt ein Rohling –, aber er ist jung, schön ... Noch nie hat ein Mann sie so angesehen. Wenn die Flammen höher schlagen, erkennt sie unter den anderen seinen reglosen Schatten.

Leise steht sie auf, zieht ihre Schuhe an, wirft sich einen Gehpelz über die Schultern, einen Schal auf ihr Haar. Sie wird nicht hinausgehen. Sie ist nicht schamlos, nicht verrückt wie diese liederlichen Mädchen. Sie wird nur zuschauen und die Tür einen Spalt aufmachen, um die Musik besser zu hören und die Nachtluft zu atmen.

Hjalmar ist mit einem Satz die Stufen der Freitreppe hinaufgerannt. Hinter dem erleuchteten Fenster hat er den leichten Schatten von Aino erblickt, die nach ihm späht. Sachte haben Ainos zaghafte Finger den Riegel geöffnet. Er sieht die nackte Hand schimmern. Er drückt sie plötzlich zwischen die seinen, zieht die sich sträubende Frau an sich. Nein, er wird sie nicht so gehen lassen ... Er lacht zärtlich, böse: »Komm doch, komm näher. Wovor hast du Angst? Ich werde dir nichts antun.«

Seine harten Hände schieben sich in den Ärmel des Gehpelzes, und durch den Pelz hindurch spürt Aino die Fingernägel des Mannes, die sich in ihr Fleisch bohren. Die Flammen schlagen hoch und beleuchten die weißen Zähne, die Lippen, die sich ihr gierig entgegenstrecken. Ein Kuß. Nichts mehr auf der Welt kann ihr etwas anhaben. Sie schließt die

Augen, lehnt sich sanft an die Schulter des Mannes. So war es früher, in ihrer Kindheit, wenn der Schlitten durch den Wald über den Fluß glitt und der verharschte Schnee in kleinen Splittern durch die Luft stob und Ivar schrie und lachte, und wenn sie berauscht die Zähne zusammenbiß und in einen köstlichen Tod sank.

Er zieht sie mit sich. Sie verschwinden in der Menge.

Schon seit langem schauen die Fräulein Illmanen aus dem Fenster. Sie haben Ivar weggehen sehen. Sie haben die Offiziere erkannt. Sie laufen alle in die Vorstadt, zur Bucht, zum Lager der Zigeuner. Sie erraten es. Sie erinnern sich an die leichte Musik, die bisweilen, vom Wind getragen, in Wellen zu ihnen gelangte, wenn sie bei einbrechender Dunkelheit aus der Kirche kamen.

»Der Pastor sagte, daß jede Nacht bald der eine, bald der andere Offizier zu diesen Dirnen geht«, flüstern sie. »Heute nacht laufen sie alle dorthin. Aber Aino? Was tut sie? Dieser Soldat ... Sie läßt sich küssen, mitziehen. Welche Schande!«

»Man muß dem Professor Bescheid sagen«, murmelt Christine.

Aber sie rühren sich nicht. Sie warten fasziniert und fragen ab und an: »Aber warum hat sie das Haus verlassen? Wo ging sie hin? Ist sie verrückt geworden?«

Doch nur die spöttischen, fernen Rufe der Kinder, die leere Fässer die abschüssige Straße hinunterrollen lassen, antworten ihnen. Ivar, in einem Schlitten stehend, mit dem Fuß den im Stroh schlafenden betrunkenen Kutscher wegstoßend, durchquert die Stadt im Galopp. Die Schneeflocken fliegen, schnell und blendend, in der Nacht und benetzen seine Wangen und Lippen. Der Nordwind, voller Eisnadeln, biegt die

Tannen, und schon leuchten in der Ferne die Lagerfeuer. Die süße Musik der Geigen wird vom Wind herbeigetragen, undeutliche Fetzen, die in der Luft schweben, verfliegen, sich für einen Augenblick von neuem bilden und verwehen.

Auch das Echo der Stadt ist verstummt. In der Vorstadt erhellt der Mond den geheimnisvollen schlafenden, menschenleeren alten Park.

Aino und Hjalmar sind durch die halbgeöffnete Tür in den leeren alten Palast geschlüpft. Die Horde ist hier durchgezogen, hat jedoch, angelockt von den Weinkellern, die großen kahlen Salons unversehrt gelassen, ebenso die kleinen Zimmer mit den seidenbespannten Möbeln, den schweren Vorhängen, den tiefen Sofas.

Im Dunkel schimmert ein Spiegel und reflektiert das Mondlicht.

Aino und Hjalmar sehen sich einen Augenblick lang bestürzt an. Bei ihm hat das Blut sich beruhigt: Diese Stille, diese Kamine aus weißem Marmor, die Statuen, die Porträts an den Wänden, diese Frau mit den gesenkten Augen, die zittert und wartet, all dies fesselt seine Sinne mit geheimnisvoller Wehmut. Sie friert. Er bedeutet ihr, sich zu gedulden. Er kommt mit Holz zurück; wahrscheinlich die Reste der aufgebrochenen Fässer. Er macht Feuer. Sie setzen sich beide vor den Kamin auf den dicken alten Teppich; Hjalmar bekommt zum ersten Mal eine solche Weichheit zu spüren. Immer wieder streicht er mit der Hand über die Seide; die Flammen lodern und beleuchten die goldgestickten Blumen. Die Schreie und der Tumult auf den Straßen machen an der Schwelle halt, und nur ein Rauschen, wie das des Meeres, dringt zu ihnen.

Leise sagt er: »Was für eine Nacht ... Die Dämonen sind los.«

Wie er betrachtet sie die Porträts der Frauen in Ballkleidern und mit den lächelnden, gebieterischen Gesichtern. Auch sie kennt sich in diesen Dingen nicht aus. Es umgibt, umschließt sie eine düstere, wollüstige Atmosphäre. Das Feuer knistert leise und fällt zusammen. Er zieht sie an sich. In seine Arme geschmiegt, ruht sie an seiner harten Brust und hat alles auf der Welt vergessen. Draußen wirbelt der Schnee. Stille, Ruhe. Auf einem Möbelstück fällt eine vergessene Geige, deren Kasten in der Finsternis schimmert, mit einem sonderbaren melancholischen Stöhnen ihrer gelockerten Saiten zu Boden. Und wieder wirft der alte Spiegel zwei stumme Münder zurück, aneinandergepreßt, heiß, berauscht.

Christine und Minna haben sich nicht gerührt. Mitunter erhellt der Feuerschein ihre Gesichter. Zwischen den schneebedeckten Pflastersteinen fließt der Wein wie schwarzes Blut. Kleine purpurne Rinnsale graben sich tief in den Boden. Der nächtliche Dunst, der Nebel des Winters lasten auf der Stadt, und statt sich in der Luft aufzulösen, werden die Dämpfe des Weins von Sekunde zu Sekunde dichter. Der hingefallene Nachtwächter leckt wie ein Hund den goldenen Wein auf, der aus einem Schneeloch rinnt. Dann schläft er ein, das bleiche Gesicht voller Glück. Jeder kommt in dieser Nacht auf seine Kosten. Paare straucheln und dringen auf gut Glück in die dunklen Straßen ein. Aino ist aus dem Nachbarhaus nicht wieder herausgekommen. Was treibt sie? Welch ein Skandal! Die alten Jungfern beben vor Zorn. Diese Straße mit ihrem Geruch nach Wein und Küssen macht ihnen angst und lockt sie zugleich. Zuerst öffnen sie die kleine Scheibe, die in die Fenster eingelassen ist, um in den Wintermonaten die Häuser zu lüften. Der Wind bläst stürmisch und trägt die Gesänge und die Schreie zu ihnen. Die ganze Stadt ist in festlicher Stimmung. Es ist ein abstoßendes und wildes Fest. Egal! Jeder erhält seinen Teil an Traum und Vergessen. Nur sie werden wie immer abseits bleiben. Dieser Feuerstrom wird an ihnen vorbeifließen, sich von ihren dürstenden, vergeblich vorgestreckten Lippen abwenden. Das ganze Leben lang kranke alte Jungfern, ohne Liebe, ohne Freude ...

»Wie ungerecht ...«, murmeln sie.

Und außerdem muß diese Ausschweifung, dieser Skandal bestraft werden! Wenn die Männer ihre Pflicht nicht tun, dann werden eben sie, kranke, schwache, arme alte Jungfern, zum Pastor, zu den Männern der Miliz gehen und sie auffordern, dieser Schande Einhalt zu gebieten. Dort drüben, in dem Haus, in dem Aino sich mit dem Soldaten versteckt, sind die Lichter erloschen. Die ganze Stadt muß bestraft werden. Man muß dieser dreisten Freude ein Ende bereiten, das Lachen der Menschen in ihrer Kehle ersticken. Die Offiziere, die ihr Seelenheil vergessen und mit Dirnen singen und tanzen, Ivar, der vermutlich seit Wochen im Haus versteckt ist und nicht einmal daran gedacht hat, sich ihnen anzuvertrauen, immerhin seinen Verwandten, seinen Jugend- und Kindheitsfreundinnen.

»Ich habe mit ihm getanzt«, murmelt Minna. »Er fand mich hübsch ... Er hat nicht einmal an uns gedacht. Er glaubte, wir würden ihn verraten! Wie nichtswürdig! Wir hatten alles geahnt, nicht wahr, Schwester?«

Und Christine flüstert: »Aino ... Aino ... Schamlose, Liederliche ... Man muß dem Skandal ein Ende bereiten!«

Und schon sind sie draußen. Von den Flammen geblendet, laufen sie wie unbeholfene schwere Vögel, die auf gut Glück hochfliegen und zurücksinken. Ihre weiten schwarzen Mäntel flattern hinter ihnen. Sie dringen durch die Gruppen lachender und tanzender Männer und Frauen. Sie schreiten über die Weinbäche und stolpern über die im Schnee schlafenden Betrunkenen. Hinter ihnen ahmen die Kinder die Bewegungen der flatternden Ärmel nach.

»Hast du die alten Totenvögel gesehen?«

Auf einem öden, von Schnee und Furchen höckrigen Akker fliegen, mit dem gleichen Watscheln, krächzend die satten, schweren Raben auf.

Die beiden gehen von einem zum andern, linkisch, verstört, und nur manchmal bekommen sie es mit der Angst, denken: ›Warum sind wir hier?‹

Die ganze Stadt ist vom Traum, vom Wahnsinn beherrscht. Die von den Flammen verzerrten Schatten tanzen auf den alten Mauern. Christine und Minna, weggestoßen, beschimpft, klammern sich an die vorbeikommenden Milizsoldaten: »Mein Herr, mein Herr ... Genosse ... hört uns an ... Einer der Ihren ist dort in diesem Haus, mit der Schwester eines Offiziers, eines Feindes!«

»Na und, was willst du dagegen tun, alte Hexe?«

»Die Offiziere fliehen, während ihr durch die Straßen schlendert«, kreischen sie, und ihre sonderbaren schrillen Stimmen übertönen den Lärm der Nacht.

Die Milizsoldaten sind näher getreten; sie sind betrunken wie alle anderen.

Und der getrunkene Wein macht sie gewalttätiger. »Die Offiziere? Ja, wo sind eigentlich die Offiziere?«

»Im Lager der Zigeuner!« schreien die alten Jungfern haßerfüllt.

Ihnen scheint, als zerkratzten sie freudig mit eigenen Händen Ivars Gesicht. Um sie herum drängt sich die Menge und murrt. Wird man diesen Wein, der allmählich zur Neige geht, nicht auch in den Häusern finden, in denen die Zigeuner kampieren?

Jemand ruft wütend: »Zu den Waffen! Zu den Waffen! Tod den Offizieren! Sie werden fliehen! Sie werden uns entkommen, die verfluchten Hunde!«

Die Menge wälzt sich zur Bucht. Die einen schreien »Tod!«, die anderen »Wein!«.

Sie halten brennende Fackeln in Händen; die Funken stieben im Wind. Die ersten Schüsse knallen in der Nacht.

In den Häusern schrecken die Kinder aus dem Schlaf, setzen sich in ihren Betten auf und lauschen. Doch durch die Doppelfenster und die zugezogenen Vorhänge hören sie nur dieses ferne kurze Knallen, das aufhört und dann weiter, noch weiter entfernt wieder einsetzt … Die Kinder gähnen, pressen ihr Kopfkissen in die Arme, lächeln und schlafen wieder ein.

In den Vororten entzünden sich am Horizont die ersten schönen roten Feuersbrünste.

Die Menge kommt unter den Fenstern des alten Palasts vorbei, in den Hjalmar Aino geschleppt hat. Die Männer werfen Steine in die Fensterscheiben; einer von ihnen trifft eine Kristallvase, die herunterfällt und zerbricht. Die Soldaten dringen in das Haus ein. Sie umringen Hjalmar und Aino, trennen sie, zerren sie mit. Hjalmar wehrt sich eine Weile, aber auf der Straße benebeln ihn der Lärm und die

Dämpfe des Weins; er rennt wie die anderen, wütend, bleich, und schreit: »Tod! Tod!«

Aino wird von der Menge niedergetrampelt. Ihr an die Mauer gedrückter Körper rollt in den Schnee; sie liegt am Boden und stöhnt, hat nicht die Kraft aufzustehen. Der Menschenstrom ergießt sich mit Wutgeheul, und es eilen immer mehr herbei. Von überall, von den Straßenkreuzungen und aus den Gassen, stürmen Männer, von den Schüssen gelenkt, Kinder voran. Das Klirren zerbrochener Scheiben folgt ihrem Weg. Tausend Münder wiederholen in einem Grollen, das immer lauter wird, anschwillt wie ein Donner, sich entfernt und verklingt: »Die Offiziere! Liefert uns die Offiziere aus!«

Nachdem sie verschwunden sind, ist die Straße mit herausgerissenen Gittern und entwurzelten Bäumen übersät; die weit offenstehenden Türen schlagen hin und her. Nicht mehr der Wein fließt im Schnee, sondern das erste vergossene Blut. Am Himmel lodern die Flammen. Auf der leeren, jetzt stillen und mit Leichen angefüllten Straße rennen Christine und Minna, keuchend, ernüchtert, endlich aus ihrem Traum gerissen. Hinter ihnen, hinter den bleichen, verstörten Gesichtern, flattern ihre vom Wind geblähten Mäntel.

Stille. Die Bucht, der Park, das Lager der Zigeuner sind noch ruhig, beleuchtet von den Flammen und vom Mond. Ein dicker Eispanzer bedeckt die Rasenflächen, aus denen nur ein in die Erde gesteckter Stab mit einem Schild herausragt: der lateinische Name einer empfindlichen Blume. In der Ferne hört man das undeutliche, anschwellende Grollen einer marschierenden Menge.

Bei den Zigeunern ist alles friedlich. Die Offiziere haben sich hier versammelt. Im Ofen knacken leise die Holzscheite. An den Türen häuft sich der Schnee. Eine Frau singt halblaut; sie ist weder schön noch jung, sondern schwerfällig und müde, aber in ihrer tiefen Stimme schwingt das Echo der Wälder, der gefrorenen Ebenen, des freien, reinen Windes. Die Offiziere träumen. Weinend küßt ein Mann das Bild eines Kindes. Ivar schläft, den Kopf auf den Knien eines braunen Mädchens mit goldenen Armreifen. Eine Frau sagt mit leiser Stimme: »Unselige Kinder, warum seid ihr gekommen? Ihr rennt in den Tod ...«

»Sterben, um zu sterben, ob nun früher oder später, das hat keine Bedeutung, aber euch wiederzusehen und vorher die freie Luft zu atmen, das war der Mühe wert ...«

»Viel zu lange«, sagt ein anderer, »hat man uns versteckt gehalten, in Dachkammern, Rattenlöchern, vergraben unter den alten Kleidern unserer Mütter oder Frauen.«

»Nun, jetzt habt ihr uns gesehen. Geht alle nach Hause. Noch vor dem Morgen.«

Aber nein, sie rücken noch näher an den Ofen. Die letzten Flaschen Wein werden geöffnet. Der Wein stumpft den Schmerz ab, löscht die Vergangenheit aus. Ein Mann zupft leise die Saiten einer Gitarre. Verliebte sprechen mit leiser Stimme. Ivar, der aufgewacht ist, küßt einen bleichen Mund, langes gelöstes Haar und vergißt alles auf der Welt.

Die Menge zieht durch den Park, zertrampelt den Rasen und zerstört die Bäume. Schon tauchen im Dunkel die Lagerfeuer auf. Die offenen Münder atmen den Geruch des Bluts und des Weins. Gleichgültige Gesichter. Rohe Gesichter. Müde, erstaunte Gesichter von betrunkenen Männern.

Fröhliche Kinder, die in den Tod rennen wie zu einer Lustpartie. Verhärmte alte Frauen mit weißen, im Wind flatternden Strähnen. Soldaten, deren mit einem Stern versehene hohe Mützen nach hinten geschoben sind; die Gewehrläufe blinken im Schnee.

Sie rufen: »Wein! Wein!«

Und leiser: »Tod den Offizieren! Den Of-fi-zie-ren! Of-fi-zie-ren! Tod! Tod!«

In der Stadt, in einer menschenleeren Straße, liegt eine schwarze Masse auf der Erde und sieht aus wie ein Haufen alter Lumpen. Der Mond gleitet zwischen den dahinjagenden Wolken hindurch und beleuchtet das Gesicht einer Frau im Todesschlaf; es ist friedlich und ernst, doch aus der durchlöcherten Schläfe sickert ein Blutfaden, der sich tief in den Schnee gräbt.

Einer der ausgestreckten Schatten erhebt sich mühsam, geht einige Schritte, stützt sich an den Mauern ab. Es ist Aino. Vor der Leiche der Frau bleibt sie stehen, erschauert, und erst da kehrt ihr Gedächtnis wieder. Mit einem Schrei weicht sie zurück, stürzt in die menschenleere Straße, zu ihrem Haus; sie rutscht im Blut aus, im Schnee. Endlich kommt sie an, öffnet die Tür und bricht auf den kalten Fliesen des Vestibüls zusammen. Die mit Nägeln verzierte schwere Tür schlägt langsam und schwer in der Stille. Die Männer schlagen sich. Soldaten gegen Matrosen, Bauern gegen Arbeiter. Schon werden die ersten Messer aus den Gürteln gezogen, jene Messer, die der Bärenjagd dienen; ihre Klinge ist breit und scharf, der Griff aus einem metallummantelten Rentierfuß. Das Blut fließt. Die Männer laufen weiter, zum Lager der Zigeuner.

Die Offiziere hören die ersten Schüsse im Wald widerhallen. Dann das Gebrüll der Menge, das anschwillt und näher kommt. Alle richten sich auf, erbleichen. Steine fliegen und treffen die Scheiben.

»Wir müssen uns verteidigen«, sagen die Offiziere.

Mit einem Blick haben sie ihre Zahl überschlagen: Sie sind zwanzig. Die Männer draußen sind mehr als hundert, mehr als tausend.

»Wir müssen fliehen«, murmeln die Zigeuner.

»Wein!« schreien wütend die Männer im Dunkeln. »Die Offiziere haben Wein! Tod den Offizieren!«

Mit leiser Stimme besprechen sich die Offiziere. Sie sitzen in der Falle. Von allen Seiten umzingelt die Menge das isolierte Haus. Die Fensterscheiben zersplittern. Eine Frau stößt einen spitzen Schrei aus und fällt hin. Einer der Offiziere, der älteste, beugt sich aus dem Fenster, versucht zu sprechen. Aber sosehr er seine Stimme anstrengt, ruft und schreit, er wird übertönt von dem Getöse, das aus den dichtgedrängten Reihen aufsteigt.

Schließlich hört man: »Brüder ...«

»Wir sind nicht deine Brüder, Kain!« schreien die Männer.

»Laßt uns gehen. Wir haben euch nichts zuleide getan.«

»Gebt uns Wein! Wir wollen nur den Wein!«

»Es gibt keinen«, antworten die Offiziere und werfen die leeren Flaschen hinaus. »Ihr seht, wir lügen nicht!«

»Wie sollen wir genug Wein auftreiben, um den Durst dieses Haufens zu stillen?« sagt einer von ihnen und versucht zu lachen. »Sollen wir etwa das Wunder der Hochzeit zu Kanaan wiederholen?«

»Gotteslästerer!« brüllen die Frauen.

»Ihr seid nicht böse! Nennt uns diejenigen von uns, die euch etwas angetan haben!«

»Tod! Tod!«

»Laßt uns gehen!

»Tod!«

»Verfluchte Hunde«, schreit der Offizier, »tötet uns, wenn ihr wollt, aber wir werden uns wehren, wir haben Waffen!«

»Tod!«

Sie stürzen sich auf das Haus. Tausend Hände klammern sich an die Fenster. Diese lockern sich, schwanken, fallen zu Boden. Die Offiziere verteidigen sich mit Pistolen, mit Messern, die sie im Getümmel den Bauern entrissen haben. Die einen fallen. Andere fliehen. Ivar ist mit einem Satz in den Schlitten gesprungen, der ihn hergebracht hat; ihm folgen eine Frau und mehrere Offiziere. Alle bilden eng aneinandergepreßt eine keuchende, zuckende Masse mit ausgestreckten Händen, offenen Mündern voller Verwünschungen und Schreie. Das Pferd bringt sie zur Bucht, hinter ihnen rennen und brüllen die Männer.

Die Sonne geht auf, eine fahle Sonne, eine vollkommene, deutliche Scheibe, matt und verschleiert wie ein Herbstmond. Sie erhellt die Bucht, die im Eis feststeckenden Schiffe. Die Masten, die zarten Segel sind mit glitzerndem Schnee bedeckt. Ivar lenkt den Schlitten auf die gefrorene Wasserfläche. Eine Kugel trifft ihn. Er fällt. Die dicken weichen Stiefel der Soldaten zertrampeln ihn; die Gewehrkolben zerschlagen sein blasses Gesicht; das Eis bricht; langsam versinkt die Leiche im Wasser.

Die Frau rennt, ihre Goldketten schlagen auf ihre Brust. Die Soldaten zielen auf sie. Eine der Ketten löst sich und fällt herab. Die Zechinen rollen über das Eis. Bei jedem Schritt vor Angst schreiend, bückt sie sich, drückt sie mit beiden Händen an ihre Brust: Ihr ganzer Reichtum, ihre Goldstücke sollen in die Hände der Soldaten fallen? Eher sterben! Sie hat den verschwundenen Ivar vergessen: ihre Zechinen … Die Soldaten werden sie am Leben lassen, gewiß, aber ihre Halsketten, ihre Armreife, ihre schweren Goldringe … Das Eis kracht unter ihrem Gewicht und bricht. Ein Strudel, und das schwarze Wasser schließt sich über ihr. Andere retten sich, springen von Eisscholle zu Eisscholle und erreichen das Ufer und den nahen Wald. Verschwinden.

Unterdessen läutet in der Stadt die Sturmglocke. Die Kompanien der Miliz bilden sich neu und rücken in der menschenleeren Straße vor, Reihe um Reihe. Die Orgie ist zu Ende. Es wird Tag. Die Sonne scheint. Die aufgebrochenen, zu einem Haufen zusammengerollten Fässer werden verbrannt, gemeinsam mit den staubigen Brettern, den zerschlagenen, aus den zerstörten Häusern geworfenen Möbeln.

Der Schnee fällt leicht und spärlich von einem hellen, lichterfüllten Himmel. Die Milizsoldaten räumen die Straße auf. Ihre eisernen Schaufeln kratzen über den vereisten Boden, nehmen die Reste der Plünderung auf und werfen sie in die Karren: harter Schnee, Steine, an denen noch Spuren schwärzlichen Blutes kleben, Spiegel, Scherben zerbrochener Fensterscheiben, Küchengeräte, um die sich die Frauen gezankt hatten, bis alle zu einem Haufen unbrauchbaren Schrotts verbogen waren, blutbefleckte und zerrissene bestickte Schals. Die Gesichter der Soldaten sind gleichmütig.

Die Arbeiter gehen zur Arbeit. Sie sind ruhig, befriedigt, gesättigt. Einer von ihnen trägt auf der Schläfe noch ein Mal in Form eines Sterns. Sie sprechen leise miteinander: »Mauri ist verschwunden, und Tyko und Juhani ...«

»Tot oder sturzbetrunken oder seinen Rausch ausschlafend, wer weiß?«

»Ich habe Olli in die Bucht fallen sehen, und vor mir ist Mauri mit einem Matrosen in Streit geraten.«

»Na schön, was willst du? Wir hatten schon zu lange keinen Wein mehr getrunken.«

»Und wieviel es davon gab! Was für eine Nacht ...«, seufzten sie mit Bedauern. »Und wir haben uns die Offiziere vom Hals geschafft. Dazu mußte man sich ja mal entschließen.«

»Ja, ja«, sagen sie gleichgültig.

Wieder singt der Pastor in der hellen und kahlen kleinen Kirche die Psalmen, und die alten Bürgersfrauen leiern die Gebete herunter, berühren mit ihren langen, trockenen Nasen das Gebetbuch.

Der Pastor predigt.

»Satan«, sagt er, »ist stark, und seine Macht ist groß.«

Auf den letzten Bänken schlafen die Kinder oder stoßen sich lachend mit den Ellbogen an.

Friede, Stille.

Stille auf dem Land. Ein Windstoß bewegt die schneebeladenen alten Tannen; man hört das sich lange hinziehende Knacken, das langsame Stöhnen der Zweige; sie neigen sich schlaff, und Schneeklumpen, die der nächtliche Sturm angehäuft hat, fallen mit einem leisen Geräusch und einem Funkeln eisiger Pailletten in der Sonne herab.

Wieder ziehen die schläfrigen Bauern vorbei, halb auf ihren Schlitten, halb auf den schneebestäubten Baumstämmen liegend. Das Lager der Zigeuner ist abgebrannt; es bleiben nur schwarze Bretter, zersprungene Scheiben. Eine Frau überquert die Landstraße, zwei in der Sonne schimmernde Eimer Wasser in der Hand. Sie schützt ihre Augen mit ihrer hageren, von der Feldarbeit und dem beißenden Frost rissigen Hand; verwundert betrachtet sie die rauchenden Trümmer. Sie wohnt auf einem abgelegenen Gehöft; sie hat die ganze Nacht geschlafen und weder die Lieder noch die Wut- und Schmerzensschreie, noch die Küsse der Liebe gehört. Sie wendet sich ab und eilt weiter.

Der Tag rückt langsam vor. Professor Krohn ist aus dem Gymnasium zurückgekehrt; die Knaben waren undisziplinierter und fauler als sonst. ›Sie redeten über Wein und Frauen‹, denkt der Professor angewidert, ›schon in frühester Jugend verdorben! Traurige Zeiten …‹

Schweigend macht sich Aino am gedeckten Tisch zu schaffen. Sie ist bleich, und ihre Augen sind von Tränen gerötet. Ihr Mann sieht sie gütig an, und während er in kleinen Schlucken seinen Kaffee trinkt (ein von seiner Tasse gefallener Tropfen rinnt herab und verliert sich in seinem wallenden Bart), sagt er: »Du weinst. Dein Bruder ist heute nacht verschwunden. Ich achte deinen Schmerz. Ich werde ihn nicht noch größer machen, indem ich dich darauf hinweise, welche Folgen ein erster Fehltritt haben kann. Warum siehst du mich so an? Du hattest kein Vertrauen zu mir, deinem Ehemann: Du hast mir die Anwesenheit deines Bruders unter meinem Dach verschwiegen. Leider läßt Gottes Strafe nicht auf sich warten. Hättest du dich dagegen mir anvertraut, deinem einzigen Berater, deinem einzigen Beistand, dann müßtest du diesen Tod nun nicht beklagen. Ich hätte ihm befohlen, sich gefangen zu geben, und er wäre mit dem

Leben davongekommen. Jetzt aber ist er tot, daran besteht für mich kein Zweifel. Zwar hat man seine Leiche nicht gefunden, aber Matrosen haben mir heute morgen gesagt, sie hätten ihn mit Offizieren, anderen jungen Verrückten und Frauen von liederlichem Lebenswandel über die Bucht fliehen sehen. Der umgestürzte Schlitten wies Blutspuren auf. Du senkst den Kopf, du weinst ... du bereust, das bezweifle ich nicht ... Und doch, wenn du mich unterrichtet hättest, wäre Ivar noch am Leben. Ich weiß im übrigen nicht, ob diese Lösung besser gewesen wäre ... Schenk mir Kaffee ein, Aino ...«

Sie zuckt leicht zusammen und hebt die Tasse mit zitternder Hand. Der Professor fährt fort: »Aber ich begreife nicht, warum du heute nacht allein hinausgegangen bist ... Natürlich, du hofftest, deinen Bruder wiederzufinden. Aber hast du nicht bedacht, daß es ebenso leicht ist, ihn auf der Straße in dieser Menge von aufständischen Soldaten und Säufern zu finden wie eine Nadel im Heuhaufen? Den Frauen fehlt es ja an Intelligenz, aber das ist einfach unbegreiflich. Sie sind doch alle gleich, langes Haar und kurzer Verstand.«

Schon lange hört sie nicht mehr zu, geht im Zimmer hin und her, kommt mechanisch den alltäglichen Verrichtungen nach, faltet das Tischtuch zusammen, liest die heruntergefallenen Krümel auf. Ivar ... Wo ist er, mein Gott? Denn sie kann nicht glauben, daß er tot ist. Er ist schon so vielen Gefahren entronnen ... Sie muß an ihre Kindheit denken: Er verschwand oft bis spät in die Nacht. Sie weinte, sie sah ihn in den Fluß gefallen oder vom Mühlrad zerrissen. Und plötzlich hörte sie ihn in der Dunkelheit unter ihrem Fenster pfeifen: »Mach mir schnell auf, Dummerchen, statt zu weinen! Ich komme von der Jagd, ich habe mit den Bauern gewildert.« Wie ihr Herz vor Freude schlug! So schön, so brillant, so jung, sie kann nicht glauben, daß er tot ist. Er wird wiederkommen.

Viele andere Frauen in diesen dunklen, ruhigen Häusern warten und denken: ›Er wird wiederkommen. Die anderen, die Söhne von Marie und der von Astrid, die sind ganz bestimmt tot, aber mein Sohn wird wiederkommen.‹

Später, wenn sie den Schritt der Bauern auf der Straße hören und wenn sie an der Tür läuten und sagen werden: »Wir haben eine Leiche im Wald gefunden« oder »Wir haben einen Ertrunkenen aus der Bucht gefischt«, werden sie es ebensowenig glauben, und wenn dann schließlich das bleiche Gesicht des Toten da sein wird, zurückgebeugt unter der Lampe, jener Lampe, die sie mit zitternder Hand hochhalten werden, um ein letztes Mal seine Züge zu betrachten, werden sie denken: ›Er ist tot, aber seine Seele ist im Himmel ... Die Söhne von Marie und der von Astrid sind für alle Ewigkeit tot, denn sie waren Sünder, und Gott wird ihnen nicht vergeben haben, aber mein Sohn war gut und rein ... und noch so jung! Welche Sünden kann man denn mit zwanzig begehen, die Gott nicht verzeiht?‹

Es dämmert. Die Straßen sind leer. Nur die Patrouillen durchstreifen die Stadt, stampfen mit ihren Stiefeln auf den Boden und schreien mit rauher, monotoner Stimme: »Weiter, weiter!«

Und da ist Hjalmar. Die ersten Laternen gehen an, die Flamme zuckt und leckt wie eine gierige Zunge an den Wänden. Eine Stimme im abendlichen Nebel skandiert: »Eins, zwei ... eins, zwei ...«

Die Milizsoldaten sind vorbeimarschiert. Aino hat Hjalmar erkannt. Sie preßt beide Hände an ihr tränenüberströmtes Gesicht. Wie konnte sie nur ... sie, Aino Krohn, und dieser Soldat? Nicht nur ist sie mitten in der Nacht zu ihm gerannt wie ein gefallenes Mädchen, sie hat auch alles andere auf der Welt vergessen, sie hat ihren Bruder vergessen. Keinen einzigen Augenblick hat sie an ihn gedacht, an die Gefahr, die ihm drohte. Einen Augenblick ist ihr Herz so schwer, daß sie den Mund öffnet, um Professor Krohn alles zu sagen, aber sie stößt nur einen Seufzer aus und schweigt. Es ist besser zu vergessen. Die Nacht ist vorüber. Die Flammen sind in sich zusammengefallen, die Freudenfeuer erloschen. Sie wird sich abwenden, wenn sie Hjalmar auf der Straße begegnet, und er selbst denkt sicher schon nicht mehr an sie, und die vergangene Nacht ist wie ein Traum. Die Dünste des Weins ... Wenn sie verflogen sind, lösen sich auch die Träumereien auf. Außerdem hat niemand etwas erfahren, sie wird vergessen. In dieser Nacht sind so viele seltsame und erschreckende Dinge geschehen, so viele junge Männer gestorben ... Jener Kuß, jenes leere Haus, jenes Feuer – welche Bedeutung hat das schon? Man muß vergessen.

Christine und Minna verhüllen in ihrem Zimmer den Käfig des Kanarienvogels für die Nacht. Noch einen Moment regt er sich und singt. Die beiden Schwestern sticken. Sie senken die Lider, und eine jede sieht auf dem Stoff Blutflecken. Aber auch sie werden vergessen. Niemand hat etwas gesehen. Ein Moment des Wahnsinns ... Die Dünste des Weins ... Sie wissen nicht einmal, was sich auf der Bucht abgespielt hat. In der Stadt spricht man in versteckten Anspielungen von im Eis gefundenen Leichen, getöteten Männern.

Traurige Bilanz des Aufruhrs. Die Orgie endete in Blut. Es war leicht vorherzusehen. Sie sind zwei sanfte und ruhige alte Jungfern, sie leben zurückgezogen von der Welt, sie haben nie jemandem etwas zuleide getan.

Die Bucht ist ruhig, und der Mond erhellt die gefrorenen Wasser. Der Tag ist verstrichen. Unter dem Rumpf des reglosen Kutters ist zwischen zwei getrennten Eisblöcken ein Frauenschal hängengeblieben und schwimmt im Wasser. Wenn das Boot im Wind schaukelt, bewegt sich der Schal, und die goldenen Zechinen klingen in der Tiefe des Wassers.

Sonntag

Die Rue Las Cases lag ruhig da wie im Hochsommer, jedes offene Fenster wurde von einer gelben Markise geschützt. Die schönen Tage waren zurückgekehrt; es war der erste Frühlingssonntag. Lau, ungeduldig, unruhig trieb er die Menschen aus den Häusern, aus den Städten. Der Himmel strahlte in sanftem Glanz. Man hörte den Gesang der Vögel im Square Sainte-Clotilde, ein erstauntes und träges zartes Piepen, und in den stillen, hallenden Straßen das rauhe Krächzen der Autos, die aufs Land fuhren. Keine andere Wolke als eine kleine, fein gerollte weiße Muschel, die einen Augenblick am Himmel schwebte und im Blau zerschmolz. Mit entzücktem, vertrauensvollem Gesichtsausdruck hoben die Passanten den Kopf und atmeten lächelnd den Wind.

Agnès schloß halb die Fensterläden: Die Sonne war warm, die Rosen würden zu rasch aufblühen und absterben. Die kleine Nanette kam hereingerannt, von einem Fuß auf den andern hüpfend.

»Darf ich rausgehen, Mama? Es ist so schönes Wetter.«

Schon ging die Messe zu Ende. Schon liefen die Kinder in hellen Kleidern mit nackten Armen durch die Rue Las Cases, ihre Gebetbücher in den weißbehandschuhten Händen, und umringten eine kleine Kommunikantin mit dicken roten Wangen unter ihren Schleiern. Rosige und gebräunte Waden, flaumig wie Früchte, schimmerten in der Sonne. Aber noch läuteten die Glocken, langsam und melancholisch schienen sie zu sagen: »Geht, gute Leute, wir bedauern, euch nicht länger behalten zu können. Wir haben euch beschützt, so lange wir konnten, aber nun müssen wir euch der Welt und euren Sorgen zurückgeben. Geht jetzt, die Messe ist gelesen.«

Als sie verstummten, war die Straße vom Duft des warmen Brots erfüllt, der stoßweise aus der offenen Bäckerei drang; man sah die frisch gereinigten Fliesen blinken, und die in die Wände eingelassenen schmalen Spiegel glänzten matt im Dunkel. Dann ging ein jeder nach Hause.

Agnès sagte:

»Nanette, sieh nach, ob Papa fertig ist, und sag Nadine Bescheid, daß das Essen auf dem Tisch steht.«

Guillaume trat ein und verbreitete den Geruch nach edlen Zigarren und Lavendelwasser, den sie immer mit Unbehagen einatmete. Er war, noch mehr als sonst, fett, gesund und glücklich.

Sobald sie bei Tisch saßen, verkündete er:

»Ich will Ihnen gleich sagen, daß ich nach dem Essen wegfahre. Wenn man die ganze Woche in Paris erstickt ist, ist es das mindeste … Verlockt Sie das wirklich nicht?«

»Ich möchte die Kleine nicht allein lassen.«

Guillaume zog Nanette, die ihm gegenübersaß, an den Haaren; sie hatte in der letzten Nacht einen Fieberanfall gehabt, der allerdings so leicht gewesen war, daß ihre frische Farbe nicht gelitten hatte.

»Sie ist nicht sehr krank. Sie hat einen wunderbaren Appetit.«

»Oh, sie macht mir keine Sorgen, Gott sei Dank«, sagte Agnès. »Ich werde sie bis vier Uhr hinausgehen lassen. Wo fahren Sie hin?«

Guillaumes Miene verdüsterte sich.

»Ich ... Oh, ich weiß noch nicht ... Sie haben die Manie, alles im voraus festzulegen ... In die Gegend von Fontainebleau oder Chartres, aufs Geratewohl, ins Blaue ... Nun? Begleiten Sie mich?«

›Sein Gesicht möchte ich sehen, wenn ich einwilligte‹, dachte Agnès. Das ein wenig verkrampfte Lächeln im Winkel ihrer zusammengepreßten Lippen irritierte Guillaume. Aber sie antwortete wie gewöhnlich:

»Ich habe im Haus zu tun.«

Und sie dachte: ›Wer ist es diesmal?‹

Guillaumes Mätressen. Ihre eifersüchtige Unruhe, ihre schlaflosen Nächte. Wie fern das alles jetzt war. Er war groß und dick, ein wenig kahl, sein ganzer Körper befand sich in behaglichem, sicherem Gleichgewicht, und sein Kopf saß fest auf einem breiten, kräftigen Hals; er war fünfundvierzig, ein Alter, in dem der Mann am stärksten, am schwersten ist, mit beiden Beinen auf der Erde steht und sein dickes Blut kräftig durch die Adern fließt. Wenn er lachte, schob er seinen Unterkiefer vor und entblößte alle seine weißen Zähne, auf denen kaum Gold zu sehen war.

›Wer‹, überlegte Agnès, ›hat gesagt: Du machst eine Grimasse wie ein Wolf, wie ein wildes Tier, wenn du lachst? Bestimmt war er davon unsäglich geschmeichelt. Früher hatte er diese Gewohnheit nicht.‹

Sie erinnerte sich, wie er jedesmal in ihren Armen weinte, wenn ein Liebesabenteuer zu Ende ging, und an das kurze

Stöhnen, das seinen Lippen entwich, während er den Mund leicht öffnete, als wollte er seine Tränen schlürfen. Armer Guillaume ...

»Ich, ich ...«, sagte Nadine.

So begann sie ihre Sätze immer. Ausgeschlossen, in ihren Gedanken oder in ihren Äußerungen ein Wort, einen Geistesblitz zu finden, der sich nicht auf sie selbst bezog, auf ihre Kleider, ihre Freunde, ihre Strumpfmaschen, ihr Taschengeld, ihre Vergnügungen. Sie war ... strahlend. Ihre Haut war so weiß wie bestimmte samtweiche Blüten, blaß und leuchtend zugleich, wie der Jasmin, die Kamelie, aber man sah das pochende junge Blut hindurchscheinen, in ihre Wangen steigen, die Lippen schwellen, die wirkten, als werde gleich ein Saft aus ihnen herausspritzen, rosa und feurig wie Wein. Ihre Augen glitzerten.

›Sie ist zwanzig‹, sagte sich Agnès, die sich ein weiteres Mal bemühte, die Augen zu schließen und von dieser allzu strahlenden, allzu gierigen Schönheit, von diesem schallenden Lachen, diesem Egoismus, diesem jungen Feuer, dieser diamantenen Härte nicht verletzt zu werden. ›Sie ist zwanzig, es ist nicht ihre Schuld ... Das Leben wird sie abkühlen, besänftigen, zur Vernunft bringen wie alle anderen.‹

»Mama, darf ich Ihren roten Schal nehmen? Ich werde ihn bestimmt nicht verlieren. Und, Mama, darf ich spät heimkommen?«

»Zuerst einmal, wo gehst du hin?«

»Aber das wissen Sie doch, Mama! Nach Saint-Cloud zu Chantal Aumont! Arlette holt mich ab. Mama, darf ich spät heimkommen? Also, nach acht? Sie werden nicht böse sein?

Denn an einem Sonntag um sieben möchten wir die Steigung von Saint-Cloud vermeiden.«

»Sehr vernünftig«, sagte Guillaume.

Das Essen ging zu Ende. Mariette hatte die Speisen rasch aufgetragen. Sonntag … Sobald das Geschirr gespült war, würde auch sie ausgehen.

Sie aßen mit Orangensaft getränkte Crêpes; Agnès hatte Mariette geholfen, den Teig anzurühren.

»Köstlich«, sagte Guillaume mit Feingefühl.

Schon hörte man durch die offenen Fenster die Teller klirren, manche ganz sachte wie in dem dunklen Erdgeschoß, wo zwei alte Jungfern im Dunkel Zuflucht fanden, andere fröhlicher, lebhafter. So auch im Haus gegenüber, wo samt seinen zwölf Gedecken das große glänzende Damasttischtuch mit den harten Falten schimmerte, in dessen Mitte ein Korb mit weißen Rosen zur Erstkommunion prangte.

»Ich gehe schon und mache mich fertig, Mama. Ich möchte keinen Kaffee.«

Guillaume trank wortlos und hastig seine Tasse aus. Mariette begann den Tisch abzudecken.

›Wie eilig sie es haben‹, dachte Agnès, während ihre flinken, mageren Hände mechanisch Nanettes Serviette falteten, ›nur ich …‹

Nur für sie war der herrliche Sonntag ohne Reiz.

›Ich hätte nie geglaubt, daß sie so häuslich, so abgestumpft werden könnte‹, dachte Guillaume. Er sah sie an, atmete tief ein, blähte den Brustkorb, glücklich und stolz, diesen Andrang an Kraft in sich zu spüren, die die schönen Tage seinem Körper zu verleihen schienen. ›Ich bin wunderbar in Form. Ich halte mich erstaunlich gut‹, sagte er sich noch, als er sich an die vielen Krisen und an die Geldsorgen erinnerte … Germaine, die sich an ihn klammerte, der Teufel soll sie holen … die Steuern … alles, was ihn mit Recht hätte deprimieren, traurig stimmen können. Aber nein! ›So bin ich schon immer gewesen! Ein Sonnenstrahl, die Aussicht auf einen Sonntag außerhalb von Paris, in Freiheit, eine gute Flasche, eine hübsche Frau an meiner Seite, und ich bin zwanzig! Ja, ich lebe‹, beglückwünschte er sich, während er seine Frau mit dumpfer Feindseligkeit betrachtete; ihre kalte Schönheit irritierte ihn, ebenso die spöttische, verkrampfte Falte ihrer schmalen Lippen. Laut sagte er:

»Falls ich in Chartres übernachten sollte, werde ich Sie natürlich anrufen. Jedenfalls bin ich morgen früh wieder zurück. Ich komme hier vorbei, bevor ich ins Büro fahre.«

Mit sonderbarer, schmerzhafter Kälte dachte Agnès: ›Eines Tages wird das Auto mit ihm und der Frau, die er liebkost, nach einem zu üppigen Mahl gegen einen Baum fahren. Ein Telefonanruf aus Senlis oder Auxerre. Wirst du leiden?‹ fragte sie neugierig ein unsichtbares, stummes, aufmerksames Bild ihrer selbst im Dunkel. Aber das Bild, schweigsam und gleichgültig, antwortete nicht, und Guillaumes Gestalt schob sich zwischen sie und den Spiegel.

»Bis bald, meine Liebe.«

»Bis bald, mein Freund.«

Dann war er weg.

»Soll ich den Teetisch im Salon herrichten, Madame?« fragte Mariette.

»Nein, lassen Sie nur. Ich werde es selbst tun. Sobald die Küche aufgeräumt ist, können Sie gehen.«

»Danke, Madame«, sagte das junge Mädchen, deren Wangen plötzlich heftig erröteten, als hätte sie sie an ein loderndes Feuer gehalten. »Danke, Madame«, wiederholte sie mit einem schmachtenden Blick, bei dem Agnès spöttisch die Achseln zuckte.

Agnès streichelte das glatte, schwarze Köpfchen von Nanette, die sich abwechselnd in den Falten ihres Kleides verbarg, dann lachend das Gesicht vorstreckte.

»Wir beide werden es schön ruhig haben, mein Liebes.«

Unterdessen zog sich Nadine in ihrem Zimmer eilig an, puderte ihren Hals, ihre nackten Arme, den Ansatz ihres Busens, dort, wohin Rémi im Dunkel des Wagens seine trockenen, glühenden Lippen gelegt hatte, die Stelle, die er mit raschen, flammendheißen Küssen bedeckt hatte. Halb drei … Arlette war noch nicht da. ›Bei Arlette wird Mama keinen Verdacht schöpfen.‹ Das Stelldichein war für drei Uhr geplant. ›Wenn man bedenkt, daß Mama nichts sieht. Sie war doch auch einmal jung …‹, dachte sie und versuchte vergebens, sich die Jugend, die Verlobung, die ersten Ehejahre ihrer Mutter vorzustellen.

›Sie ist wohl immer so gewesen. Ordnung, Ruhe. Weiße Leinenkragen … Guillaume, zerbrechen Sie meine Rosen nicht … Ich dagegen …‹

Sie erbebte, biß sich sanft auf die Lippen, näherte ihr Gesicht dem Spiegel. Nichts gefiel ihr so sehr wie ihr Körper, ihr Blick, ihre Züge, die Form des weißen und reinen jungen Halses, wie eine Säule. ›Es ist wunderbar, zwanzig zu sein‹, dachte sie fiebrig. ›Können alle jungen Mädchen es so sehen wie ich, können sie diese Seligkeit auskosten, diese Glut, diese Kraft, dieses heiße Blut? Dies alles ebenso stark und tief fühlen wie ich? Im Jahre 1934 zwanzig sein, das ist für eine Frau … herrlich‹, sagte sie sich und erinnerte sich undeutlich an die Campingnächte, die Rückfahrt im Morgengrauen in Rémis Wagen (während ihre Eltern sie bei einem Ausflug mit Freunden auf der Île Saint-Louis wähnten, um sich unschuldig den Sonnenaufgang über der Seine anzuschauen) und an das Skifahren, das Schwimmen im Freien, das kalte Wasser auf ihrem jungen Körper, an Rémis Hand, der seine Fingernägel in ihren Nacken grub, ihre kurzen Haare sanft nach hinten zog … ›Und diese Eltern, die nichts sehen! Freilich, zu ihrer Zeit … Ich stelle mir meine Mutter in meinem Alter vor, den ersten Ball, die niedergeschlagenen Augen. Rémi … Ich bin verliebt‹, sagte sie zu ihrem lächelnden Spiegelbild. ›Aber man muß auf Rémi aufpassen, so schön, so von sich eingenommen, verwöhnt von den Frauen, den Huldigungen. Bestimmt läßt er einen gerne leiden.‹

»Aber wir werden ja sehen, wer der Stärkere ist«, murmelte sie, ballte nervös die Fäuste, spürte ihre Liebe tief in ihrem Innern pochen wie einen stürmischen Wunsch nach Kampf, nach einem feurigen, grausamen Spiel.

Sie lachte. Und ihr Lachen klang so hell, so frech, so frisch in der Stille, daß sie bezaubert innehielt und die Ohren spitzte, als lauschte sie dem Echo eines seltenen, vollkommenen Musikinstruments.

›Manchmal scheint mir, als wäre ich vor allem in mich selbst verliebt‹, dachte sie, als sie sich ihre grüne Kette um den Hals legte, deren kleine Kugeln schimmerten und die Sonne reflektierten. Ihre reine, feste und glatte Haut hatte jene *glossiness* der jungen Tiere, der Blumen, der Pflanzen im Mai, ein Glanz, dessen Vergänglichkeit man fühlte, der jedoch zur äußersten Vollkommenheit gelangt war. ›Nie wieder werde ich so schön sein.‹

Sie parfümierte sich, vergeudete absichtlich das Parfüm, verteilte es auf ihrem Gesicht, ihren Schultern: Alles, was auffällig, extravagant war, stand ihr an diesem Tag! ›Ich möchte ein feuerrotes Kleid haben, Zigeunerschmuck.‹ Sie erinnerte sich an die zarte und matte Stimme ihrer Mutter: »Alles mit Maßen, Nadine!«

»Diese alten Leute«, sagte sie sich verächtlich.

Auf der Straße vor dem Haus hatte Arlettes Wagen angehalten. Nadine nahm ihre Handtasche, die Baskenmütze, die sie sich im Laufen auf den Kopf setzte, rief vorbeifliegend: »Auf Wiedersehen, Mama!«, und verschwand.

»Ich möchte, daß du dich ein wenig auf dem Sofa ausruhst, Nanette. Du hast heute nacht so schlecht geschlafen. Ich werde neben dir arbeiten!« sagte Agnès. »Danach kannst du mit Mademoiselle rausgehen.«

Die kleine Nanette rollte einen Augenblick ihre rosa Schürze in den Händen, drehte sich hin und her, rieb ihr Gesicht an den Kissen, gähnte, schlief ein. Sie war fünf Jahre alt. Wie Agnès hatte sie die Haut einer Blondine, blaß und frisch, schwarzes Haar und dunkle Augen.

Leise setzte sich Agnès neben sie. Das Haus war still, verschlafen. Draußen hing der Duft des Filterkaffees in der Luft. Das Zimmer war von einem gelben, warmen, sanften Schatten erfüllt. Agnès hörte, wie Mariette behutsam die Küchentür zumachte und durch die Wohnung ging; sie lauschte ihren Schritten, die sich auf der Dienstbotentreppe entfernten. Sie seufzte; es überkam sie ein seltsames, wehmütiges Glücksgefühl, ein köstlicher Friede. Die Stille, die leeren Zimmer, die Gewißheit, daß bis zum Abend niemand sie stören, daß weder ein Schritt noch eine fremde Stimme in dieses Haus, diese Zuflucht dringen würde ... Die Straße war ruhig und menschenleer. Nur eine unsichtbare Frau spielte Klavier, im Schutz ihrer heruntergelassenen Jalousien. Dann verstummte alles. Zur selben Zeit preßte Mariette ihre breiten, nackten Hände um ihre sonntägliche Handtasche aus »Schweinslederimitat«, eilte zur Metrostation Sèvres-Croix-Rouge, wo ihr Liebhaber sie erwartete, und Guillaume sagte im Wald von Compiègne zu einer üppigen Blondine, die neben ihm saß: »Es ist leicht, mich zu tadeln, dabei bin ich kein schlechter Ehemann, aber meine Frau ...« Nadine flitzte in Arlettes kleinem grünem Auto am Gitter des Jardin de Luxembourg entlang. Die Kastanienbäume standen in Blüte. Die Kinder tollten in ärmellosen Frühlingsjäckchen herum. Voller Bitterkeit dachte Arlette, daß niemand auf sie wartete; niemand liebte sie. Man duldete sie wegen ihres kostbaren grünen Wagens und ihrer mit Schildpatt umrandeten runden Augen, die den Müttern Vertrauen einflößten. Glückliche Nadine!

Es blies ein kräftiger Wind; die jäh nach links sich neigenden Wasserstrahlen des Springbrunnens besprühten die Passanten mit glitzerndem Staub. Die jungen Bäume im Square Sainte-Clotilde bewegten sich sachte.

›Welch ein Frieden‹, dachte Agnès.

Sie lächelte; weder ihr Mann noch ihre älteste Tochter kannten dieses langsame und seltene vertrauensvolle Lächeln, das ihre Lippen ein wenig öffnete.

Sie stand auf, um leise das Wasser der Rosen zu wechseln;

sorgfältig beschnitt sie die Stengel; die Rosen gingen langsam auf, und die Blütenblätter schienen sich wie mit Bedauern zu öffnen, furchtsam und in einer Art göttlicher Schamhaftigkeit.

›Wie wohl man sich hier fühlt‹, dachte Agnès.

Ihr Haus ... Die Zuflucht, die verschlossene, warme Muschel, verschlossen gegen den Lärm von draußen. Wenn sie in der Winterdämmerung die Rue Las Cases entlangging und über der Tür die in den Stein gemeißelte lächelnde Frauenfigur erkannte, dieses vertraute, mit schmalen Bändern geschmückte sanfte Gesicht, fühlte sie sich auf geheimnisvolle Weise erleichtert, besänftigt, von ruhigem Glück durchströmt. Ihr Haus ... Die köstliche Stille, dieses leichte, flüchtige Knacken der Möbel, die zarten Marketerien, die schwach im Dunkel schimmerten, wie sehr sie das alles liebte. Sie setzte sich, ließ sich tief in einen Sessel sinken, sie, die sich sonst immer so gerade hielt, den Rücken nicht beugte und den Kopf nicht senkte.

›Guillaume sagt, daß ich die Dinge mehr liebe als die Menschen ... Das ist möglich!‹

Sie umgaben sie mit süßem, stummem Zauber. Die mit Schildpatt und Kupfer verzierte Standuhr schlug langsam und friedlich in der Stille.

Das musikalische, vertraute Klingen einer silbernen Tasse, die im Dunkel glänzte, antwortete auf jede Bewegung, jeden Seufzer, wie ein Freund.

Das Glück? ›Man verfolgt es, man sucht es, man rackert sich ab, und es ist nur hier‹, sagte sie sich, ›es entsteht in dem Augenblick, wo man nichts mehr erwartet, nichts mehr erhofft, nichts mehr befürchtet. Natürlich, die Gesundheit der

Kleinen ...‹ Mechanisch beugte sie sich herab, berührte Nanettes Stirn mit den Lippen. ›Frisch wie eine Blume, Gott sei Dank. Auf nichts mehr hoffen, welcher Friede. Wie ich mich verändert habe‹, dachte sie, als sie sich an ihre Vergangenheit erinnerte, an ihre unsinnige Liebe zu Guillaume, an diesen kleinen Square irgendwo in Passy, wo sie an Frühlingsabenden auf ihn gewartet hatte. Ihre Familie, ihre abscheuliche Schwiegermutter, der Lärm ihrer Schwestern in dem traurigen, düsteren kleinen Salon. »Ah, nie werde ich der Stille überdrüssig sein.« Sie lächelte, sagte leise, als ob die Agnès von einst mit ihren schwarzen Zöpfen, die ihr blasses junges Gesicht umrahmten, neben ihr säße und ihr ungläubig lauschte:

»Das wundert dich? Habe ich mich verändert?«

Sie schüttelte den Kopf. In ihrer Erinnerung kam es ihr vor, als wäre jeder Tag der Vergangenheit regnerisch und traurig gewesen, jedes Warten vergeblich, jedes Wort grausam oder verlogen.

›Ah, wie nur kann man der Liebe nachweinen? Glücklicherweise ähnelt Nadine mir nicht. Diese Kleinen sind ja so kalt, so gefühllos. Nadine ist noch ein Kind, aber auch später wird sie nie so lieben, so leiden können wie ich. Um so besser im übrigen, um so besser, mein Gott. Nanette wird wahrscheinlich genauso sein wie ihre Schwester.‹

Sie lächelte; es war so seltsam, sich vorzustellen, daß aus diesen dicken und glatten rosigen Wangen, diesen unbestimmten Zügen einmal das Gesicht einer Frau werden würde. Sie streckte die Hand aus, streichelte sanft das feine schwarze Haar. ›Die einzigen Augenblicke, an denen meine Seele sich ausruht‹, dachte sie, und sie erinnerte sich an eine Jugendfreundin, die immer sagte: »Meine Seele ruht sich aus …«, wobei sie halb die Augen schloß und eine Zigarette anzündete. Aber Agnès rauchte nicht. Nicht das Träumen liebte sie, sondern so dazusitzen und irgendeiner ganz bescheidenen, präzisen Beschäftigung nachzugehen, zu nähen, zu stricken, ihr Denken zu zwingen, sich zu beugen, demütig zu werden, ruhig und still zu sein, die Bücher zu ordnen, sorgfältig die Gläser aus böhmischem Kristall zu spülen und abzutrocknen, eines nach dem andern, die altmodischen, goldumrandeten langen Kelche, aus denen man den Champagner zu trinken pflegte. ›Das Glück … Ja, mit zwanzig kam mir das Glück anders, schrecklicher, größer vor, aber die Wünsche werden auf wundersame Weise kleiner und erfüllbarer, je näher man dem Ende aller Wünsche kommt‹, dachte sie, während sie einen Korb auf ihre Knie stellte, der eine begonnene Handarbeit, Nähseide, ihren Fingerhut, ihre goldene Schere enthielt. ›Braucht eine Frau, die die Liebe nicht liebt, denn mehr?‹

»Laß mich bitte hier raus, Arlette«, bat Nadine.
Es war drei Uhr. ›Ich werde ein wenig zu Fuß gehen‹, sagte sie sich. ›Ich will nicht als erste da sein.‹
Arlette gehorchte. Nadine stieg aus.
»Danke, meine Liebe.«
Das Auto fuhr weiter. Nadine ging die Rue de l'Odéon hinauf, wobei sie sich zwang, die Eile und das fröhliche Feuer zu zähmen, das ihren Körper erfaßte. ›Ich mag die Straße‹, dachte sie und schaute sich dankbar um. ›Zu Hause ersticke ich. Sie können nicht verstehen, daß ich jung bin, daß ich zwanzig bin, daß ich nicht umhinkann zu singen, zu tanzen,

laut zu sprechen, zu lachen. Ich bin glücklich.‹ Mit Wonne spürte sie durch den dünnen Stoff ihres Kleides den Wind auf ihren Beinen. Leicht, luftig, frei, beflügelt, nichts hielt sie in diesem Augenblick auf der Erde fest, so schien ihr. ›Es gibt Momente, wo man sich mühelos in die Lüfte erheben könnte‹, dachte sie, von Hoffnung getragen. Wie schön die Welt war, wie liebenswert! Die strahlende Flut der Mittagssonne ließ nach, verwandelte sich in ein fahles, ruhiges Licht; an jeder Straßenecke verkauften Frauen Narzissensträuße, boten den Passanten ihre Körbe an. In den Cafés, auf den Terrassen tranken friedlich beisammensitzende Familien Granatapfelsirup, im Kreis um eine kleine Kommunikantin mit glühenden Wangen und glänzenden Augen. Und langsam, die Trottoirs versperrend, flanierten die Soldaten und Frauen in schwarzen Kleidern, Frauen mit roten und nackten großen Händen. »Hübsch«, sagte ein vorbeikommender Junge und schob wie zu einem Kuß die Lippen vor, während er Nadine gierig ansah. Sie lachte.

Mitunter verschwand die Liebe, sogar Rémis Bild. Es blieb nur eine Schwärmerei, ein Fieber, eine stechende, fast unerträgliche Glückseligkeit, die jedoch in ihren geheimsten Tiefen eine sonderbare, süße Angst zu bergen schien.

›Die Liebe? Liebt mich Rémi?‹ fragte sie sich plötzlich auf der Schwelle des kleinen Bistros, wo sie auf ihn warten sollte. ›Und ich? Vor allem sind wir Freunde, oder? Aber Freundschaft, Vertrauen ist etwas für alte Leute! Sogar Zärtlichkeit ist nichts für uns! Liebe ist etwas ganz anderes‹, dachte sie, als sie sich an den schmerzenden Stachel erinnerte, den die Küsse, die zärtlichsten Worte bisweilen im Innern zu bergen schienen. Sie trat ein.

Das Café war leer. Die Sonne schien. Eine Wanduhr schlug. Der kleine Raum, in dem sie sich setzte, war kühl wie ein Keller und roch nach Wein.

Er war nicht da. Sie fühlte, wie ihr Herz sich langsam zusammenkrampfte. ›Schon Viertel nach drei, das stimmt. Aber hat er denn nicht auf mich gewartet?‹

Sie bestellte aufs Geratewohl ein Getränk.

Jedesmal, wenn die Tür aufging, jedesmal, wenn eine männliche Gestalt auf der Schwelle erschien, klopfte dies ungebärdige Herz freudig und überflutete sie stürmisch mit Glückseligkeit, und jedesmal trat ein Unbekannter ein, betrachtete sie zerstreut und setzte sich ins Dunkel. Nervös preßte sie unter dem Tisch die Hände zusammen.

›Aber wo ist er? Warum kommt er nicht?‹

Dann senkte sie den Kopf und begann wieder zu warten.

Unerbittlich schlug die Uhr jede Viertelstunde. Die Augen auf den Zeiger geheftet, wartete sie bewegungslos, als könnte die vollständige Reglosigkeit den Gang der Zeit verlangsamen. Drei Uhr dreißig. Drei Uhr fünfundvierzig. Das war noch nicht viel. Zu beiden Seiten der halben Stunde besteht ja nur ein ganz kleiner Unterschied, desgleichen bei drei Uhr vierzig, aber wenn man sagt, zwanzig vor vier, Viertel vor vier, dann ist alles verloren, verdorben, unwiederbringlich verloren! Er wird nicht kommen, er hat sich über sie lustig gemacht! Mit wem ist er in diesem Augenblick zusammen? Wem sagt er: »Nadine Padouan? Die habe ich ganz schön an der Nase herumgeführt!« Sie spürte, wie herbe, bittere Tränen in ihren Augen brannten. Nein, nein, das nicht! Vier Uhr. Ihre Lippen bebten. Sie öffnete ihre Handtasche, blies auf die Puderquaste. Der aufliegende Puder umgab sie mit einer erstickenden Duftwolke. Sie sah ihre Züge in dem kleinen Spiegel, zitternd und verzerrt wie auf dem Grund des Wassers. ›Nein, ich werde nicht weinen‹, dachte sie, wild die Zähne zusammenbeißend. Mit bebenden Fingern ergriff sie ihren Lippenstift, fuhr sich damit über den Mund, puderte die seidige, bläuliche, glatte Höhlung unter ihren Augen, genau dort, wo sich später die erste Falte bilden würde. ›Warum hat er das getan?‹ Ein Kuß an einem Abend, war das denn alles, was er wollte? Einen Augenblick wurde sie von verzweifelter Erniedrigung ergriffen. Alle bitteren Erinnerungen, die sogar eine glückliche Kindheit enthalten kann, strömten in ihre Seele: jene unverdiente Ohrfeige ihres Vaters, als sie zwölf war; jener ungerechte Lehrer; jene kleinen englischen Mädchen in der Tiefe ihrer Vergangenheit, die lachend sagten: »*We won't play with you. We don't play with kids.*«

›Ich leide. Ich wußte nicht, daß man so leiden kann.‹

Sie sah nicht mehr auf die Uhr. Reglos blieb sie sitzen. Wohin gehen? Hier fühlte sie sich geschützt, an ihrem Platz. Wie viele Frauen hatten gewartet wie sie, ihre Tränen heruntergeschluckt wie sie, mechanisch diese alte Moleskinbank gestreichelt, die sich warm und weich anfühlte wie das Fell eines Tiers? Doch plötzlich durchströmte sie wieder ein Gefühl stolzer Kraft. Was bedeutete das? ›Ich leide, ich bin unglücklich.‹ Oh, die schönen, völlig neuen Wörter: Liebe, Unglück, Begehren. Sie bildete sie sanft mit den Lippen.

»Ich möchte, daß er mich liebt. Ich bin jung. Ich bin schön. Er wird mich lieben, und wenn nicht er, dann andere«, murmelte sie und preßte nervös ihre Hände mit den glänzenden, wie Krallen spitzen Nägeln zusammen.

Fünf Uhr ... Der kleine dunkle Raum erglühte mit einem Mal in goldenem Licht. Die Sonne hatte sich gedreht, erhellte den goldgelben Likör in ihrem Glas, beleuchtete die kleine Telefonkabine ihr gegenüber.

›Ein Anruf?‹ dachte sie fiebrig. ›Vielleicht ist er krank?‹

»Ach was«, sagte sie, wütend die Achseln zuckend.

Sie hatte laut gesprochen; sie erschauerte. ›Aber was habe ich denn?‹ Sie stellte sich vor, er läge blutend, tot auf einer Landstraße. Im Auto raste er immer wie ein Verrückter ...

»Soll ich anrufen? Nein!« murmelte sie und fühlte zum ersten Mal die Schwäche, die Feigheit ihres Herzens.

Zur selben Zeit schien tief in ihrem Innern eine Stimme geheimnisvoll zu flüstern: ›Schau genau hin. Hör genau zu. Erinnere dich. Niemals wirst du diesen Tag vergessen. Du wirst älter werden. Aber in der Stunde deines Todes wirst du diese offene, in der Sonne schlagende Tür wiedersehen. Du wirst diese Uhr die Viertelstunden schlagen hören, den Lärm wahrnehmen, die Rufe von der Straße.‹

Sie stand auf und ging in die kleine Telefonkabine, die nach Staub und Kreide roch; die Wände waren mit Bleistiftgekritzel bedeckt. Lange starrte sie auf eine in eine Ecke gezeichnete Frauengestalt. Schließlich wählte sie Jasmin 10-32.

»Hallo«, sagte eine Frauenstimme, eine unbekannte Stimme.

»Die Wohnung von Monsieur Rémi Alquier?« fragte sie, und der Klang ihrer Worte überraschte sie: ihre Stimme zitterte.

»Ja, wer ist am Apparat?«

Nadine schwieg. Undeutlich hörte sie ein träges sanftes Lachen, einen Ruf:

»Rémi, ein junges Mädchen fragt nach dir ... Was? Monsieur Alquier ist nicht da, Mademoiselle.«

Langsam hängte Nadine den Hörer ein und ging hinaus. Es war sechs Uhr, und der Glanz der Maisonne hatte sich getrübt; eine traurige, leichte Dämmerung war hereingebrochen. Aus dem Jardin de Luxembourg stieg der Geruch nach frisch besprengten Pflanzen und Blumen. Auf gut Glück ging Nadine in eine Straße, dann in eine andere. Beim Gehen piff sie leise. Die ersten Lampen wurden in den Häusern angezündet, die ersten Gaslaternen in den noch hellen Straßen: ihre verzerrten Lichter blinkten durch ihre Tränen hindurch.

In der Rue Las Cases hatte Agnès Nanette zu Bett gebracht. Das Kind schlief schon fast, aber es sprach in seinem Halbschlaf mit zögernder, sanfter, vertrauensvoller Stimme zu sich selbst, zu ihrem Spielzeug, zu der Dunkelheit. Doch sobald sie den Schritt von Agnès hörte, verstummte sie aus Vorsicht.

›Jetzt schon‹, dachte Agnès.

Sie betrat den dunklen Salon, und ohne die Lampen anzumachen, ging sie zum Fenster. Der Himmel wurde dunkel. Sie seufzte. Der Frühlingstag barg eine Art Bitterkeit, die mit dem Abend zu verströmen schien. So wie rosige, duftende Pfirsiche einen bitteren Geschmack im Mund hinterlassen. Wo war Guillaume? »Heute nacht wird er bestimmt nicht heimkommen. Um so besser«, sagte sie und dachte an ein frisches, leeres Bett. Mit der Hand berührte sie die kalte Fensterscheibe. Wie oft hatte sie so auf Guillaume gewartet? Abend für Abend, in der Stille auf das Schlagen der Uhr lauschend, auf das Knarren des Fahrstuhls, der langsam aufstieg, an ihrer Tür vorbeiglitt, wieder hinabfuhr. Abend für Abend, zuerst mit Verzweiflung, dann mit Resignation, dann mit schwerer, tödlicher Gleichgültigkeit.

Und jetzt? Traurig zuckte sie die Achseln.

Die Straße war leer, und ein bläulicher Dunst schien über allen Dingen zu schweben, als hätte vom verschleierten Himmel sachte ein feiner Ascheregen zu fallen begonnen. Der goldene Stern einer Straßenlaterne leuchtete im Dunkeln auf, und die Türme von Sainte-Clotilde schienen zurückzuweichen, sich in der Ferne aufzulösen. Ein kleiner Wagen voller Blumen, der vom Land zurückkehrte, fuhr vorbei; es war gerade noch hell genug, um die an den Scheinwerfern befestigten Narzissensträuße zu erkennen. Die Hausmeister, die auf Strohstühlen an ihren Türschwellen saßen, die Hände lässig auf ihre Knie gestützt, schwiegen. An jedem Fenster wurden die Läden geschlossen, und durch die Zwischenräume schimmerte nur schwach eine rosa Lampe.

›Früher‹, erinnerte sich Agnès, ›als ich so alt war wie Nadine, wartete ich schon stundenlang vergeblich auf Guillaume.‹ Sie schloß die Augen, versuchte, ihn wiederzusehen, wie er damals war, oder zumindest so, wie er ihr erschienen war. War er denn so schön? So charmant? Mein Gott, bestimmt magerer als jetzt, das Gesicht sorgenvoller, hagerer. Schöne Lippen. Seine Küsse … Es entwich ihr ein trauriges und bitteres kurzes Lachen.

›Wie sehr ich ihn liebte … ich Närrin … ich unglückliche Närrin. Er sagte mir keine Liebesworte. Er begnügte sich damit, mich zu küssen, mich so lange zu küssen, bis mein Herz vor Sanftmut und Kummer dahinschmolz. Achtzehn Monate lang hat er mir nicht einmal ›Ich liebe dich‹ … oder

›Ich will dich heiraten‹ gesagt. Ich mußte immer für ihn da sein, zu meiner Verfügung, wie er sagte. Und ich törichter Unglückswurm, ich fand Gefallen daran. Ich war in dem Alter, in dem sogar die Niederlage berauscht. Und ich dachte: Er wird mich lieben. Ich werde seine Frau sein. Wegen all meiner Hingabe und Liebe wird er mich schließlich lieben.‹

Ungewöhnlich genau erinnerte sie sich an einen lange zurückliegenden Frühlingsabend. Aber er war nicht so schön und lau gewesen wie heute. Es war einer jener regnerischen oder kalten Pariser Frühlinge, in denen schon am frühen Morgen ein eisiger Regen fällt und durch die belaubten Bäume tropft. Die blühenden Kastanien, die langen Tage und die milde Luft wirkten wie grausamer Hohn. Sie wartete auf einer Bank in einem leeren Square. Der regennasse Buchsbaum verströmte einen bitteren Geruch. Die Tropfen fielen ins Wasserbassin und maßen langsam und melancholisch die unwiederbringlich verstreichenden Minuten; kalte Tränen rannen ihr über die Wangen. Er kam nicht. Eine Frau hatte sich neben sie gesetzt, hatte sie wortlos angesehen, unter dem Regen den Rücken krümmend und bitter die Lippen zusammenpressend, als dächte sie: ›Noch eine‹.

Sie neigte ein wenig den Kopf, legte ihn wie früher mechanisch auf ihren Arm. Eine tiefe Traurigkeit stieg in ihr auf.

›Was ist denn los? Dabei bin ich glücklich, so ruhig, so friedlich. Wozu sich erinnern? Das kann in meiner Seele nur Groll und sinnlosen Zorn wecken, mein Gott!‹

Doch dann tauchte in ihrem Gedächtnis das Bild des Taxis auf, das sie durch die schwarzen, nassen Alleen des Bois de Boulogne fuhr, und ihr schien, als fände sie von neuem die Würze und den Geruch dieser reinen, kalten Luft wieder, die durch die offenen Fenster drang, während Guillaumes Hand sanft und grausam ihre nackte Brust preßte wie eine Frucht, aus der man den Saft spritzen ließ. Streitereien, Versöhnungen, bittere Tränen, Lügen, ungeheure Feigheit und jenes jähe, süße Glück, wenn er ihre Hand berührte und lachend sagte: »Verärgert? Ich liebe es, dich ein wenig leiden zu lassen.«

»Das ist vorbei, das wird nicht wiederkehren«, sagte sie plötzlich laut mit unverständlicher Verzweiflung. Jäh fühlte sie eine Flut von Tränen aus ihren Augen schießen und über ihr Gesicht rinnen. »Ich möchte noch immer leiden.«

›Leiden, verzweifeln, auf jemanden warten! Ich warte auf niemanden mehr in der Welt! Ich bin alt. Ich hasse dieses Haus‹, dachte sie plötzlich wie im Fieber. ›Und diesen Frieden, diese Ruhe! Und die Kleinen? Ja, die mütterliche Illusion ist die hartnäckigste und vergeblichste. Ja, ich liebe sie, ich habe nur sie auf der Welt, aber das genügt nicht. Ich möchte die verlorenen Jahre wiederfinden, die verlorenen Leiden. Ich möchte zwanzig Jahre alt sein! Glückliche Nadine! Aber sie ist vermutlich in Saint-Cloud beim Golfspielen! Sie kümmert sich nicht um die Liebe! Glückliche Nadine!‹

Sie zuckte zusammen. Sie hatte die Tür nicht gehört, auch nicht Nadines Schritte auf dem Teppich. Hastig sagte sie, heimlich ihre Augen wischend:

»Mach kein Licht.«

Wortlos setzte sich Nadine neben sie. Die Nacht war hereingebrochen, und jede wandte den Blick ab. Sie sahen nichts.

Nach einer Weile fragte Agnès:

»Hast du dich gut amüsiert, Liebes?«

»Ja, Mama«, sagte Nadine.

»Wie spät ist es denn?«

»Bald sieben, glaube ich.«

»Du kommst früher zurück, als du dachtest«, sagte Agnès zerstreut.

Nadine antwortete nicht, ließ sachte die dünnen goldenen Reifen an ihren nackten Armen klirren.

›Wie still sie ist‹, dachte Agnès, ein wenig erstaunt. Laut sagte sie:

»Was ist los, Liebes? Bist du müde?«

»Ein bißchen.«

»Du wirst früh schlafen gehen. Wasch dir jetzt die Hände. In fünf Minuten setzen wir uns zu Tisch. Mach keinen Lärm, wenn du durch den Flur gehst, Nanette schläft.«

Im selben Augenblick läutete das Telefon. Jäh hob Nadine den Kopf. Mariette kam herein.

»Mademoiselle Nadine wird am Telefon verlangt.«

Mit dumpf klopfendem Herzen ging Nadine leise durch den Salon, sich des Blicks ihrer Mutter bewußt. Geräuschlos schloß sie die Türe des kleinen Büros hinter sich, in dem sich das Telefon befand.

»Nadine? ... Hier ist Rémi ... Oh, wie verärgert wir sind ... So verzeihen Sie mir doch ... Seien Sie nicht böse ... Wo ich doch um Verzeihung bitte! Na, na«, sagte er, als redete er einem störrischen Tier gut zu. »Ein wenig Nachsicht, bitte sehr, kleines Mädchen ... Was wollen Sie? Eine alte Liebschaft, ein Almosen ... Ach, Nadine, Sie wollen doch nicht, daß ich mich mit den kleinen Nichtigkeiten zufriedengebe, die Sie mir bieten? ... He? ... He?« wiederholte er, und sie erkannte das Echo dieses wollüstigen, sanften Lachens zwischen seinen zusammengepreßten Lippen wieder. »Sie müssen mir vergeben. Es ist mir nicht unangenehm, Sie zu küssen, wenn Sie wütend sind und Ihre grünen Augen Funken sprühen. Mir ist, als sähe ich sie. Sie blitzen, nicht wahr? Morgen? Wollen Sie morgen, zur selben Zeit? ... Ich werde Sie nicht versetzen, ich schwör's ... Was? ... Nicht frei? Was für ein Witz! Morgen? Am selben Ort, um die gleiche Zeit. Aber wenn ich es schwöre ... Morgen?« wiederholte er.

Nadine sagte:

»Morgen.«

Er lachte:

»*There's a good girl. Good little girlie. Bye-bye.*«

Nadine rannte in den Salon. Ihre Mutter hatte sich nicht gerührt.

»Was machen Sie denn da, Mama?« rief Nadine aus, und ihre Stimme, ihr schallendes Lachen weckten in Agnès' Seele ein unklares, bitteres Gefühl, ähnlich dem Neid. »Es ist ja stockdunkel!«

Sie machte alle Lampen an. Ihre noch tränenfeuchten Augen blitzten; eine düstere Flamme war in ihre Wangen gestiegen. Sie näherte sich trällernd dem Spiegel, brachte ihr Haar in Ordnung, betrachtete lächelnd ihr vom Glück erleuchtetes Gesicht, ihre halb geöffneten, zitternden Lippen.

»Wie fröhlich du auf einmal bist«, sagte Agnès.

Sie bemühte sich zu lachen, aber nur ein trauriges Glucksen kam ihr über die Lippen. Sie dachte: ›Ich war blind! Die Kleine ist ja verliebt! Ah, sie hat zu viele Freiheiten, und ich bin zu schwach, das beunruhigt mich.‹ Aber in ihrem Herzen erkannte sie jene Bitterkeit, jenes Leiden wieder; sie begrüßte es wie einen alten Freund. ›Tatsächlich, ich bin eifersüchtig!‹

»Wer hat dich angerufen? Du weißt genau, daß dein Vater diese Telefonate von Unbekannten und diese mysteriösen Rendezvous nicht mag.«

»Ich verstehe nicht, Mama«, sagte Nadine mit unschuldig glänzenden Augen, die fest auf ihre Mutter gerichtet waren, ohne daß man den in ihrer Tiefe verborgenen Gedanken hätte lesen können: die Mutter, die ewige Feindin, das geschwätzige Alter, das nichts begreift, nichts sieht, sich in seinem Schneckenhaus verkriecht und nur danach trachtet, die Jugend am Leben zu hindern! »Ich versichere Ihnen, daß ich Sie nicht verstehe. Das Tennisspiel, das am Samstag nicht stattgefunden hat, ist bloß auf morgen verschoben worden. Das ist alles.«

»Ach, wirklich alles!« sagte Agnès, aber der schroffe, harte Ton ihrer Worte verwunderte sie selbst.

Sie sah Nadine an. ›Ich bin verrückt. Es sind diese alten Erinnerungen. Sie ist noch ein Kind.‹ Einen Augenblick sah sie im Geist das Bild eines jungen Mädchens mit langen schwarzen Zöpfen wieder, das bei Nebel und Regen in einem verlorenen Square saß; traurig betrachtete sie es und vertrieb es für immer aus ihrem Gedächtnis.

Sanft legte sie ihre Hand auf Nadines Arm.

»Na, komm schon«, sagte sie.

Nadine unterdrückte ein ironisches Lachen. ›Werde ich in ihrem Alter genauso … leichtgläubig sein? Glückliche Mama‹, dachte sie mit süßer Verachtung. ›Wie schön ist doch die Unschuld und der Friede des Herzens.‹

Aino

Ich war fünfzehn Jahre alt. Ich war ein Kind russischer Emigranten. Ich wohnte in Finnland, in einem tief in den Wäldern verlorenen Weiler. Es war Winter, die Jahreszeit, in der die Sonne um drei Uhr untergeht und unter einem kristallschwarzen Himmel die vereiste Ebene vor schwachen Feuern glitzert. Es war Winter, und es herrschte Bürgerkrieg.

Wir wohnten in einem Weiler, der von den Bolschewiken, die General Mannerheim vor sich hertrieb, besetzt war. Wir rochen im Wind den Geruch der brennenden Städte, wir hörten die Kanonen im Norden dröhnen. Wir verstanden die Sprache der Bauern nicht. Wir lebten unter ihnen, ohne mit ihnen zu sprechen, und sie schienen uns nicht anzuschauen, ja nicht einmal zu sehen. Ihre Züge, ihre leisen Schritte, ihre stolze und gleichgültige Miene, alles kam uns fremd vor. Ich liebte Finnland, aber in meiner Erinnerung bleibt es das geheimnisvollste Land der Welt. Ich weiß nicht, warum. Vielleicht wegen dieses Volks, das uns nur schwer ertrug und dessen Wutausbrüche wir kannten.

Die Mädchen, die Frauen dieser Bauern dienten bei uns, in dem Hotel, in das wir zum Schutz geflüchtet waren. Man stelle sich ein einstöckiges Haus vor mit kleinen Fenstern, großen eiskalten Fluren, Wänden aus frischem Holz, die noch dufteten und vor Harz klebten. Ringsum gab es während der

Sommerzeit einen Garten, Pfade und einen Rasen. Im Winter deckte der Schnee alles zu, ebnete alles ein: Jetzt war es eine weite kalte Ebene, aus der ein paar Tannen ragten, von einem dicken Eispanzer überzogene Korbstühle und einen bis zur Hälfte im Schnee begrabenen chinesischen Pavillon.

Jeden Samstagabend flochten die Kellnerinnen mit den blonden Haaren und den graugrünen Augen rote Bänder in ihre Zöpfe und gingen tanzen mit ihren Kavalieren, die mit Dolchen, Gewehren und geladenen Pistolen ausstaffiert waren. Sie erlaubten uns, die Schuppen zu betreten, in denen diese Bälle stattfanden, jedoch immer ohne ein Wort, ohne ein Lächeln, ohne einen Blick für uns.

Dort habe ich einen langen Winter gelebt. In diesen funkelnden Morgenstunden atmete man Gesundheit und Glück, wenn man durch die Wälder lief, wenn man die leichten, schnellen Schlitten lenkte, doch schon um drei Uhr wurde es dunkel. Es gab keinen Strom, und Petroleum war rar: Man ging sparsam damit um. Die Korridore waren nie erleuchtet. Ich war kein ängstliches Kind, aber bestimmte leere Zimmer, bestimmte tiefe Wandschränke voller Echos, tönend wie Brunnen, ein kleines rundes Fenster, durch das ein Mondstrahl drang, ließen mein Herz erstarren. Es war nicht eigentlich Furcht, sondern das Gefühl eines Geheimnisses, einer unsichtbaren Gegenwart, als wäre die Trennung zwischen der realen Welt und dem Übernatürlichen von einem Augenblick zum andern immer dünner, immer durchsichtiger geworden; man vernahm Töne, Rascheln, Seufzer, die nicht mehr von dieser Welt waren, und in dem Moment, in dem man endlich im Begriff war, das nicht Erkennbare, nicht Mitteilbare zu verstehen, zu sehen, zu berühren, war die in einem hochkriechende Angst so stark, daß man, hätte man noch länger hier gewartet, bestimmt vor Schreck gestorben wäre. Also sang ich oder rannte los, rief aus Leibeskräften die Hunde und traf keuchend, mit zerzaustem Haar im Salon ein, wo die Eltern Whist spielten.

Dann gab es keine andere Möglichkeit, als zum Bücherschrank zu schlüpfen; er enthielt ein paar französische Bände. Dort las ich zum erstenmal *Béatrix* und *Mademoiselle de Maupin*. Ein Licht vor dem Fenster beleuchtete den dichten Schnee, der draußen fiel.

Ich hatte keine Freunde. Im Hotel wohnten Erwachsene, ganz kleine Kinder und eine kleine Gruppe von Zwanzig- bis Zweiundzwanzigjährigen, die mich verachteten. Wenn sie mich bei ihren Wettrennen oder ihren Spielen duldeten, war ich stolz und beschämt zugleich. Unter ihnen entspannen und lösten sich überaus komplizierte Romanzen. Ich konnte nicht verstehen, welches Vergnügen sie empfanden, sich bei der Hand zu halten, sich zu küssen; sie gingen mir auf die Nerven. Dann wieder beneidete ich sie sehr.

Auf unseren Spaziergängen fühlte ich, daß ich alle diese Pärchen störte, und ich blieb schüchtern und unglücklich zurück. Nach einer Weile ließ ich sie stehen und ging allein durch den Wald zurück. Die schneebedeckten Tannen nahmen in der Dämmerung die seltsamsten Formen an. Manchmal sah man Feuer blinken: Männer saßen im Kreis um die Flammen. Sie alle, Holzfäller oder Soldaten, waren bewaffnet. Manchmal stieg ich auf einen Hügel, von wo aus man, wenn man die Ohren spitzte, ein stetes, dumpfes Grollen hörte, als würden auf einem Speicher ununterbrochen Möbel gerückt: die Kanone von Terijoki.

Auf dem Schnee sah man kleine zarte Sterne, die Spuren geheimnisvoller, stets unsichtbarer Waldtiere; die Spuren ergaben Muster, trafen aufeinander, kreuzten sich und bildeten die leichten, beweglichen Figuren eines Geisterballetts.

Auf einem dieser einsamen Ausflüge stieß ich eines Tages auf ein unbewohntes Haus.

Die Fensterscheiben waren von Kugeln zerbrochen worden; die Tür stand offen. Ich betrat einen kleinen Salon, die Möbel waren unversehrt. Das finnische Volk, das ehrlichste der Welt, hatte vielleicht die Besitzer massakriert, aber ihre Habe respektiert. (Ich erinnerte mich an die Berichte von Plünderungen auf dem Land in Rußland, wo die Bauern die Schätze der Herren so gerecht unter sich teilten, daß ein Flügel in vier Stücke zerhackt und vier Familien gegeben worden war.) Das hier war eine Datscha, ein Lusthäuschen. Vor der Revolution war Finnland so etwas wie ein eleganter Vorort von Sankt Petersburg gewesen. Dieses Haus hatte vermutlich wohlhabenden und gebildeten Leuten gehört. Ich war in Bücher vernarrt und betrachtete deshalb zuerst nur diese: französische, englische, russische Bücher. Danach wandte ich mich dem mit blauem Stoff bezogenen Directoire-Kanapee zu, dem Teppich von derselben Farbe, der altmodischen Lampe mit einem Lampenschirm aus Taft und Spitze, einem mit Plüsch bezogenen Album.

An starken, einmaligen Eindrücken hatte es meinem Leben nicht gefehlt: Wie alle Kinder meiner Zeit und aus meinem Land hatte ich schon viel erlebt, aber das Gefühl, das ich hier verspürte, gehörte zu den merkwürdigsten. Ich betrachtete die Wände, die Möbel, die Nippsachen. Kahle Zimmer waren noch nicht in Mode, die Häuser wurden mit Gegenständen vollgestopft, mit »Bagatellen«, »Erinnerungsstücken«. Ich glaube, seit jenem Tag verabscheue ich all diese kleinen zerbrechlichen und unnützen Dinge, die auf Tischen und Regalen herumstehen. Diese Bonbonnieren aus Porzellan, diese Silberflakons, diese mit feinen Goldpailletten bestickten Fächer, diese Partituren in ihren Fächern, diese Mandoline, dieses Album, das alles verstärkte noch den unheimlichen Aspekt des kleinen verlassenen Raums, der von der fahlen Dämmerung kaum erleuchtet wurde. Bestimmt war es drei Uhr: Ich mußte heimgehen.

Am nächsten Tag kam ich wieder. Ich sprach mit niemandem über dieses Haus. Ich wollte nicht wissen, wer die Besitzer waren. Es wäre viel besser, sich ihre Gesichter, ihre Stimmen, ihre Schicksale vorzustellen. Wie beim ersten Mal blieb ich in dem Salon; ich weiß nicht, warum ich nicht wagte, die anderen Türen zu öffnen.

Zuerst nahm ich Bücher in die Hand. Ich nahm sie nicht mit. Ich setzte mich auf das blaue Kanapee; durch ein kleines tiefes Fenster, bis auf halbe Höhe vom Schnee verdeckt, drang Licht. Es herrschte eine grausame Kälte in diesem ungeheizten Haus. Egal! Ich blieb dort, regungslos, verdarb mir die Augen in dem kalten, weißen Licht, das der Schnee verbreitete. Die Bücher waren eigentümlich, märchenhaft: Maeterlinck, Oscar Wilde, Henri de Régnier; sie alle las ich in diesem toten Haus zum erstenmal. Wenn ich die Augen hob, betrachtete ich die zerbrochenen Scheiben, dann die Porträts an den Wänden. Sie faszinierten mich. Eines war das eines Offiziers der russischen Armee. Wenn ich es jetzt in meiner Erinnerung wiedersehe, verstehe ich, daß er ein zu hübsches, fast verweichlichtes Gesicht mit zarten, schwach ausgeprägten Zügen hatte, daß er jener Typ Mann war, der in einer Revolution oder einem Krieg als erster untergeht, aber ich war fünfzehn, und mit seiner schönen Uniform und seinem traurigen Blick ähnelte er einem Romanhelden. Ist Ihnen aufgefallen, daß diejenigen, die jung oder eines gewaltsamen Todes sterben müssen, auf ihren Porträts einen melancholischen und ein wenig verstörten Ausdruck haben? Sogar wenn die Lippen lächeln, blicken die Augen ernst und aufmerksam, als sähen sie ein Zeichen, das nur sie wahrnehmen können.

Das andere Porträt war das einer Frau.

Wie lange ich die beiden betrachtete! Fast könnte man das zarte Interesse, das ich diesen Unbekannten, diesen Toten entgegenbrachte, »Freundschaft« oder »Liebe« nennen. Aber ich dachte keinen Augenblick lang, daß sie tot wären. Für mich hatten sie eines Nachts das Weite gesucht, als sie die aufständischen Bauern an ihrer Tür hörten. Sie waren geflohen. Sie wohnten in Schweden, in Frankreich oder in England. Eines Tages würden sie zurückkommen.

Fast schäme ich mich zu sagen, daß ich ihnen einen Brief schrieb; ich steckte ihn in eines der Bücher. Ich bat sie um Verzeihung, daß ich so bei ihnen eingedrungen war; ich sagte ihnen, daß ich ihre Bücher und ihre Porträts liebte und hoffte, daß sie glücklich waren. Ich wußte nicht, ob sie Liebende oder Ehegatten oder Verlobte waren, aber ich war sicher, daß sie sich liebten, und ich fügte hinzu, daß ich dieses poetische und schaurige Haus nie vergessen würde. Zumindest darin täuschte ich mich nicht.

Von nun an ging ich jeden Tag in die verlassene Datscha, aber es dauerte fast eine Woche, bis ich den Mut fand, das

Schlafzimmer zu betreten. Diese Stille, dieser Schnee, dieses fahle Licht, diese eisbeladenen Tannen, die unter den Fenstern wuchsen, und dieses Schlafzimmer werde ich bestimmt nicht vergessen. Wie der erste Raum war auch dieser klein und niedrig. Auf einem Tisch sah ich einen herzförmigen Spiegel, Schminkdosen und Parfümfläschchen. Das Bett war zerwühlt. Feine, saubere, aber zerknitterte Laken lagen auf dem Boden. Man hatte in diesem Bett geschlafen; man war geflohen, ohne Zeit gehabt zu haben, es zuzudecken. Und in der Mitte des Zimmers las ich einen Frauenschuh auf. Er war klein, aus Satin, ein Hausschuh, mit grauem Pelz gesäumt und gefüttert. Ich nahm ihn in die Hände; der Pelz ließ ihn sanft und lebendig wirken wie ein Tier. Alles hier sah nach Panik aus, alles atmete das Verbrechen. In den Wänden waren Einschüsse. ›Oh, sie haben das Weite gesucht‹, dachte ich voller Angst und betete für diese Unbekannten zu Gott.

Aber es gab keinen Ausweg aus dem Zimmer; das Fenster war zu schmal, als daß der Körper eines Menschen hindurchgepaßt hätte. Waren sie in den Salon zurückgegangen und hatten von dort aus fliehen können? Aber nein, niemand war durch diesen Salon gerannt und dabei gegen die Möbel gestoßen; alles stand ordentlich an seinem Platz. Ich begriff, daß man wohl durch die Fenster geschossen und diesen Mann und diese Frau, die, noch umschlungen, aus dem Schlaf geschreckt waren, niedergestreckt hatte. Die Mulde in der Mitte des Betts konnte ich gar nicht ansehen; sie erfüllte mich mit Verwirrung und Entsetzen. Sachte glättete ich die Laken, und da sah ich das Blut auf der Erde, alte schwarze Flecken. ›Man hat sie wie Hunde getötet und dann im Garten begraben oder in den See geworfen.‹

Welche Angst ich hatte! Die gleiche mystische Angst, die mich in den dunklen Fluren des Hotels ergriff, aber tausendmal tiefer, drang mir bis in die Knochen. Und dennoch wollte ich nicht weggehen. Ich konnte nicht weggehen. Mir war, als hörte ich diese klagenden Schatten zu mir sagen: »Sieh nur, was man mit uns gemacht hat!«

Ich stellte mir den Schrecken dieser Nacht vor, diese eng umschlungen ruhenden schönen jungen Geschöpfe. Warum hatte man sie getötet? Bestimmt gab es keinerlei Grund für diesen Mord. Ich dachte keine Sekunde daran, daß ich das gleiche Schicksal erleiden könnte. Im Alter von fünfzehn Jahren ist der Tod eine Angelegenheit von Erwachsenen!

Sicher hatte man sie leise, ohne Eile durch den Salon getragen. Die Möbel, die sich nicht von der Stelle bewegt hatten ... Ich weiß nicht, warum, aber der Eindruck wäre ein anderer gewesen, wenn ich umgestürzte Sessel, zertrümmerte Tische gesehen hätte. Alles wirkte so ruhig, so bewohnt! Kamen sie nachts in ihr Haus zurück? Wieder hatte ich das Gefühl einer unsichtbaren Gegenwart. Wirklich, es schien, als würde man, wenn man die Hand ausstreckte, das Ohr spitzte, den Blick schärfte, in der Dunkelheit endlich betrachten, was unsere Augen nicht sehen können, und hören, was zu hören verboten ist, als berührte man diese durchsichtige, kalte und fliehende Welt der Toten.

Im Salon räumte ich die Bücher auf. Ich erinnere mich nicht mehr, ob ich an diesem oder am nächsten Tag in einer Tischschublade ein Päckchen mit Briefen fand.

Ich begriff, daß sie nicht verheiratet waren, wie ich zuerst geglaubt hatte, sondern Liebende. Mit welch glühender, neuer Wißbegier betrachtete ich nun das Porträt der Frau! Sie wirkte sanft und fröhlich, frivol und leichtsinnig, hatte die Taille eines jungen Mädchens und trug einen mit weißen Federn geschmückten großen Hut nach der Mode von 1913. Sie lächelte. Ich entzifferte die Inschrift am Rand des Rahmens: »San Remo, 1913«.

Diese Liebesbriefe, diese Erinnerungen, die Kindereien, diese zärtliche Wollust, diese leidenschaftlichen Seufzer, das Blatt, das mit den Worten begann: »Meine Küsse auf Dein Herz ...«, wie süß, wie warm, wie lebendig das war, wie sündhaft für ein unschuldiges kleines Mädchen! Nichts war schockierend, da sie ja tot waren. Nichts war traurig oder schaurig, da sie sich ja geliebt hatten.

Gern hätte ich ihnen Blumen gebracht, aber in dieser Gegend aus Eis war es unmöglich, zwischen Oktober und April auch nur den kleinsten Grashalm zu finden. Meine Mutter hatte ein Parfümfläschchen aus Paris; der Duft war wunderbar. Ich stahl es, ohne zu zögern. Wir besaßen fast nichts; wir waren so schnell aus Rußland geflohen, daß meine ganze Habe aus etwas Unterwäsche und zwei Kleidern bestand: einem aus Wolle und einem aus Batist, aber es waren auch ein paar Taschentücher aus sehr feinem Leinen mitgenommen worden. Ich nahm eines von ihnen, tränkte es mit Parfüm. Wahrscheinlich tat ich zuviel des Guten, aber mit Absicht: Dieses Zimmer, in dem sie sich geliebt hatten, mußte, so schien mir, um jeden Preis erwärmt werden, und da ich dort weder ein Feuer machen noch es mit Blumen schmükken konnte, sollte dieses warme, berauschende Parfüm das alles ersetzen. Ich warf also vor den beiden Porträts das parfümierte Taschentuch auf einen Tisch, öffnete dann ein Buch an einer Stelle, die ein Fingernagel markiert hatte: Es war ein kleiner Band von Heinrich Heine. Ich erinnere mich, daß ich die Vorhänge zuzog, um die zerbrochenen Scheiben zu verbergen. Ich ging weg. Ich eilte durch den Wald. Welche Stille! Kein Windhauch. Die eisige Luft mit ihrem Geruch nach Schnee, nach Tannen, nach frischem Holz und dem Duft eines sehr fernen Rauchs weitete die Lungen, verursachte ein Gefühl von Trunkenheit. Im Norden kann das Atmen zu einer wahren körperlichen Wollust werden. In Finnland gleiten die wenigen Gespanne nur mit dem Geräusch der kleinen Glöckchen dahin, die am Hals der Pferde hängen, und allein dieser Klang hat etwas Gespenstisches und Bizarres. In dieser durchsichtigen Luft hört man ihn aus einer Entfernung von vielen Meilen, sieht jedoch nichts. Das melancholische Bimmeln ertönte zuweilen ganz dicht an meinen Ohren, aber das Pferd blieb weit weg, unsichtbar: Die Wälder waren menschenleer. Oder aber man wähnte sich allein, und plötzlich sah man fünf, sechs mit Astwerk beladene Schlitten vor sich. Sie tauchten in der Winterdämmerung, im Schneenebel auf und verschwanden wieder.

Der Himmel war mit hellen, reinen Sternen übersät. Ich schob ein wenig Schnee zusammen, drückte ihn an meinen Wollhandschuh. Mit aller Kraft schleuderte ich ihn auf den gefrorenen Weg. Der Boden war hart und glitzerte. Ich dachte an das unbewohnte Haus. Mit niemandem konnte ich darüber sprechen. Man würde mir bestimmt verbieten, dorthin zurückzukehren: Es lag so weit ab!

Daher wandte ich mich an eine der Bediensteten. Sie hieß Aino. Sie war nicht viel älter als ich. Sie hatte langes helles Haar, sehr schöne, aber kalte und reglose Züge. Seit etwa sechs Monaten stand sie im Dienst der Russen, und sie verstand und sprach sogar ein wenig unsere Sprache. Sie hatte eine lebhafte, frische Stimme, die dem Gezwitscher eines Vogels ähnelte und nicht zu ihrer kalten, stolzen Miene paßte. In ihrer Gegenwart fühlte ich mich schüchtern.

Eines Tages betrat sie mein Zimmer, während ich mich kämmte. Ich sah den Blick, den sie mir zuwarf. Mein Haar wurde mit rosa und blauen Bändern zusammengehalten. In diesem Dorf, in dem es nur einen armseligen Laden gab, in dem Salz, Speck und Stiefel verkauft wurden, war es nicht möglich, Bänder zu kaufen. Die meinen kamen aus Paris und waren breit und glänzend. Man zwang mich, sie zu tragen. Ich verabscheute sie aus ganzem Herzen; mit ihnen sah ich aus wie ein dressierter Hund. Sobald ich Ainos Neid und Bewunderung verstand, löste ich ein Band und reichte es ihr.

»Nimm.«

Sie zögerte, akzeptierte dann und befestigte es mit einem fröhlichen Lächeln an einem ihrer langen Zöpfe. Sehr schnell fragte ich:

»Aino, wem gehört das Haus im Tal?«

Jählings schien sie das Russische und sogar jede menschliche Sprache vergessen zu haben. Ich insistierte:

»Hör zu, du weißt, was ich meine. Kennst du dieses Haus?«

Sie schüttelte den Kopf.

»Nein.«

»Aino, du lügst. Ich gebe dir noch ein Band. Wem gehört es? Russen?«

»Einem Herrn«, murmelte sie endlich.

Dann nahm sie zaghaft und gleichsam fasziniert das zweite Band. Sie flocht es zu einer Krone in ihr Haar. Sie betrachtete sich im Spiegel und lächelte. Lachend sagte ich:

»Du machst dich schön, um einem Jungen zu gefallen, Aino.«

Sie zierte sich nicht und errötete auch nicht, wie ich erwartet hatte. Sie hob die Augen und sagte:

»Damit soll man nicht scherzen, Mademoiselle.«

Erstaunt fragte ich:

»Warum?«

Wieder tat sie, als hörte und verstünde sie nicht. Sorgsam faltete sie die Bänder und schob sie in ihr Mieder. Sie wollte gehen. Ich nahm ihre Hand.

»Aino, was ist aus ihnen geworden? Aus dem Mann und der Frau? Du weißt es.«

»Nein, Mademoiselle.«

»Sind sie getötet worden?«

»Lassen Sie mich, Mademoiselle«, sagte sie in ihrer komischen Sprache, und ihre lebhafte, klare Stimme trübte sich.

»Ich weiß, daß man sie getötet hat«, sagte ich.

Mit einemmal mimte sie einen Mann, der ein Gewehr lädt und anlegt. Pfeifend ahmte sie das Geräusch der Kugel nach, dann, mit geschlossenen Augen und offenem Mund, das Gesicht einer toten Frau. Sie sagte:

»Ja, man hat sie getötet.«

»Wer hat es getan?«

»Ich weiß nicht.«

»Und warum?«

›Ah, warum! Was für eine dumme Frage! Ich hätte sie nicht stellen sollen‹, dachte ich. ›In meinem Alter sollte ich doch eine gewisse Erfahrung mit Bürgerkriegen haben. Weiß man in solchen Augenblicken, warum man einen Menschen tötet, warum man ihn verschont? Es sind Momente wilder, blinder Trunkenheit. Wäre dem nicht so, dann wären die Revolutionen weniger schrecklich.‹

Aino rührte sich nicht, dann flüsterte sie:

»Mademoiselle, hast du keine Angst in diesem Haus?«

»Nein, warum?«

»Wegen der Toten!«

»Wenn sie nicht böse waren, können sie nichts Schlimmes tun.«

»Aber sie können sich rächen, uns bestrafen.«

»Nein«, sagte ich, »ich glaube nicht.«

Sie verschwand.

Einige Tage später ging ich wieder in das Haus. Ich betrachtete das Porträt und das Taschentuch. Jemand hatte den dünnen Stoff in den Händen zerknüllt; jemand hatte das Parfüm eingeatmet. Kaum wagte ich weiterzugehen. Jetzt war ich sicher, daß die Toten wiederkehrten, daß sie meine Opfergabe angenommen hatten. Ich kann dieses Gefühl sanfter Angst gar nicht beschreiben. Der Himmel hing tief an jenem Tag, grau und düster. Bald darauf begann es zu schneien. Ich stellte mir vor, daß zu dieser trüben Dämmerstunde die Gespenster erscheinen würden. Sie würden hereinkommen, sich um die Taille fassend, er in seiner schönen Uniform und sie mit dem großen Hut aus Spitze, mit jener langen weißen, so weichen und seidigen, ihr Gesicht umschmeichelnden Feder. Vielleicht waren sie ja da? Ich sah sie nicht, sie aber wußten bestimmt von meiner Anwesenheit, konnten von ihr jedoch nicht verletzt oder irritiert sein: Ich kam doch mit so viel Liebe zu ihnen! Und plötzlich hörte ich ein Rascheln, einen Seufzer, ich weiß nicht, was, jene leisen und fremdartigen Töne, die aus verlassenen Zimmern dringen. Ich lief davon.

Ich kehrte nicht mehr dorthin zurück. Das Wetter schlug um. Es wurde Frühling. Ich wuchs heran. Jünglinge machten mir den Hof. Ich interessierte mich nicht mehr für die Toten, sondern für die Lebenden. Unterdessen kamen die Truppen von General Mannerheim aus dem Norden herab. Jeden Tag rückten sie näher; es waren die Soldaten der regulären Armee, die Bürger, die weißen Bauern, eine Klasse der finnischen Nation, die ich noch nicht kannte, da ich unter Holzfällern und bolschewistischen Jägern gelebt hatte. Die Kanonen dröhnten in größerer Nähe und auch öfter. Eines Nachts sahen wir Terijoki brennen. Der Himmel war hell und rot. Der Schnee schmolz, und ein zäher brauner Morast bedeckte die Wege. Unter dieser halb gefrorenen Schlammkruste hörte man das gefangene Wasser rinnen, rieseln und fließen. Einmal befand ich mich draußen, nachdem es dunkel geworden war, und ich sah eine brennende Kerze an den Fenstern des unbewohnten Hauses, aber zwei Monate können ausreichen, alles zu verändern. Plötzlich glaubte ich nicht mehr an Gespenster. Ich wartete, hinter einem Baum verborgen. Das Licht erlosch, und ein Schatten rannte dicht an mir vorbei. Der Mond schien über dem Wald, ich erkannte blonde Zöpfe. Es war Aino.

Ich war glücklich. Ich lachte beim Gedanken an meine Hirngespinste eines kleinen Mädchens. Ja, so war es, so mußte es sein: Überall ersetzten die Jugend und die Liebe die düsteren und furchteinflößenden alten Dinge. Singend rannte ich nach Hause, aber ich fand alle Hotelbewohner in heller Aufregung; einige Meilen von unserem Dorf entfernt wurde gekämpft. Was könnten die aufständischen Bauern am Vorabend ihrer Niederlage tun? Vielleicht uns alle massakrieren? Alles war möglich. Wir verbrachten lange Stunden in dem kleinen Salon, den ich noch immer zu sehen meine, mit seinen armseligen Bambusmöbeln, einem Klavier, einem Schrank mit französischen Büchern und leeren Marmeladegläsern. Im Wald blinkten Feuer. Einige rote Garden flohen zur russischen Grenze, andere schlossen sich den regulären Truppen an. Die Mägde bereiteten weiterhin mit gesenkten Lidern die Mahlzeiten zu und servierten sie, dem Anschein nach ruhig, und niemand konnte das Schicksal ihrer Ehemänner, ihrer Brüder, ihrer Söhne erraten. Tagsüber waren die Bauern, denen man begegnete, genauso gleichmütig wie immer, und wir wußten wirklich nicht, was vor sich ging, als es Nacht wurde; wir ahnten die Trennungen, die Abschiede, die Abenteuer, die Tränen, aber das alles begann und endete in aller Stille, zwei Schritte von uns entfernt, ohne daß wir etwas sehen konnten. Und so offenbarten im eisigen Wald allein die schwachen Spuren im Schnee das Leben, die Lieben und die wilden Schlachten der Tiere.

Jetzt schmolz das Eis, der chinesische Pavillon wurde bewohnbar. Manchmal ging ich zum Lesen dorthin.

Es war ein reiner, kalter Apriltag. Ich war allein in diesem Pavillon, als ich Aino auf mich zulaufen sah. Ihr Gesicht war vor Entsetzen verzerrt.

»Komm!« schrie sie und packte mich bei der Hand.

Sie sprach schnell, aber auf Finnisch, und ich verstand kein Wort. Ich sträubte mich.

»Aber wozu, wohin soll ich denn gehen?«

Sie wiederholte: »Komm, komm«, weinend und schreiend. Sie zog mich mit sich. Ich folgte ihr zu dem verlassenen

Haus. Sie trat ein, ging durch den Salon, und im Schlafzimmer sah ich einen ausgestreckt daliegenden Mann. Ich trat näher. Er war tot. Bestimmt war er von einer Kugel getötet worden: Sein Arm war in einer instinktiven Abwehrhaltung erhoben. Es war ein ganz junger Bauer.

»Hjalmar, Hjalmar …«

Sie sprach in ihrer rauhen, fremden Sprache zu ihm. Sie küßte ihn, hielt sein Gesicht zwischen ihren Händen, küßte und betrachtete ihn immer wieder.

Ich zog Aino an den Armen, an ihrem langen Haar, fort von dem Leichnam. Schließlich ließ sie ihn los, blieb jedoch reglos knien und starrte ihn an. Ich sagte zu ihr:

»Morgen sind die Truppen von General Mannerheim hier. Geh zu ihm. Sag ihm, daß man deinen Geliebten getötet hat. Der Mörder wird bestraft werden.«

»Nein«, sagte sie, »das ist die Strafe für die anderen Toten.«

»Für den gnädigen Herrn und seine Frau? Aber wer hat sie denn getötet? Hjalmar?«

Sie stieß einen langen wilden Schrei aus und packte mein Kleid:

»Du sagst niemandem etwas, Mademoiselle! Schwör es bei Gott!«

»Aber wer hat Hjalmar getötet?«

»Mein Vater, kein Zweifel, der Schatten des gnädigen Herrn hat seine Hand bewaffnet.«

Unwillkürlich sah ich mich mit abergläubischem Schauder um. Im grünenden Wald sang der Kuckuck, und bei diesem melancholischen, spöttischen Ruf gefror mir das Blut in den Adern.

»Gehen wir, Aino«, flehte ich. Und ich gestand: »Ich habe Angst.«

Aber sie wollte mir nicht folgen. Ich ließ sie zurück. Einige Tage später war unser Dorf in den Händen der Weißen. Noch in derselben Nacht verschwanden Aino und ihr Vater. Waren sie über die Grenze geflohen? War der Vater des Mordes überführt und verurteilt worden? Ich habe es nie erfahren. Ich wollte, mir sagte jemand, was aus dem unbewohnten Haus geworden ist.

Ein ehrbarer Mann

Die Männer spielten Tarock in einer Dorfkneipe. Es war Ostersonntag. Jedesmal, wenn sich vor einem Neuankömmling mit hochrotem, dickem Gesicht, im Sonntagsstaat und neuen, auf den glatten Fliesen quietschenden Schuhen die Tür öffnete, drang mit ihm der kalte Hauch des Frühlings herein – ein scharfer, reiner Wind aus den Bergen des Morvan – sowie der Duft des Flieders im Regen. Vor den Fenstern erstreckte sich auf der einen Seite die graue Straße, auf der andern ein Garten voll zarter nasser Blumen; ein kleiner weißer Pflaumenbaum zitterte unter dem trüben Himmel. Schon kreischten die Frauen in den Küchen der niedrigen Häuser; sie waren vom Gebet heimgekommen, und die Suppe kochte auf dem Feuer. Sie sprachen sehr laut, um mit ihrer Stimme das Zischen der Butter in der Pfanne zu übertönen; das Essen der Männer war fertig. Doch diese beeilten sich nicht, nach Hause zu gehen: Im Hôtel des Voyageurs zankten sich die einen noch wegen einer strittigen Partie, die anderen zählten ihre Gewinne, man bestellte ein letztes Glas Rotwein. Die Ellbogen auf den Tisch gestützt, nachdem sie die Karten vor sich auf den Tisch geworfen hatten, atmeten sie den dichten Rauch der Pfeifen ein, drehten langsam ihre Gläser in den harten Händen, in deren Risse die Erde in schwarzen Furchen eingedrungen war, und genossen die

Ruhe des Feiertags. Es befanden sich auch einige Bürgerliche unter ihnen: der Notar, der Steuereinnehmer, der Gerichtsdiener, vor allem aber reiche Gutsbesitzer und Viehhändler.

Um diese Uhrzeit kamen die kleinen Mädchen des katholischen Jugendwerks aus der Kirche; die alten Bäuerinnen begaben sich, ihren Eimer in der Hand, zu ihren Höfen: Die Kühe wurden gemolken; die Luft roch nach Milch. Eine Sekunde lang erschien die Sonne und blinkte durch den Regen, durch den Staub im Saal, wo sie über dem Billardtisch eine goldene Säule bildete. Die Glocken läuteten. Einige ältere Männer, die zu den geachtetsten gehörten und nicht in die Kneipe gingen, sondern sonntags zu Hause blieben oder ihre Frau zum Abendgebet begleiteten, verließen mit behutsamen Schritten ihre Häuser. Der ehemalige Lehrer kam vorbei, dann der Arzt, dann Monsieur Mitaine, einer der örtlichen Großgrundbesitzer; voller Hochachtung sagte man über ihn: »Er hat sein Auskommen ... ihm fehlt es an nichts!«

Er besaß ein großes weißes Haus am Ufer des Flusses und drei schöne Güter.

Der Notar hatte sich endlich entschlossen, sich von seinen Karten zu trennen, aber er blieb auf der Türschwelle stehen, den Hut auf dem Kopf, den Bauch vorgestreckt, die Zigarre im Mund, zufrieden, am Ende eines Regentags diesen kräftigen, warmen Sonnenstrahl auf seinem Gesicht zu spüren. Er hatte pralle rosige Wangen, kleine schwarze Augen, die wie in Öl schwimmende Oliven glänzten. Beflissen grüßte er Monsieur Mitaine, und dieser winkte ihm zu, ohne stehenzubleiben, und sagte:

»Also bis nachher.«

Als er sich entfernt hatte, fragten seine Freunde Maître Cénard:

»Haben Sie mit Monsieur Mitaine zu tun?«

Der Notar lächelte distanziert mit seinen dicken roten Lippen, um anzudeuten, daß er weder ja noch nein sagen wolle, und verzog dann das Gesicht, um daran zu erinnern, daß er beruflich der Schweigepflicht unterlag, und die Männer drangen nicht weiter in ihn. Man sprach vom morgigen Markttag. Unterdessen setzte Monsieur Mitaine seinen Weg fort und erwiderte ernst jeden Gruß. Er war alt und mager, ganz in Grau gekleidet, mit einem rechtschaffenen, blassen Gesicht, einer spitzen und glänzenden großen Nase; sein freundlicher Blick richtete sich mit einem kaum wahrnehmbaren Ausdruck von Sanftmut, Naivität und Zurückhaltung auf die Leute. Ältere oder unglückliche oder kranke Männer scheinen entweder in eine Säure getaucht worden zu sein, die ihre Haut zerfrißt und ihre Wangen höhlt, oder in ein Milchbad, das ihre Haut zart und weich macht wie die eines in Sahne geschmorten Fischs. Der alte Mitaine gehörte zu letzteren. Er ging langsam. Wenn man sich an ihn wandte, hustete er ein wenig hinter seiner in flockseidenen Handschuhen steckenden Hand, bevor er sprach; seine Stimme war leise, aber deutlich. Man achtete ihn in der Gegend, sagte: »Er ist ein gerechter Mann. Er gibt jedem, was ihm zukommt.« Er war ein »Fremder«, Sohn eines Spitzenherstellers aus Douai. Dort hatte er die Hälfte seines Lebens verbracht und war nach dem Krieg von 1914 weggezogen. Erbschaften hatten ihn reich gemacht. Seit zwanzig Jahren wohnte er im Dorf; sein Haus und seine Güter hatten vor ihm einer seiner Tanten gehört, die aus dieser Provinz stammte. Trotzdem hatte es fünf oder sechs Jahre gedauert, bis man sich an ihn gewöhnt hatte, und während dieser Zeit hatte er sich damit abgefunden, von allem ferngehalten zu werden, allein zu sein. Als der stillschweigende Bann, mit dem alle Neuankömmlinge belegt werden, aufgehoben wurde, lehnte er Einladungen ab und freundete sich mit niemandem an. Man war ihm darum nicht böse. Im Gegenteil, sein eigenes Heim dem Kartenspiel bei dem jungen Arzt oder den Jagdpartien des Bürgermeisters vorzuziehen, galt als ein Zeichen von Ernsthaftigkeit, ein Charakterzug, der Hochachtung erheischte. Monsieur Mitaine lebte mit einem alten Fräulein, seiner Schwester. Seit langem war er Witwer. Sein einziger Sohn hatte sich mehrere Jahre zuvor in Dijon niedergelassen. Da er in einem Internat in Nevers und danach Student in Paris gewesen war, kannten die Leute aus dem Dorf ihn kaum. Es hieß, der Vater habe ihm zuerst eine Notarztpraxis in der benachbarten Stadt kaufen wollen, dann aber seine Meinung geändert. »Dijon ist viel bedeutender«, sagte man, »und Monsieur Mitaine wollte für seinen Jungen das Beste.«

Maître Cénard verspürte ein leichtes Gefühl der Neugier, als er das Haus des alten Mannes betrat, in dem er noch nie gewesen war. Seit einiger Zeit wurde häufig der Arzt zu Mitaine gerufen; der alte Mann wirkte geschwächt und krank. Maître Cénard vermutete, daß es um ein Testament ging, und überschlug im Geist die Hinterlassenschaft, um die er sich in mehr oder weniger naher Zukunft würde kümmern müssen. Mit einem Blick schätzte er das strenge Gebäude, das aus dem Ersten Kaiserreich stammte, und den Garten im Schutz hoher Mauern: Monsieur Mitaine wohnte mitten im Weiler, bot jedoch den Passanten nur den Anblick seiner geschlossenen Fensterläden und einer verriegelten Tür. Denn dieser Teil des Hauses stand leer, und er weigerte sich, ihn zu vermieten. Er selbst teilte sich mit seiner Schwester das Erdgeschoß mit den großen, eiskalten Zimmern. Maître Cénard klopfte auf gut Glück an die Tür und stand in der geräumigen Küche; die alte Mademoiselle Mitaine war allein und wärmte sich am Ofen. Es war eine verfrorene, würdevolle Person mit onduliertem weißem Haar, und wie ihr Bruder hatte sie etwas schüchtern Argloses an sich, wenn auch mit einem Anflug von Bitterkeit, wie eine betagte Katze, die sich fröstelnd in eine Ecke kauert und zu denken scheint: ›Diese Tölpel werden mir bestimmt wieder auf die Pfoten treten. So was passiert nur mir.‹ Sie sagte zu Maître Cénard, ihr Bruder sei nach der Heimkehr eingenickt, und sie wage nicht, ihn zu wecken, weil er, wenn man ihn so aus dem Schlaf reiße, sehr schmerzhaftes Herzklopfen bekomme, aber seine Mittagsruhe dauere nie länger als eine Viertel- oder halbe Stunde, und sie würden ihn sicher bald rufen hören. Mit ihrer Stricknadel deutete sie auf die Wanduhr.

»In fünf Minuten, Maître Cénard.« Sie seufzte. »Ich finde ihn recht abgespannt, recht müde. Er hat sich in den Kopf gesetzt, daß er es nicht mehr lange machen wird. Er will Sie wegen seines Testaments konsultieren.«

»Eine gute Vorsichtsmaßnahme«, sagte Maître Cénard.

Dann hielt er seine Worte für nicht ganz … Er errötete, hustete.

»Das hat noch nie jemanden umgebracht«, fuhr er in ermutigendem Ton fort. »Erst letzten Monat bin ich nach Nevers in eine Klinik gerufen worden, wo ein Kranker sein Testament machen wollte. Es war wie ein Wunder: Er ist fast auf der Stelle wieder gesund geworden. Ihr Herr Bruder hat nur ein Kind, nicht wahr?«

»Einen einzigen Sohn«, sagte Mademoiselle Mitaine. Sie führte ihr Taschentuch an ihre Augen und begann plötzlich zu weinen.

Der Notar, der nicht wußte, wie er sich verhalten sollte, stieß ein kleines, verlegenes Lachen aus und errötete sogleich noch mehr.

»Er will ihm«, sagte Mademoiselle Mitaine und wischte ihre Tränen ab, »einen Teil seines Vermögens entziehen, dem armen Kind nur das lassen, was er von Gesetzes wegen nicht anderen geben darf.«

»Seinen Pflichtteil«, murmelte der Notar mechanisch.

»Ja, und den Rest mir vermachen.«

»Er ist Ihnen sehr zugetan.«

»Natürlich ist das ein großer Beweis seiner Zuneigung, und Geld ist, wie unser armer Vater sagte, immer willkommen. Was aber wird andererseits mein Neffe denken? Er wird mich für intrigant halten. Er wird sich mit mir überwerfen. Er hat einen so eigensinnigen Charakter! Er betet seinen Vater an. Bereits nach der unseligen Geschichte mit dem Geldschrank hat er mich beschuldigt, Öl ins Feuer zu gießen. Also, Maître Cénard, Sie sehen mich betrübt, aufrichtig betrübt. Daß mir mein Bruder ein Andenken hinterläßt, die Nutznießung dieses Hauses zum Beispiel, oder einen Teil der Möbel, mehr verlange ich nicht, aber zuviel ist zuviel. In meinem Alter hat man nur kleine Bedürfnisse. Ich habe einen Spatzenmagen: Zum Abendessen genügt mir eine Tasse Milch. Was ich brauche, ist Zuneigung«, murmelte sie, und die Tränen, die sie getrocknet hatte, begannen von neuem zu fließen.

»Außer Ihrem Herrn Neffen haben Sie keine Familie?«

»Nein, nein, niemand. Mein Bruder und ich haben sehr früh die Mutter verloren. Was unseren Vater angeht, ich will ja nicht schlecht über die Toten sprechen, aber er war schwirig, oh, sehr schwirig, und wenn mein Bruder mich nicht aufgenommen hätte … Ich habe meinen Neffen so liebgewonnen wie einen Sohn. Seine Tante Héloise … Er liebte mich so sehr, Maître Cénard, und nun bringe ich ihn um sein Erbe … Vor allem jetzt, wo er nicht glücklich ist: Er hat eine Frau ohne Vermögen geheiratet, die immer krank ist, und er hat zwei kleine Kinder.«

»Er wird später Sie beerben, und Sie könnten ihm, sobald Sie im Besitz Ihres Anteils sind, zu Hilfe kommen.«

Das alte Fräulein neigte sich zu Maître Cénard und sagte ihm ins Ohr:

»Er will mir alles als Leibrente aussetzen.«

»Das wird man sehen, das wird man sehen«, sagte der Notar. »Machen Sie sich jetzt noch keine Sorgen, Mademoiselle. Monsieur Mitaine ist alt, erschöpft, aber er wird nicht morgen sterben, und ein Testament läßt sich widerrufen. Vermutlich hat sein Sohn ihn beleidigt? Vielleicht durch seine Heirat?«

»Nein, nein, es ist die Sache mit dem Geldschrank.«

»Ach, die Geschichte mit dem …«

»Ja. Zweihunderttausend Francs sind aus dem Geldschrank meines Bruders verschwunden, und er hat den armen kleinen Gérard beschuldigt. Dabei war der Junge nicht allein im

Haus. Sein Freund war da, der seine Ferien bei uns verbrachte und ... mit einer schlechten Frau aus Paris lebte, wie man mir erzählt hat, einer Person vom Theater. Er hat es so eingerichtet, daß er zwei Wochen später verschwand, der garstige Mensch! Mein Neffe hatte nur einen Fehler: Er war zu gut zu diesen beiden – kleine Reisen nach Dijon und Nevers, ein gemeinsamer Aperitif und samstags das Kino in der Stadt! Er langweilte sich eben, der Kleine. Er war erst zweiundzwanzig. Meiner Meinung nach hat der Pariser das Geld gestohlen. Der Junge ist unschuldig. Aber sein Vater hat das nie geglaubt. Er hat den Kleinen zu Tode verletzt, als er ihn einen Dieb nannte, und genau das nagt an meinem armen Bruder, das tötet ihn. Das ist seine Krankheit. Gérard war alles für ihn auf der Welt. Und jetzt enterbt er ihn.«

»Ein Mißverständnis. Sehr bedauerlich«, sagte der Notar. Die sanfte Wärme des Ofens und die kleinen Gläser Schnaps, die er im Hôtel des Voyageurs getrunken hatte, machten ihn angenehm benommen.

Schläfrig lauschte er der alten Dame, die mit ihrem Bericht fortfuhr oder ihn vielmehr von vorn begann, mit fast den gleichen Worten. Ihre leise Stimme, monoton und zart, schnurrte so sanft, daß Maître Cénard sie nach wenigen Minuten nicht mehr hörte. Eine große Wanduhr schlug die halbe Stunde, nachdem sie eine ganze Weile gebrummt, gekeucht und geröchelt hatte. Hinter der Tür rief Monsieur Mitaine:

»Héloise ... Ist Maître Cénard da?«

Der Notar meldete sich bei seinem Klienten. Monsieur Mitaine lag auf seinem Bett, aber er erhob sich und ging seinem Besucher entgegen. Er entschuldigte sich, ihn an einem Feiertag gestört zu haben, aber er wolle ihn, sagte er, wegen einer Urkunde konsultieren, die er so schnell wie möglich ausfertigen solle.

»In den ersten Tagen der Woche«, sagte er, »es ist sehr eilig, sehr eilig, es ist mein Testament.«

»Oh, so eilig ist das doch nicht«, protestierte Maître Cénard lächelnd. Wenn er lächelte, entstanden Grübchen in seinen dicken behaarten Wangen. »Soweit sind Sie noch nicht.«

Das war ein Satz, den er bei solchen Gelegenheiten immer sagte, sogar wenn derjenige, der ihn hatte rufen lassen, bei seiner Ankunft im Sterben lag. Monsieur Mitaine antwortete nicht, nahm ein Papier und glättete es sachte mit zitternden Händen.

»Sie sollen mir sagen, ob es den gesetzlichen Vorschriften entspricht. Ich nenne Ihnen lediglich den Sinn: ›Dies ist mein Testament. Ausgestellt am heutigen Ostersonntag 1938. Ich, der Unterzeichnete, gesund an Leib und Geist …‹«

»Verzeihen Sie …«

»Ja, ja, warten Sie«, sagte Monsieur Mitaine, der plötzlich von fieberhafter Hast und Unruhe erfaßt zu sein schien. »Ich nenne Ihnen lediglich den Sinn. ›Ich, der Unterzeichnete, erkläre, meinem Sohn Gérard Mitaine, wohnhaft in Dijon, 2, Rue Charrue, nur den Teil meines Vermögens zu hinterlassen, über den frei zu verfügen mir das Gesetz verbietet, und zwar aus dem Grunde, weil mein Sohn Gérard schwer gegen mich gefehlt hat.‹ Nachdem er mit unendlicher Zärtlichkeit von mir behandelt worden war«, sagte Monsieur Mitaine leiser, wobei er das Papier, das er in Händen hielt, sinken ließ und seine von Schlaflosigkeit, Fieber oder Tränen geröteten Augen zum Notar hob. »Meine Nachsicht, die ich mir zuweilen zum Vorwurf mache, hat er mir mit schändlicher

Undankbarkeit vergolten. Er hat mich bestohlen. Er hat eine kurze Reise ausgenutzt, die ich in die Hauptstadt machen mußte, um mich dort einer Operation zu unterziehen, die mein Leben in Gefahr brachte. Er hat die Tatsache ausgenutzt, daß ich die Schwäche hatte, ihm den Schlüssel zu meinem Geldschrank zu überlassen. Er hat ihn geöffnet und ihm zweihunderttausend Francs in Banknoten entnommen, die sich darin befanden. Das habe ich nicht verdient. Nein, das habe ich nicht verdient. Ich war ihm immer ein gutes Beispiel. Nie habe ich ihn hart, nicht einmal streng behandelt. Nie hat es ihm an etwas gefehlt, weder bei seiner Erziehung noch bei seinen Vergnügungen. Warum hat er das getan? Warum?«

Er sprach nicht mehr zu Maître Cénard, schien vielmehr eine seit langem insgeheim formulierte Frage zu wiederholen, auf die er nie eine Antwort erhalten hatte.

Voller Unbehagen sagte der Notar:

»Sicherlich die Verführung, schlechter Umgang. Aber war nicht … Habe ich nicht gehört, daß zur Zeit des Diebstahls ein Fremder im Haus war?«

»Nein, nein, es kann nur mein Sohn sein, leider! Da bin ich sicher.«

»Sie haben also Beweise?«

»Ein Fremder hätte Angst gehabt, mich zu bestehlen. Er dagegen wußte, daß er nichts riskierte, da das Gesetz zwischen Eltern und Kindern keinen Diebstahl kennt.«

»Aber das ist doch kein Beweis, Monsieur Mitaine!«

»Ein Vater täuscht sich nicht. Es gibt Worte, Blicke, Schamröten, die schlimmer sind als ein Geständnis, Maître Cénard. Meine arme Schwester sagt, daß Gérard unschuldig ist, aber nur, um mich zu trösten, genau wie Sie.«

»Oh, ich«, sagte Maître Cénard und verzog vorsichtig das Gesicht, wobei er mit einer Bewegung seiner dicken Arme zu verstehen gab, daß er in dieser Sache keine Meinung hatte. »Aber«, fuhr er nach einer Weile des Nachdenkens fort, »warum legen Sie Wert darauf, die ... die Art des Streits zwischen Ihrem Sohn und Ihnen anzugeben? Das Testament selbst ist deutlich genug. Er wird doch sehen, daß er Ihren Unwillen erregt hat, wenn er erfährt, daß ihm ein Teil seines Erbes entzogen wird.«

»Nein, nein, ich will, daß es schwarz auf weiß dasteht. Damit seine Söhne später nicht über mich urteilen, wie andere geurteilt haben ...«

Er unterbrach sich:

»Er wird meine Enkel gegen mich aufhetzen.«

»Diese benachteiligen Sie ebenfalls.«

»Ich habe sie nie gesehen! Ich kenne sie nicht. Mein Sohn hat geheiratet, ohne mich um Rat zu fragen. Ich empfinde keinerlei Zuneigung für diese Kleinen, die im übrigen mit der Zeit genauso werden wie Gérard. Das ist ein Gesetz, sehen Sie, das wird mir jetzt klar, nämlich das Gesetz Gottes. Du sollst Vater und Mutter ehren. Gérards Kinder, ich sehe sie vor mir!« rief der alte Mann plötzlich mit dumpfer, sonderbarer Stimme aus, während das Blut in seine bleichen Wangen schoß. »Ich sehe sie vor mir, wie sie sich in zwanzig Jahren ins Haus ihres Vaters schleichen, Schränke öffnen, Safes durchwühlen, ihn bestehlen, sich selbst bedienen, ihr Erbe an sich reißen, noch bevor der Vater tot ist! Nichts ändert sich von einer Generation zur andern, alles wiederholt sich.«

Er versank in tiefes Grübeln, schloß dann kurz: »Ich bitte Sie, Maître Cénard, nehmen Sie diese kleine Notiz. Prüfen Sie sie! Denken Sie nach, und erstellen Sie die Urkunde, damit alles noch in dieser Woche fertig wird. Ich bin sehr müde. Ich werde besser ruhen können, wenn alles fertig ist.«

»Schon Dienstag, wenn Sie wollen.«

Sie vereinbarten einen Termin. Maître Cénard verabschiedete sich. Der Besuch hatte ihn deprimiert, er wußte nicht, warum. Bevor er nach Hause ging, schaute er noch einmal im Hôtel des Voyageurs vorbei und trank zwei große Gläser Beaujolais. Nach und nach blickte er wieder heiter ins Leben: Er würde abends Hecht essen; er hatte eine gute Köchin.

Unterdessen hatte Monsieur Mitaine das Testament sorgfältig in einer Schublade seines Tischs verstaut. Er war ein ordentlicher Mann. Seine Papiere waren in verschiedenfarbenen Ordnern abgelegt, auf denen stand: »Steuern«, »Besitztümer«, »Persönliche Papiere«. Letzterer enthielt Fotografien von Gérard und seinen ersten Aufsatz: »Beschreiben Sie einen Frühlingstag.« Der alte Mann nahm die Fotos eines nach dem andern in die Hand: Gérard mit achtzehn Jahren in Paris, mit einem kleinen blonden Schnurrbart von der flaumigen Farbe eines Kükens, den er im folgenden Jahr hatte abnehmen lassen; Gérard mit zwölf Jahren bei seiner Erstkommunion; Gérard mit fünf Jahren mit einer zu langen Hose, kurzgeschorenem Haar und dem traurigen, ungepflegten Aussehen eines mutterlosen Kindes: Die arme Frau war gerade gestorben. Das war 1918 gewesen. Damals wohnten sie noch in Douai. Er hatte alles getan, um seinen Kleinen zu behüten und ihn glücklich zu machen, doch welch ein Dank. Die Menschen denken nur sporadisch an ihre Vergangenheit, in rasch verfliegenden Schüben von Schwermut, die hinter der Arbeit und den Sorgen des Alltags zurücktreten. Doch im Alter von Monsieur Mitaine ist die Vergangenheit das Leben selbst. Er sah sie unaufhörlich wieder, so traurig und bitter sie bisweilen auch war; sie war besser als die Gegenwart, diese Einsamkeit, das Geräusch der Uhr in der großen Küche, das Klappern der Stricknadeln von Héloise, das leise Knistern des Feuers im Ofen.

Monsieur Mitaine war in Douai geboren und aufgewachsen. Sein Vater war ein harter, gieriger, sittenloser Mann. Er selbst, Joseph Mitaine, hatte von Kindheit an instinktiv diesen Vater gehaßt, der ihn schlug, seine Frau mit der Magd und den Fabrikarbeiterinnen betrog, der grob, eingebildet, unredlich war. Als Kind war er artig gewesen, feinfühlend, gewissenhaft und höflich, im Collège ein Musterschüler, der Liebling der Lehrer, und noch jetzt, im Alter von vierundsiebzig Jahren, erinnerte er sich mitunter schaudernd an die Art und Weise, wie seine Kameraden ihm seine Bravheit heimzahlten. Armer Joseph, er war nie glücklich gewesen! Er senkte den Kopf, empfand die tiefe Melancholie des Alters: Man sieht, daß das Leben unwiderruflich zu Ende ist und daß es schlecht gewesen ist. Man hatte sich über ihn lustig gemacht, weil er schüchtern war, weil er es ebensosehr verabscheute, Schläge auszuteilen wie einzustecken, weil er keine derben Wörter gebrauchte und sich weigerte, heimlich zu rauchen. Er hatte alle Genugtuungen erfahren, die ehrbaren Leuten auf Erden vorbehalten sind – Gewissensruhe, Selbstachtung und die Achtung der anderen, ja, alle diese Genugtuungen ... Und das übrige ... Man hatte ihn schlecht behandelt, als er klein war; und als er ein Mann geworden war, hatte man ihn betrogen und beraubt. Nachdem sein Vater ihn in jungen Jahren verheiratet hatte, war er schon nach sechs Monaten ein Hahnrei: Seine Frau war mit einem Offizier durchgebrannt. Er hatte nicht mit seinem Vater arbeiten wollen, sondern eine kleine Bänderfabrik betrieben. Doch seine Geschäfte gingen schlecht. Er war sparsam gewesen, ehrlich, diskret, zuvorkommend, aber er hatte kein Glück. Aus Stolz verbot er sich, seinen Vater um Hilfe zu bitten; er untersagte es sich, seinen Tod zu wünschen, doch jede Nacht träumte er, daß man ihm sein Ableben mitteilte, daß er zum Notar gerufen wurde und das Erbe erhielt. Der Traum ging manchmal mit grotesken oder unkeuschen Einzelheiten einher, die Monsieur Mitaine beim Erwachen quälten. Traurig und verwirrt wiederholte er bei sich selbst: ›Wie de Maistre sagte, ich weiß nicht, was im Herzen eines Spitzbuben vorgeht, aber ich kenne das Herz eines ehrbaren Mannes, und es ist abscheulich.‹

Nachdem seine Frau gestorben war, zögerte Monsieur Mitaine lange, bevor er wieder heiratete: Er wünschte sich ein Heim, einen Sohn, aber seine erste Erfahrung hatte ihn ängstlich gemacht. Er hatte ein angenehmes Gesicht, aber er fand sich häßlich; er war intelligent und gebildet, aber jede Provinzschnepfe schüchterte ihn ein. ›Ich müßte eine reiche Frau haben, die in der Gegend wohlangesehen ist, aus guter Familie, und die mich daran hindern würde, mich so töricht zu verhalten, als wäre ich ein armer Verwandter‹, dachte er zuweilen nach einer Abendgesellschaft in einem Salon von Douai, wo er den Mund nicht aufgemacht und sich so unauffällig in seine Ecke verkrochen hatte, daß die junge Tochter des Hauses vergessen hatte, ihm Kaffee anzubieten.

Schließlich heiratete er im Alter von achtundvierzig Jahren eine mittellose, blutjunge Waise, eine kleine Grundschullehrerin, die gerade nach Douai gekommen war. Wie sehr hatten sie sich geliebt! Gérard hatte ihr hübsches Gesicht geerbt, ihre tiefen, hellen Augen. Allein in seinem Zimmer, betrachtete der alte Monsieur Mitaine melancholisch die blühenden Obstbäume in seinem Garten und dachte an sein Haus in Douai, an seine junge Frau, die seit zwanzig Jahren tot war, an diesen Sohn, auf den zu hoffen er nicht gewagt hatte und der ihm im fortgeschrittenen Alter geboren worden war, in jenen Tagen des Glücks. Denn zwei oder drei Jahre war er glücklich gewesen. Mit dieser in den Augen der Welt törichten Heirat stieg er in seiner eigenen Achtung. In der Gewißheit, geliebt zu werden, suchte er nicht länger die Sympathie der Menschen, und diese gewährten sie ihm nun vorbehaltlos, denn man erhält ohne weiteres, was zu wünschen man aufgehört hat. Er war nicht reich: Mit knapper Not kam er über die Runden, aber seine Frau war eine gute Haushälterin. Beide hatten bescheidene Ansprüche, und er begnügte sich mit seinem Los. Es war ihm sogar gleichgültig, als er erfuhr, daß sein Vater auf seine alten Tage eine Geliebte in sein Haus aufgenommen hatte und sich anschickte, ihr noch zu Lebzeiten sein gesamtes Vermögen zu hinterlassen, um seine legitimen Kinder Joseph und Héloise, die er nie hatte leiden können, um ihr Erbe zu bringen. Ja, das alles war ihm wirklich egal. Er wußte, daß er ein ehrbarer und besonnener Mensch war. Sein Leben würde zwar ohne Glanz verlaufen, aber später würde sein Sohn mit Zuneigung und Stolz an ihn denken. Jetzt achteten ihn seine Mitbürger, nannten ihn ein Musterbeispiel an Redlichkeit, wandten sich an ihn, wenn es galt, ihre Streitigkeiten beizulegen, solche, bei denen es nicht um Geld, sondern um die Ehre ging.

Dann kam der Krieg von 1914. Monsieur Mitaine war fünfzig Jahre alt und von zarter Gesundheit. Er wollte sich freiwillig melden. Er wurde abgelehnt. Er blieb in Douai, und das Unglück nahm seinen Lauf. Schon in den ersten Kriegswochen war er bankrott. Die Bänder fanden keine Käufer mehr. Die Fabrik schloß ihre Tore in Erwartung besserer Zeiten. Anfang 1916 befanden sich die Mitaines in einer nahezu verzweifelten Lage. ›Ein Mann, der ertrinkt‹, dachte der alte Mann über diese traurige Vergangenheit, ›ein Mann, der an einem schönen Sommertag friedlich schwimmt und der jäh vom Sturm überrascht wird, sinkt, vergeblich ruft, um sich schlägt, untergeht.‹ In der kleinen Wohnung, in die er mit den Seinen geflüchtet war, fror und hungerte er. In seinem Elend war er schamhaft geworden; wenn er um Hilfe bat, dann in einem so gleichgültigen, so bescheidenen Ton, daß man sie ihm leichter abschlagen konnte als jedem anderen. Geld hätte er nicht angenommen; er wollte Arbeit, aber es gab keine für ihn. Man empfing ihn sehr zuvorkommend, wenn er als Bittsteller kam, und seufzte: »Mein armer Freund, wir sind alle sehr unglücklich. Der Krieg ...« Aber auch im Unglück gibt es Abstufungen: Seine alten Freunde bemerkten es nicht, und er sank ganz langsam auf die letzte Stufe herab, nach der man nichts anderes mehr findet als den Tod.

Er erinnerte sich an die immer magereren Mahlzeiten, bei denen er, vom Tisch aufstehend, dachte: ›Wie oft werden wir noch essen?‹ Er erinnerte sich an die Nächte, in denen er wach neben seiner ebenfalls wachen Frau lag und beide so taten, als schliefen sie, damit wenigstens der andere beruhigt war und nicht litt. Zuweilen empfand er eine Art Bestürzung: ›Aber … das ist doch nicht möglich, irgend etwas wird mich retten … Es ist verrückt. Ich habe niemandem etwas zuleide getan, das habe ich nicht verdient …‹ Dann hatte er aufgehört, ›ich‹ zu denken. Er hielt sich für verloren, am Ende seines Lebens angelangt, und sogar seine Frau überließ er ihrem Schicksal; aber es blieb Gérard. Und dann wurde seine Frau krank, und er mußte sich um Gérard kümmern, mußte ihn anziehen und füttern. Während er linkisch diese Frauenarbeit verrichtete, nahm seine Zuneigung zu dem kleinen Jungen noch zu, und in seine Vaterliebe mischte sich etwas Sinnliches, Mitleidiges und Zärtliches, das ihm mitunter das Herz zerriß. Ja, er empfand es beinahe körperlich. Nachts wachte er auf, und etwas schmerzte in seiner Brust, als hätte ein Tier von innen her sein Fleisch zerfressen. Endlich, eines Tages … An jenem Tag herrschte Winter, Kälte, Krieg. Er verließ seine Wohnung und ging zum Haus seines Vaters. Er wußte nicht, warum er dorthin ging. Sein Vater und dessen Geliebte hatten Douai in den ersten Kriegstagen überstürzt verlassen und waren nicht zurückgekehrt. Er betrachtete die geschlossenen Fensterläden, die grauen Mauern. Traurig dachte er: ›Wenn ich nur einen winzigen Teil von dem besäße, was sich dort befindet …‹ Allein das Silber hatte einen Wert von … Wieviel war es wert? Ihn schauderte. Das alles gehörte seinem Vater. Er hätte ihn um Hilfe bitten können (und er stellte sich die grobe Ablehnung des gierigen, harten Greises vor), aber sich ohne Erlaubnis bei ihm einschleichen, sich etwas davon nehmen … Diebstahl. Das war Diebstahl. Einem anderen, weniger skrupulösen

Gewissen wäre es vielleicht möglich, entschuldbar erschienen, aber ihm … Die Türe war fest verschlossen. Er trat näher und drückte mechanisch auf die Klingel. Er hörte ihr anhaltendes Schrillen, und mit einemmal öffnete sich die Tür. Eine Frau stand da. Es war eine ehemalige Köchin seines Vaters, die im Nachbarhaus wohnte, die Schlüssel hatte und manchmal zum Putzen kam. Monsieur Mitaine sagte – und seine Worte waren herzlich, ruhig, munter:

»Ach, Sie sind es, meine liebe Eugénie? Hätte ich früher gewußt, daß Sie die Schlüssel haben … Oben sind noch Sachen von mir. Ja, im Schrank mit dem Silber, seit Jahren verstaubt es da schon, ein kleiner Silberbecher, den ich gern meinem Kind schenken würde.«

Diesen Becher hatte er vor zwei Wochen bereits verkauft.

»So gehen Sie doch hinauf, Monsieur Joseph!«

Sie begleitete ihn, ließ die Schlüssel klirren.

»Das ist doch nicht nötig. Ich kann allein gehen.«

»Oh, ich will nur die Fensterläden aufmachen.«

Sie ließ ihn in die Kammer eintreten, öffnete die Jalousien und das Fenster.

»Lassen Sie mir doch die Schlüssel da. Ich gebe sie Ihnen nachher wieder«, sagte er mit einem kleinen Lachen.

»Aber natürlich, Monsieur Joseph. Es ist sehr staubig hier, aber ich komme nur einmal in der Woche und mache ein wenig sauber. Alles ist verwahrlost. Aber zum Glück hatten wir hier nicht unter den Luftangriffen zu leiden.«

»Ja, nicht wahr, bisher haben wir nicht allzusehr gelitten«, sagte Monsieur Mitaine.

Als er allein war, stöberte er mit außerordentlichem Geschick, mit genauen, geschmeidigen Handbewegungen, die er gar nicht an sich kannte, methodisch in den Schubladen. Zuerst die Löffel: Die wogen am schwersten. Er verwarf die Messer mit Elfenbeingriff, packte die Gabeln zusammen und steckte sie in seine Jackentasche. Sein Herz klopfte, als er einen Schrein öffnete und darin zwei Goldrahmen sah. Seine Taschen waren voll. Er nahm eine herumliegende leere Hutschachtel, füllte sie mit den verschiedensten Gegenständen und betrachtete dann alles, was übrig war: von der Geliebten seines Vaters in den Schränken vergessene Kleider, Pelze, Stoffreste, mit denen man Gérard hätte einkleiden können. Es fehlte ihm an allem, und alles war für ihn eine Kostbarkeit. Er erblickte ein Paar neue Schuhe in einem Wandschrank und nahm sie an sich.

»Monsieur hat gefunden, was er suchte?« sagte die Köchin plötzlich hinter ihm.

Es blieben ihm noch ein paar Francs, die für das morgige Abendessen bestimmt waren. Er zögerte nicht.

»Nehmen Sie, gute Eugénie … Doch, doch, nehmen Sie! Ich werde wahrscheinlich morgen wiederkommen. Es ist sehr seltsam, es sind viel mehr Dinge hier, die mir gehören, als ich dachte.«

Sie sahen sich eine Sekunde schweigend an. Sie wußte, daß er log. Es war ihr nicht unbekannt, daß er sich mit seinem Vater überworfen hatte, daß er seit zehn Jahren keinen Fuß mehr in dieses Haus gesetzt hatte. Zweifellos dachte sie: ›Bah! Bis der Alte wiederkommt!‹ Zwischen dem Département Nord und dem übrigen Frankreich hatte der Krieg eine Barriere aus Feuer und Tod errichtet. Sie begriff, daß er ihr jedesmal etwas Geld geben würde. Sie lächelte.

»Aber Monsieur kann kommen, wann er will.«

Vielleicht wäre er nicht wiedergekommen, wenn die beiden Rahmen wirklich aus Gold gewesen wären. Aber sie waren völlig wertlos. Sein Verdruß war so groß, daß er sich schon am nächsten Tag im Haus seines Vaters mit einem leeren Koffer einfand, in dem er seine Beute versteckte. Drei Tage später kam er mit einer Schubkarre wieder, um Stapel von Laken, Handtüchern und die ganze Leibwäsche der Geliebten seines Vaters mitzunehmen. Er behielt sechs schöne Hemden für seine Frau und verkaufte alles andere. Nach und nach holte er fast das gesamte Mobiliar. Er lebte jetzt gut. Die Wohnung war klein, aber mit schönen Teppichen, Nippsachen und den langen Seidenvorhängen, die die Geliebte seines Vaters in Lyon gekauft hatte, wurde sie freundlich. Endlich waren die Mitaines gerettet. Nur seine seelische Verfassung störte ihn. Er empfand keine Reue, aber das war nur natürlich: Letzten Endes hätte das Vermögen seines Vaters nach allen menschlichen und göttlichen Gesetzen ihm zufallen müssen. Außerdem hatte die Not ihn zu dieser Tat getrieben. Nein, ihn wunderte vielmehr das außerordentliche Vergnügen, das ihm diese Unternehmung bereitet hatte. Es war nicht einmal das Vergnügen der Rache: Groll war ihm unbekannt, und er fühlte sich seinem Vater moralisch so sehr überlegen, daß er ihm nicht ernstlich zürnen konnte. Nein! Wie ein keuscher Mann, der endlich eine Frau erkannt hat und nun die köstlichen und ungeahnten Freuden der Ausschweifung entdeckt, oder wie ein enthaltsamer Mann, der, nachdem er eines Abends übermäßig viel getrunken hat, die edlen Weine lieben und miteinander vergleichen lernt, so genoß Monsieur Mitaine die Verstellung, die Heuchelei, den Diebstahl; tiefe, heftige Gefühle durchdrangen ihn, wenn er sich nach hereingebrochener Dunkelheit aus dem Haus seines Vaters schlich, wenn er in seiner Tasche irgendeinen Gegenstand befühlte, dessen er sich bemächtigt hatte (eine Tabakdose, eine Uhr, einen in einem Sekretär vergessenen Ring), dessen Wert schätzte und ungeduldig darauf wartete, wieder zu Hause zu sein, um bei gutem Licht zu untersuchen, was er mitgenommen hatte. Alles – der Gruß eines auf den Straßen von Douai getroffenen Freundes, während er sich beeilte und dabei irgendeine entwendete Silberplatte an sein Herz preßte, die zweifelhaften Geschäfte, die der Absatz dieser Waren erforderte, der verschwörerische Blick der Köchin –, alles amüsierte und erregte ihn, verlieh seinem Leben eine Würze, die es vorher nicht besessen hatte. Seine Frau war krank. Sie hatte Tuberkulose und hatte einen Grad der Krankheit erreicht, wo die Außenwelt so unwirklich wird wie ein Traum. Sie interessierte sich nicht für die Herkunft ihres neues Vermögens und stellte ihrem Mann nie eine Frage. ›Ja, wenigstens ist sie ruhig gestorben‹, dachte Monsieur Mitaine, und er erinnerte sich an die Besuche, die er dem Haus seines Vaters abgestattet hatte, um für sich selbst Kleider, Wäsche, einen bequemen Morgenrock, Pantoffeln zu suchen. In der besetzten und von Kämpfen eingekreisten Stadt, in der es am Nötigsten fehlte, war Monsieur Mitaine der einzige, der Überflüssiges besaß.

Nach dem Krieg erfuhr er, daß sein Vater so plötzlich gestorben war, daß er keine Zeit gehabt hatte, seine Geliebte zu begünstigen. Jetzt war Monsieur Mitaine reich. Einige Monate später verlor er seine Frau. Er wurde nie wieder glücklich, aber materiell fehlte es ihm an nichts. Erbschaften – einige, mit denen er nicht einmal gerechnet hatte – machten ihn noch reicher. Er verließ Douai, sobald er konnte, zusammen mit Gérard, und nachdem er Héloise bei sich aufgenommen hatte, die die vier Kriegsjahre im Süden verbracht hatte, ließ er sich in diesem Dorf nieder, in dem er noch immer wohnte. Nur selten dachte er an jene Episode seiner Vergangenheit, war sich jedoch darüber im klaren, daß sie in ihm gegärt hatte, so wie die Hefe den Teig gären läßt. Er war ein anderer geworden, um eine bittere Erfahrung reicher. Er hatte eine so finstere, so tiefe seelische Einsamkeit erlebt, daß er sie nie aus seinem Gedächtnis würde tilgen können. Seine spätere Gerechtigkeit, seine Mildtätigkeit, seine Freundlichkeit hatten immer einen kleinen bitteren Beigeschmack, den Hauch eines Vorwurfs an die Welt. ›Ich hatte diese Chance nicht‹, dachte er, wenn er einen Armen unterstützte. Nichts davon drang nach außen. Wie ein langsam wirkendes Gift sich nach und nach im Körper verbreitet und seine tödliche Wirkung erst mehrere Monate, manchmal mehrere Jahre später zeigt, so zerstörte seine Tat, und mochte sie in seinen eigenen Augen tausendfach gerechtfertigt sein, die Seele von Monsieur Mitaine. Früher hatte er den Menschen vertraut; jetzt verdächtigte er seinen Nächsten der niedrigsten Motive. ›Da ich so etwas getan habe‹, dachte er, ›warum nicht auch die anderen?‹ Man darf nie zu tief in sein Herz schauen: Das verwirrt und erschreckt. Seine Beziehung zu seinem Sohn war durch diese Erinnerung verfälscht. ›Er sagt mir die Wahrheit‹, dachte er, wenn dieser irgendeine jugendliche Verfehlung leugnete, ›warum sollte er lügen? Andererseits, warum sollte er nicht lügen? Ich habe ja auch gelogen!‹ Er sah das Haus in der Provinz wieder vor sich und die mit Schonbezügen versehenen großen Möbel, den Schrank mit dem Silber, den Schlüssel in der Hand der alten Köchin, ihren zweideutigen Blick, ihr Lächeln. ›Wenn es sich nicht um meinen Vater gehandelt hätte, sondern um jemand anderen, um einen Fremden, und wenn ich in derselben Lage gewesen wäre? Was hätte mich dann zurückgehalten zu stehlen? Die Furcht vor dem Gesetz, sonst nichts. Wenn also ich es getan habe, warum nicht auch er?‹ Und noch an diesem Abend, als seine Schwester Héloise zaghaft bei ihm eintrat und ihn abermals unter Tränen beschwor, Gérard nicht zu beschuldigen, antwortete er ihr:

»Meine arme Freundin, du kennst die Menschen nicht.«

Er fühlte sich so schwach, daß er sein Zimmer nicht verlassen wollte, um zu Abend zu essen. Héloise brachte ihm das Essen auf einem Tablett an sein Bett; er aß ohne Appetit. Durch die dicken Mauern drang das fröhliche Lärmen des Dorfes bis zu ihnen. Nach diesem Regentag war es ein schöner Abend. Es war beinahe dunkel, aber die jungen Burschen und Mädchen gingen noch auf der Straße spazieren, die Jungen auf der einen, die Mädchen auf der andern Seite, und ihr Lachen, ihre Scherze begegneten einander in der plötzlich milderen Luft. Der Wind hatte sich gelegt. Die Katzen schossen leichtfüßig durch den Garten, überwanden mit einem luftigen Sprung die Beete und ihre neue, frische Saat.

»Wirst du Gérard denn nicht verzeihen?« murmelte Héloise.

Er schüttelte heftig den Kopf. Nein, er würde ihm nicht verzeihen: Er hatte ihn zu sehr geliebt. Sein eigener Vater hatte es verdient, bestohlen zu werden, er jedoch nicht. Und daß ein anderer der Schuldige sein könnte, ging ihm nicht in den Kopf. Vielleicht war diese Strenge gegenüber seinem Sohn, diese Härte, die ihn umbrachte, eine Form der Sühne, die er sich selbst auferlegte; vielleicht ... Dieser Gedanke streifte bisweilen Monsieur Mitaines müde Seele, so wie ein Vogel mit der Spitze seines Flügels ein geschlossenes Fenster berührt, und verflog wieder. Er fühlte sich sehr alt, sehr leidend und sehr traurig.

Er erkrankte wenige Tage nach der Unterzeichnung des Testaments. Er hatte übermäßigen Gebrauch von einem vom Arzt verschriebenen Schlafmittel gemacht, das auf seinem Nachttisch lag. Natürlich handelte es sich um einen Irrtum. Ein seriöser und reicher alter Mann begeht nicht Selbstmord. In jedem Augenblick erwartete man seinen Tod.

Wie gewohnt verbrachte Maître Cénard den Abend im Hôtel des Voyageurs, als ein Wagen vor der Tür hielt. Ein junger Mann stieg aus; er trug einen Koffer.

»Das ist doch der junge Mitaine«, sagte die Kellnerin erstaunt.

Alle waren überrascht, als sie ihn hereinkommen sahen. Er würde also nicht bei seinem Vater wohnen? Er fragte nach einem Zimmer.

»Es war mir seinetwegen peinlich«, erzählte die Wirtin später. »Man hatte mir gesagt, daß der Vater ihn nicht sehen wolle, aber das glaubte ich nicht. Die Leute sagen, der Alte habe Mademoiselle Héloise verboten, seinen Sohn zu benachrichtigen, falls sein Ende nahen sollte. Ja, mir war ganz komisch zumute, als er mir sagte, er werde die Nacht bei uns verbringen.«

Zuerst zögerte sie, ihm vom Vater zu erzählen. Schließlich seufzte sie:

»Wir erwarteten Sie nicht so zeitig, Monsieur … Es ist sehr traurig …«

Als Hortense, die Kellnerin, hinaufging, um das Bett zu beziehen und die Wärmflasche unter das Laken zu schieben, sah sie Gérard Mitaine am Fenster stehen. Er hatte nicht einmal seinen Mantel ausgezogen und auch seinen Koffer nicht ausgepackt. Er hatte seine Handschuhe auf den Tisch geworfen und betrachtete durch die Fensterscheibe das Haus seines Vaters, von dem nur das obere Stockwerk zu sehen war.

»Oh, wie unglücklich er aussah«, sagte Hortense, als sie wieder unten in der Küche war.

Maître Cénard lächelte mitleidig und mit jener unfreiwilligen Ironie, die man einem Unbekannten gegenüber empfindet, dessen innerste Geheimnisse der Zufall einem enthüllt hat. Dieser dünne, brünette junge Mann, der so anständig wirkte, hatte also Geld aus der Kasse seines Vaters geklaut! Oder hat er etwa für einen anderen zahlen müssen? Mit einer vergnügten kleinen Grimasse tätschelte Maître Cénard seinen Bauch.

›In unserem Beruf erlebt man die seltsamsten Dinge‹, dachte er ein weiteres Mal.

Unterdessen ließ Gérard, nachdem er seine Tür abgeschlossen hatte, seinen Tränen freien Lauf. Seine Tante hatte ihn am Vortag rufen lassen und ihm eingeschärft, er solle vor allem nicht versuchen, den alten Mann zu sehen. »Dein Vater will es nicht. Er sagt, er möchte so allein sterben, wie er gelebt hat. Sollte er im letzten Moment seine Meinung ändern, werde ich es dich wissen lassen. Und wenn er stirbt, dann wirst du es augenblicklich erfahren: Ich werde das Licht im oberen Zimmer löschen.«

Durch die Fensterläden war zu sehen, daß die Lampe noch brannte.

»Armer Vater«, sagte Gérard sanft.

Er beweinte seinen Vater und sich selbst; er war unschuldig. Die Geliebte seines Kameraden hatte ihn eines Nachts betrunken gemacht, den Schlüssel des Geldschranks an sich genommen und das Geld geraubt. Aber sein Vater hatte das nie geglaubt.

Es war seltsam, er zürnte seinem Vater, er litt, aber daß dieser sich selbst so treu geblieben war, erfüllte ihn mit einer Art bitteren Bewunderung. Ein Sohn kann seinem Vater alles vergeben, wenn dieser sich treu bleibt. In Gérards Augen war der alte Monsieur Mitaine die Verkörperung der Ehrbarkeit. Beinahe verstand er und verzieh ihm in dieser Nacht seine Strenge.

Er wartete lange und hoffte vergebens auf einen Ruf. Plötzlich ging das Licht aus.

Die Vertraute

Hier hatte sie zum letztenmal den sanften Schlaf der Lebenden genossen. Er erinnerte sich, daß sie schlief wie ein Kind, die nackten Arme über dem Herzen gekreuzt. Er näherte sich dem Bett, in dem sie die Nacht vor dem Unfall verbracht hatte; er berührte das kalte Kopfkissen, die weißen Laken. Er vergaß, daß er sich in einem unbekannten Haus befand und daß eine Frau ihm folgte. Er betrat jeden Raum als erster. Er öffnete die Fenster, die Wandschränke. Er fragte:

»Wo war ihr Platz bei Tisch?«

Oder:

»Hängte sie ihre Kleider in diesen Schrank?«

Er hörte eine diskrete, leise Stimme antworten:

»Sie saß hier ... Ihre Kleider waren im blauen Zimmer, ihre Wäsche in der großen Kommode, im Alkoven ...«

Er betrachtete diese Fremde, die neben ihm stand; sie hatte die sterbende Florence gepflegt, sie hatte ihre schönen Hände in den ihren gehalten, sie hatte sie für den Sarg eingekleidet. Es war eine blasse, verhuschte Person in schlichten schwarzen Kleidern, mit einem dicken, festen Haarknoten, schmächtig, häßlich, in den Augen von Roger Dange kaum eine Frau. Wie nur hatte seine feinfühlige, strahlende Florence diesem unscheinbaren Geschöpf eine so lebhafte Anhänglichkeit bewahren können? Dieser Provinzlehrerin, ihrer Kindheitsfreundin? Es war unbegreiflich. Und warum war er so weit weggefahren? Warum hatte er in diese Konzerttournee nach Mexiko eingewilligt? dachte der Witwer. Florence hatte zuerst vorgehabt, ihm zu folgen, hatte dann aber eine Woche vor der Abreise ihre Meinung geändert und verkündet, sie werde bis März bei ihrer Freundin wohnen. Damals hatte er sich gefreut. Er fürchtete, eine so lange Reise könnte Florence' Gesundheit schaden, da sie sich nur schlecht von einer Fehlgeburt erholt hatte. Seit zwei Jahren verheiratet und erheblich älter als seine Frau, war er verliebt und eifersüchtig; er zog es vor, sie in diesem entlegenen Dorf zu wissen, bei Mademoiselle Cousin (so hieß die alte Jungfer. Seltsam, daß er sie sich als alte Jungfer vorstellte … Sie war nur achtzehn Monate älter als Florence, das wußte er, und Florence wäre dieses Jahr wohl dreißig geworden …). Ja. Er hatte es vorgezogen, sie hier zu wissen statt von Männern umgeben. Er glaubte sie plötzlich in diesem dunklen Zimmer zu sehen, den erhobenen Spiegel in der Hand, wie sie mit einer bezaubernden Geste den Ansatz ihrer Brust und ihren Hals puderte. Er hob die Hand an seine Stirn und zog sie schweißnaß zurück; dabei war das Haus eiskalt. Nach einem langen Schweigen drang endlich Mademoiselle Cousins erschrockene Stimme an seine dröhnenden Ohren:

»Monsieur Dange, Sie sind krank!«

Er mußte sich auf ihren Arm stützen, um wieder ins Eßzimmer zu gelangen. Im kleinen Ofen brannte ein Feuer, und er fühlte sich besser.

»Ich werde Sie jetzt verlassen«, murmelte er. »Ich bitte Sie um Verzeihung, ich glaube, ich habe mich auf der Herfahrt erkältet.«

Sie schob einen Sessel ans Feuer.

»Sie können jetzt nicht fahren. Es ist so kalt, und Sie sind weiß wie ein Handtuch, Monsieur Dange.«

»Aber ich störe Sie …«

»Nein«, sagte sie sanft. Sie legte ein paar Holzscheite nach und ging hinaus. Eine kleine Bedienstete kam, um die Fensterläden zu schließen, und Mademoiselle Cousin brachte eine Tasse heißen Tee. Es war ein Februarabend in einer düsteren, feuchten Gegend. Es blies ein starker Wind. Die beiden vor der Tür stehenden Tannen knackten und stöhnten, und ein halb abgebrochener Ast stieß in regelmäßigen Abständen gegen die Mauer, als würde jemand draußen im Dunkeln um Asyl bitten. Jedesmal zuckte Dange zusammen.

»Ich werde sie fällen lassen müssen«, sagte Mademoiselle Cousin. »Außerdem nehmen sie das Licht weg.«

»Mademoiselle, ich möchte gern noch einmal aus Ihrem Mund den Bericht dieses letzten Tages hören, alle Einzelheiten des Unfalls.«

»Aber ich habe Ihnen doch schon alles geschrieben. Florence hatte mir am Abend zuvor gesagt, sie wolle am Vormittag nach Paris fahren und drei oder vier Tage dort verbringen. Sie ist früh aufgestanden … nun ja, für ihre Verhältnisse früh … es war neun Uhr. Die Schule hatte gerade angefangen. Ich habe sie nicht wegfahren sehen. Aber ich habe das Geräusch des Autos gehört, als es auf der Landstraße wendete. Es hatte geregnet. Der Wagen ist auf dem Dorfplatz schrecklich ins Schleudern gekommen, vor dem Kriegerdenkmal. Es ist gegen die kleine Mauer geprallt, die sich vor dem Haus der Simons befindet. Ich, ich kann Ihnen dieses Geräusch gar nicht beschreiben, es war wie ein Donnerschlag, und diese Scheiben, die zersplitterten ... Das Dorf ist klein und ruhig, Sie haben es selbst gesehen, Monsieur Dange, und der Lärm hatte alle auf den Platz gelockt. Von den Fenstern der Schule aus konnte man alles sehen. Ich bin sofort zu ihr gerannt. Der Wagen war zerschellt. Man hat die arme Frau aus den Trümmern gezogen ...«

»War sie entstellt?« fragte Dange.

Seine ausdrucksvollen und zugleich starken Musikerhände waren zur Wärme des Ofens hin ausgestreckt, und die Spitzen der langen Finger zitterten. Rasch sagte Mademoiselle Cousin:

»Nein, nein, das Gesicht war unversehrt.«

»Aber der Körper?«

»Der Körper?«

Sie zögerte, denn sie erinnerte sich an die buchstäblich zermalmten Beine.

»Die Wunden waren nicht zu sehen«, sagte sie schließlich.

»Lebte sie noch?«

»Sie atmete. Man hat sie hierhergebracht. Man hatte eine Tragbahre besorgt. Man trug sie ganz vorsichtig. Sie schien nicht zu leiden.«

»Sie werden mir den Namen der braven Leute geben, die ihr Beistand geleistet haben. Ich werde ihnen etwas dalassen.«

»Oh, das ist nicht nötig.«

»Doch, doch ... und sagen Sie noch ... Sie haben gleich den Arzt geholt, nicht wahr? Und es war nichts, gar nichts zu machen? Ach, wäre ich doch dagewesen! Warum bin ich weggefahren? Es ist seltsam, ich habe sie in großer Angst zurückgelassen ... Diese ganze Reise war mir von vornherein zuwider. Zweimal habe ich das Datum der Abreise verschoben. Aber wir hatten viel Geld ausgegeben, und diese Konzerte wurden königlich bezahlt. Auf meine Bitte hin hat der Impresario irrsinnig hohe Forderungen gestellt. Ich hoffte, sie würden ablehnen oder zumindest feilschen, was mir einen guten Vorwand geliefert hätte abzusagen. Aber nein, sie waren mit allem einverstanden. Ich bin abgereist, und vierzehn Tag später erfuhr ich durch Ihr Telegramm von Florences Tod. Ich schäme mich, erst jetzt zu kommen, um Ihnen für alles zu danken, was Sie für sie getan haben. Ich glaubte nicht, daß ich den Mut hätte, dieses Haus zu betreten, das Zimmer zu sehen, in dem Florence gestorben ist, und auch Sie nicht, Mademoiselle.«

»Ich verstehe. Trinken Sie Ihren Tee, Monsieur Dange. Sehen Sie, ich habe einen Teelöffel Rum hineingetan.«

Er schob die Tasse weg, die sie ihm anbot.

»Diese Reise ... Hatte sie gesagt, warum sie wegfuhr?«

»Nein, sie hat nichts gesagt.«

»Sie ist doch am 4. Dezember ums Leben gekommen, nicht wahr?«

»Ja, am Montag war es genau zwei Monate her.«

Er sah sie an, wollte etwas hinzufügen, öffnete den Mund, dann schien sich sein mageres Gesicht krampfhaft in stummem Leid zu verzerren; er schwieg.

Mademoiselle Cousin senkte den Kopf. Das einzig Außergewöhnliche an ihr war eine dicke silberweiße Strähne in ihrem schwarzen Haar. Mechanisch strich sie sie mit der Hand glatt; sie trug einen altmodischen, gagatverzierten Trauerring. Als Roger Dange ihn sah, ließ ein Reflex guter Erziehung ihn zerstreut fragen:

»Haben Sie jemanden verloren?«

»Einen Cousin, einen jungen Mann von fünfundzwanzig Jahren.«

»Oh, ist es lange her?«

»Es ist ...«

Sie unterbrach sich.

»Es ist ein paar Monate her«, sagte sie schließlich. »Monsieur, ich habe Ihre Anweisungen genau befolgt. Leider sind sie für die letzte Toilette zu spät eingetroffen, aber durch einen eigentümlichen Zufall habe ich Florence, wie Sie es wollten, genau das Kleid angezogen, das Sie mir genannt hatten. Der Leichnam wurde am 6. Dezember nach Paris überführt, und alles wurde nach Ihren Wünschen erledigt.«

»Sie kannten sie gut, nicht wahr?«

»Ja, wir waren seit der Kindheit befreundet. Wie Sie wissen, wurden wir im selben kleinen Dorf im Jura geboren.«

»Ich weiß ... Aber ich weiß wenig von ihr, wenn ich es jetzt bedenke. Wir haben vor zwei Jahren geheiratet. Davor war ich ihr in dem Theater begegnet, in dem sie debütieren wollte. Welch wundervolle Stimme sie hatte! Vielleicht nicht kräftig genug für eine Theaterkarriere, aber der reinste Sopran, den ich je gehört habe. Wir haben uns fast sofort geliebt. Diese beiden Jahre sind so schnell vergangen, und meine Konzerte, meine Karriere, der Rundfunk, das alles nahm uns, raubte uns so viele Stunden. Was bleibt? Erinnerungen heben Jungvermählte stillschweigend für später auf, so wie man etwas fürs Alter auf die hohe Kante legt; man will keinen Augenblick für die Liebe verlieren.«

Sie machte eine Bewegung, und er glaubte, er hätte das alte Mädchen schockiert. Er verstummte. Das Wort »Liebe« und vor allem der inbrünstige, heisere Ton, in dem er es ausgesprochen hatte, schienen zwischen ihnen zu verharren, zu vibrieren und sanft zu verlöschen wie der tiefe Klang eines Cellos. Der Raum war sehr dunkel; eine Arbeitslampe mit geneigtem grünem Schirm beleuchtete einen Stapel offener Hefte auf einem Tisch.

»Es ist unverzeihlich. Ich komme her, ich reiße Sie aus Ihrer Arbeit, ich stelle Ihnen sentimentale und absurde Fragen. Das alles, um noch einmal all das zu hören, was Sie mir in Ihren Briefen schon beschrieben haben und was weder Sie noch ich ändern können … Bestimmt halten Sie mich für seltsam, halbverrückt.«

»Aber nein, ich verstehe Sie sehr gut, Monsieur Dange. Ein so furchtbarer Schlag …«

Er machte eine ungeduldige kleine Handbewegung.

»Warten Sie … Ich muß Ihnen etwas sagen. Ich bin besonders verwirrt, weil etwas geschehen ist … Oh, bestimmt ist es ein Mißverständnis, aber … Also, Sie versichern mir, daß Florence über diese Reise nach Paris, auf der sie ums Leben gekommen ist, am Tag zuvor mit Ihnen gesprochen hatte?«

»Aber … ja.«

»Ohne einen Grund für diese Abwesenheit anzugeben?«

»Es handelte sich doch nur um ein paar Tage. Und außerdem hatte sie mir keine Gründe zu nennen. Möglich, daß sie mir von einer Anprobe oder einem Zahnarzttermin erzählt hat, aber ich habe es vergessen. Ich verstehe nicht, welche Bedeutung …«

»Meine Post, die mich in Mexiko nicht mehr erreicht hat, ist postlagernd liegengeblieben und wurde mir erst kürzlich zugesandt. Ich habe sie vor vier Tagen erhalten. Es waren zwei Briefe von Florence darunter.«

»Ja?«

»Der erste trug das Datum vom 4. Dezember, das heißt genau vom Tag ihres Todes, und der zweite vom 5., demnach vom darauffolgenden Tag.«

»Bestimmt liegt ein Irrtum vor«, sagte Mademoiselle Cousin, wobei sie ein Holzscheit fallen ließ, das auf ihren Knien lag und das sie gerade ins Feuer werfen wollte. »Haben Sie den Poststempel überprüft?«

»Der erste wurde am 4. Dezember eingeworfen und der zweite am 5.«

»Das ist ... unverständlich.«

»Ja, nicht wahr? Ich sehe nur eine Erklärung: Diese wenigen Tage, die sie in Paris verbringen sollte, versprachen so ausgefüllt, so glücklich zu werden, schienen so voller Verheißungen zu sein, daß meine Frau sich im voraus der Pflicht des täglichen Briefschreibens entledigte, die ich ihr auferlegt hatte. Sie beauftragte jemanden damit, sie in ihrer Abwesenheit zur Post zu bringen, damit der Herkunftsort immer derselbe wäre. Es ist möglich, daß sie den ersten Brief selbst aufgegeben hat, daß sie kurz vor dem Unfall bei der Post angehalten hat, aber der zweite muß jemand anderem anvertraut worden sein, vielleicht einem Kind aus dem Dorf, das nichts von ihrem Tod wußte oder das nicht schlau genug war zu verstehen, daß dieser Brief nicht abgeschickt werden durfte, da sie tot war. Ja, so muß es gewesen sein.«

»Aber ... in diesen Briefen, nichts?«

»Nichts über ihren Aufenthalt in Paris, meinen Sie? Nein. Kein Wort. Diese Briefe ... oh, nur sie konnte solche Briefe schreiben: bezaubernd, traurig und verrückt ... Sie sprach über Musik, über die großen Tannen vor Ihrer Tür, Mademoiselle, über den Schnee, über ihre Lektüre. Der vom 5. Dezember beginnt wie folgt.

Er schloß die Augen und trug halblaut vor: »›In dieser Nacht ist ein starker Regen auf die schneebedeckte Erde gefallen. Ein wütender Regen, Schnee, so unschuldig wie ein von Hexen gepeitschtes junges Mädchen ... Ich glaube, ich habe mich erkältet. Ich bin sehr spät aufgestanden ...‹ Und so geht es weiter über ›*Die kleine Nachtmusik* von Mozart und die Weihnachtssterne‹, die ›ungeachtet der Tradition an Allerheiligen eingegangen sind‹ ...«

Er verstummte.

»Ich verstehe nicht«, sagte Mademoiselle Cousin schwach.

»Dieses Unwohlsein, das sie erwähnte, diente dazu, zwei oder drei Tage in aller Ruhe in Paris zu verbringen, ohne mir zu schreiben. Ich hätte erst später erfahren, daß sie eine leichte Grippe hatte und jetzt wieder gesund war.«

»Aber nichts hinderte sie doch daran, Ihnen von dieser Reise zu erzählen! Sie hätte den gerechtfertigtsten Anlaß nennen können.«

»Ich habe die Hausangestellten befragt. Sie hatte keine Anweisungen für ihre Ankunft gegeben. Sonst ist sie nie unerwartet gekommen. Sie liebte es, daß alles für sie bereit war: das Feuer, das Bad, die Blumen ... Sie hatte nicht vor, in dieser Nacht in der Wohnung zu schlafen, da bin ich mir sicher. Unter dieser Voraussetzung war es nur natürlich, daß sie es vorzog, ihre Reise geheimzuhalten.«

»Aber, Monsieur, die unschuldigsten Gründe, ich wiederhole es ...«

»Ach was!« sagte er und sah sie unverwandt an. »Sie verstehen sehr gut, daß es nicht den leisesten Zweifel geben kann. Man braucht nur den Ausdruck Ihres Gesichts zu sehen, Mademoiselle. Die Fakten liegen auf der Hand. Aber haben Sie keine Angst, ich werde Sie um nichts bitten«, fügte er hinzu und bemühte sich zu lächeln, »weder um den Namen des Liebhabers noch um die Dauer dieses Verhältnisses. Sie werden es mir nicht sagen. Sie waren Florence sehr zugetan. Sie haben ihr nach Kräften geholfen, mich zu betrügen. Und jetzt werden Sie ihr Geheimnis getreulich bewahren, getreulicher denn je, da bin ich mir sicher. Dabei müßten Sie viele Dinge wissen. Aber, ich wiederhole es, ich werde Ihnen keine indiskrete Frage stellen. Mein Wunsch ist nur, mit jemandem über Florence zu sprechen, der sie gut gekannt hat, der sie geliebt hat, lange und zärtlich über sie zu sprechen ... ein letztes Mal. Sie haben für meine Frau eine große Freundschaft empfunden?«

Sie antwortete nicht.

»Sie war ein so außergewöhnliches Geschöpf, nicht wahr? Ich bin ihr immer ergeben gewesen. Ich war mir völlig im klaren, daß sie mich eines Tages betrügen oder verlassen würde. Ich weiß genau, daß man eines Tages sterben muß. Ich war zweiundzwanzig Jahre älter als sie.«

»Aber was sagen Sie da? Wie können Sie so reden?« Sie sprach leise und schnell, mit großer Leidenschaft. »Sie, Monsieur Dange? Wissen Sie denn nicht, was Sie sind? Haben Sie denn während Ihrer Konzerte nie den Saal gesehen, all diese Leute, die Sie bewundern, die Ihnen danken, die Sie lieben? Ja, alle lieben Sie, Monsieur ... Ihr Künstler lebt in einer Welt ...«

Sie suchte nach Worten, sah ihn mit ihren lebhaften, glänzenden Augen an.

»… einer erhabenen Welt. Und wir, wir sind nichts, arme, unnütze Geschöpfe. Ein großer Künstler, der sich zu uns herabbeugt, der uns aus unserer Mittelmäßigkeit herauszieht, der für uns spricht, ist etwas so Seltenes, so Schönes. Es ist unermeßlich, Monsieur. Sie haben die Pflicht, das zu begreifen. Verzeihen Sie, daß ich so zu Ihnen spreche. Wenn ich Ihnen die Leviten zu lesen scheine, dann nur, weil ich Sie so sehr bewundere. Was hatte es schon zu bedeuten, daß Sie zweiundzwanzig Jahre älter waren als Flora?«

»Wie bitte?«

»Flora«, wiederholte sie. »Sie hieß Flora, das wissen Sie doch genau … Florence ist der Name, den sie für das Theater angenommen hat. Zweiundzwanzig Jahre älter als sie! Aber Sie, ein Genie, einer der großen Musiker unserer Zeit! Sie haben ihr eine große Ehre erwiesen, sie zu sich emporzuheben.«

Traurig sah er sie an.

»Oh, wie unwissend Sie sind«, sagte er sanft. »Ja, ich bin berühmt, aber das … Früher einmal war ich vermutlich jemand, der all Ihr Lob verdiente. Aber wissen Sie, der Ruhm ist eine bittere Frucht, die man erntet, wenn der Baum gefällt ist.«

»Ich verstehe nicht«, sagte sie. »Für mich sind Sie ein Mann, der über der Menschheit steht. Ihre Demut ist nicht bewundernswert: Sie ist morbide.«

»Der Mann, den sie geliebt hat, war sicherlich brillanter, ernsthafter als ich. Ich stelle mir vor, daß er mir ähnlich sieht, mir in jungen Jahren.«

»Ihnen ähnlich?«

Sie schüttelte den Kopf.

»O nein, Monsieur Dange, er ähnelte Ihnen überhaupt nicht!«

Sie schwieg; sie schien darauf zu warten, daß er ihr endlich eine Frage stellte, aber er fragte nichts. Er streckte die Hand zu dem im Dunkeln kaum zu sehenden kleinen Tisch aus, tastete mit zitternder Hand nach der Tasse.

»Ist noch ein wenig Tee da?«

»Ich werde Ihnen welchen bringen.«

»Nein, nein, ich bitte Sie, bleiben Sie sitzen. Ich mag kalten Tee, und ich sterbe vor Durst.«

Gierig trank er den ziegelfarbenen Tee.

»Sie empfinden soviel Sympathie für mich«, sagte er ein wenig zögernd, sein mageres Gesicht zum Feuer beugend. »Aber Sie haben ihr geholfen, mich zu betrügen.«

»Ich habe ihr nicht geholfen. Im Gegenteil, ich habe mein Bestes getan, sie zur Vernunft zu bringen, aber ich ...«

»Ja, ich verstehe, Florence konnte man nicht wiederstehen. Ihre Schönheit, ihre Anmut, diese gebieterische und doch gleichgültige Miene ... Ja, das ist das Wort, das ich suchte. Es lag so viel Gleichgültigkeit in ihren gesellschaftlichen Beziehungen, ihren Liebesbeziehungen. Mitunter wirkte sie zerstreut und kalt. Ich kenne Leute, die behaupten, sie sei oberflächlich und nicht sehr intelligent. Aber Intelligenz hat nichts zu bedeuten, nicht wahr? Dieses Körnchen Traurigkeit und Wahnsinn in ihr ... ihre Briefe ... Gott, wie liebte ich ihre Briefe! Vor vier Tagen, als ich ihre Schrift auf den aus Mexiko zurückgeschickten Umschlägen erblickte – ich kann Ihnen gar nicht beschreiben, was ich da empfand. Ich zitterte. Es war erschreckend und wohltuend zugleich ... Für mich ist jetzt alles vorbei, nicht wahr? Ich bin kein Schöpfer. Ich bin nur ein Interpret. Auf die Dauer reicht das nicht aus und ist ein undankbares Metier. Das können Sie nicht verstehen. Ich finde nur die Toten wieder und gebe sie dem Leben zurück. Es ist der Beruf eines Mediums. Unglücklicherweise bin ich, Roger Dange, steril. Nichts entsteht aus mir selbst. Ich werde kein Kind hinterlassen, kein Werk, keine Liebe, nichts.«

»Einen glänzenden Namen ...«

»Ich bin von alledem abgestumpft«, sagte er plötzlich mit veränderter Stimme. Er öffnete kaum die Lippen. »Seit vier Nächten schlafe ich nicht mehr, trotz hoher Dosen an Schlafmitteln. Sie reichen nicht aus, mir den Schlaf zu bringen, aber sie versetzen mich in einen Zustand zwischen Wachen und Träumen. Es ist sehr merkwürdig. Und dann dieses Zimmer, dieses Feuer ... Ich habe Fieber.«

»Wollen Sie sich hinlegen? Ich werde Ihnen ein schönes Bett machen, Sie werden schlafen und ...«

»Aber wenn ich Ihnen doch sage, daß ich nicht schlafen kann!« rief er verärgert aus. »Nein, lassen Sie mich. Ich fühle mich wohl hier. Glauben Sie mir. Wenn Sie mir Gutes tun wollen, dann sprechen Sie nicht von mir, sondern nur von Florence, von Florence ... Von den einfachsten Dinge, den trivialsten. Von ihrem Kleid zum Beispiel. Wie war sie am Tag ihres Todes angezogen? Da es sehr kalt war, trug sie bestimmt ihren großen grauen Reisemantel mit dem Otterkragen. Und ihr Hut?«

»Ihr Hut?« murmelte die Lehrerin zerstreut. »Hören Sie, Monsieur Dange ...«

Sie verstummte und sank in tiefe Träumerei.

»Ich habe alte Erinnerungen«, sagte sie schließlich, »Porträts, Briefe von Flora ... von Florence. Wollen Sie sie sehen?«

Er nickte. Also stand sie auf und nahm ein Foto vom Kamin, das sie ihm reichte und das zwanzig kleine Mädchen in schwarzen Schürzen und Holzschuhen im Hof einer Schule zeigte. Sie waren schlecht gekämmt und drehten die Füße einwärts. Es waren dicke kleine Dorfmädchen von dreizehn, vierzehn Jahren, mit eckigem Oberkörper, Mädchen, die in steifen Kitteln und groben Wollsachen steckten.

»Florence in so etwas?« sagte er mit angespanntem, amüsiertem Lächeln. »Bestimmt sah sie aus wie ein Schwan unter lauter Enten.«

»Das hier ist sie«, sagte Mademoiselle Cousin. »Stark und mollig um die Taille, wie in diesem Alter üblich, aber ihr Gesicht war wunderhübsch. Feine Züge, große blaue Augen. Ich selbst war seit drei Monaten im Pensionat in Besançon, als dieses Foto aufgenommen wurde. Flora hat es mir geschickt. Sehen Sie«, sagte sie und deutete auf die Inschrift: »›Meiner lieben Camille: ihre Flora.‹ Ich fand erst wieder Ruhe, als wir wieder zusammenwaren. Sie wollte nicht länger zur Schule gehen, wollte Schneiderin werden und sich in der Stadt niederlassen. Diese Zukunftsaussicht genügte ihr: eine Nähmaschine in einem armseligen Zimmer und am Samstagabend ein Kinobesuch mit dem Angestellten des Modegeschäfts von gegenüber. Ihre Familie bestand, so wie die meine, aus Kleinbürgern ohne Vermögen. Ihr Vater hatte wieder geheiratet. Sie verstand sich nicht mit ihrer Stiefmutter, die im übrigen keine bösartige Frau war, sondern eine von jenen spröden, launischen Charakteren … Sie verstehen, was ich meine? Flora schimpfte, schmollte und beklagte sich ständig. Als ich in den Osterferien zu Hause war, habe ich ihre Eltern aufgesucht – ich war damals fünfzehn –, und ich weiß nicht mehr, wie ich es angestellt habe, daß die Eltern schließlich nachgaben; vielleicht weil ich an den Vater appellierte und der Stiefmutter abwechselnd schmeichelte und sie einschüchterte, bis sie Flora nach Besançon in jenes Pensionat schickten, in dem auch ich war. Dort sind wir fünf Jahre zusammengeblieben, und ich blieb ein weiteres Jahr als Repetitorin, um sie nicht allein zu lassen, sie zum Arbeiten anzuhalten und dafür zu sorgen, daß sie ihre Prüfungen bestand, daß etwas aus ihr wurde, daß sie ihre Gesangsstunden nicht aufgab. Und vor allem, damit nicht einer dieser gräßlichen Jünglinge um sie herumscharwenzelte, denn Flora war für mich bestimmt...«

Sie nahm dem Witwer das Foto aus der Hand und stellte es an seinen Platz zurück. Dann ging sie lange im Raum umher, die Hände über der Brust verschränkt. Sie hatte einen außergewöhnlich leisen und leichten Schritt.

»Nein, Sie können nicht wissen, was Flora mir bedeutete. Ich war anderthalb Jahre älter als sie. Sie hatte alles – das Gesicht, den Blick, das Lächeln –, was ich gern gehabt hätte. Ich selbst war nicht schön. Ich wußte es. Ich begann, auf Flora neidisch zu sein. Ich erinnere mich, daß ich einmal wie eine Wilde, mit Klauen und Zähnen, einen himmelblauen kleinen Mantel zerrissen habe, den sie sonntags trug und den sie auf einem Stuhl im Vestibül hatte liegenlassen, als sie kam, um sich bei mir zu vergnügen. Alle sagten: ›Was für eine hübsche Pastellfarbe ... Und wie gut sie zu ihren blonden Locken paßt!‹ Als ich dann älter wurde, verschwand dieses Gefühl und wurde durch etwas sehr Merkwürdiges ersetzt ... Vorhin fragten Sie mich, ob ich für Flora Freundschaft empfand. Nein, ich empfand weder Freundschaft noch Zärtlichkeit, aber ich formte sie nach meinen Vorstellungen, verstehen Sie? Es begann mit kleinen Dingen. Für eine Preisverleihung habe ich das Gedicht mit ihr eingeübt. Ich habe ihr beigebracht, wie sie rezitieren, sich halten, grüßen, ein wenig kokettieren sollte, um ihr hübsches Profil und ihre Locken zur Geltung zu bringen, und wenn man ihr applaudierte, wenn man ihr Komplimente machte, empfand ich ein bitteres Vergnügen, das ich Ihnen gar nicht beschreiben kann. Ich dachte: Eigentlich bin ich gemeint ... Mir ist es zu verdanken, daß Flora bewundert wird. Ohne mich wäre sie nichts. Ich erschaffe sie.«

Sie blieb vor Dange stehen.

»Ich erschaffe sie. Genau das war der Kern meiner Gedanken. Sie war für mich wie ein Kunstwerk. Natürlich dauerte es viele Jahre, bis ich es begriff. Vielleicht verstehe ich es erst seit fünf oder sechs Jahren ganz und gar. Im übrigen vergaß ich Flora zuweilen. Ich wurde ehrgeizig um meiner selbst willen, wenn ich zum Beispiel ein Examen glänzend bestanden hatte. Aber dann sagte ich mir: ›Mädchen, bei dem Aussehen, das Gott dir gegeben hat, verlange nichts und erhoffe nichts. Das ist besser. So ersparst du dir grausame Enttäuschungen.‹ Schließlich entsprach es meinem Charakter, gern die graue Eminenz zu spielen. Schon als Heranwachsende bewunderte ich die Jesuiten über alles, diese bescheidenen, gelehrten Männer, die, im Dunkeln verborgen, den König berieten. Machen Sie sich nicht über mich lustig, Monsieur Dange. Was ich Ihnen sage, weiß niemand, aber es tut gut, einmal im Leben offen zu sprechen. Und außerdem, diese Flora, der Sie so sehr nachtrauern, die habe ich Ihnen geschenkt.«

»Wie das?« sagte Dange. Er lauschte mit leidenschaftlicher Aufmerksamkeit, seine bleichen Hände knetend.

»Mit dreizehn oder vierzehn Jahren war Flora sehr gewöhnlich geworden. Ich mochte ihre Gesellschaft nicht mehr; ich war von ihr enttäuscht, ärgerte mich über sie, und damit hatte das Leben für mich keinen Sinn mehr. Schulaufsätze, Prüfungen, Noten am Ende des Jahres ... Ich war eine ausgezeichnete Schülerin, und zwar ohne Mühe, aber ich langweilte mich. Wissen Sie, in jenem Alter zählen nur die Träume, eine Art zweites Leben ... Was zu sein man sich vorstellt, was man gern werden möchte. Jahrelang war ich in meinen Träumen Flora gewesen; aus allem, was ihr gegeben worden war, hatte ich großen Nutzen gezogen, aber nun war sie unscheinbar, fast dumm geworden, sehnte sich nur noch danach, Schneiderin zu werden. Schneiderin – können Sie sich das vorstellen? Flora als Schneiderin, geschwängert von einem Ladenschwengel oder brav mit einem Kleinbürger verheiratet. Flora ... Und was war dann mit mir? Doch dann habe ich sie einmal singen hören. Es war am Ufer eines Flusses in den Osterferien. Bei uns sind die Flüsse tief und schnell. Der Frühling war in diesem Jahr vorzeitig gekommen. Wir waren ans Ufer gegangen, um unsere Füße ins Wasser zu tauchen und Blumen zu pflücken; wir waren eine Schar von fünf oder sechs Mädchen. Als wir ins Dorf zurückkehrten, war es Abend. Beim Gehen hakten wir uns unter, und eine von uns begann zu singen. Die anderen wiederholten den Refrain im Chor, und unter all diesen Stimmen erhob sich die von Flora mit solch angeborenem Adel, solcher Reinheit, daß die anderen Mädchen nach und nach verstummten und wir von dieser wunderbaren Stimme getragen weitergingen. Und da habe ich, wie ich Ihnen schon sagte, dafür gesorgt, daß sie nach Besançon kam. Verstehen Sie, sie mußte unbedingt ein gebildeter, wohlerzogener Mensch werden, nun ja, eine junge Dame. Irgendwo hatte ich gelesen, daß man nicht in zu jungen Jahren Gesangsunterricht nehmen dürfe, aber ich wollte, daß diese wenigen Jahre für ihre Allgemeinbildung, ihre Schulung, ihre Lektüre nicht verloren sein sollten. Ich glaube, daß ich ein gewisses pädagogisches Talent besitze. Flora war faul. Nur mir gelang es, sie zum Arbeiten zu bringen. Wie freute ich mich über ihre Fortschritte! Aber ich selbst, die ich eine hervorragende Schülerin gewesen war, war jetzt nur noch mittelmäßig. Aus freien Stücken ließ ich jeden persönlichen Ehrgeiz beiseite und dachte nur noch an Flora. Ich lebte gewissermaßen aus zweiter Hand. Sie können sich gar nicht vorstellen, was ich empfand: Stolz, Ironie, Freude an der Täuschung, das Vergnügen, mich allen und an erster Stelle Flora überlegen zu fühlen. Sobald sie achtzehn war, habe ich sie Gesang studieren lassen. Sie ist nach Paris gegangen, und dort wurde sie, wie Sie sicher wissen, fast sofort die Geliebte eines sehr reichen Mannes, der verheiratet, aber von seiner Frau getrennt war und offen mit Flora zusammenlebte.«

»Ja, das weiß ich«, sagte Dange.

»Ich sah sie selten, aber sie vergaß mich nicht. Sie hing an ihrem Freund, aber gleichzeitig sehnte sie sich nach ihrer Freiheit ... Verstehen Sie?«

»Ich verstehe.«

»Diese Periode ihres Lebens war schwierig. Der Mann hatte einen herrischen und eifersüchtigen Charakter. Sobald die Beziehung zwischen ihnen zu angespannt wurde, fast zu zerbrechen drohte, eilte Flora zu mir. Sie betrat dieses Zimmer, setzte sich in den Sessel, in dem Sie gerade sitzen. Sie sagte: ›Ich habe dies getan ... Ich habe jenes geantwortet ... Was hätte ich deiner Meinung nach tun sollen? Was hättest du an meiner Stelle getan?‹ Und dann sprach ich mit ihr ... lange. Ich brachte sie zur Vernunft. Ich ... verstehen Sie, ich wollte nicht, daß sie diesen Mann verläßt. Dank ihm atmete sie die Luft von Paris, konnte sich gut kleiden. Äußerlich wurde sie allmählich so, wie sie sein sollte. Ihre Frisur, ihr Gang, ihre Kleider, alles war vollkommen. Und in meinem Kopf baute ich eine wunderbare Zukunft für sie auf. Diese Flora war mein Kunstwerk. Finden Sie das töricht? Aber warum? Kunstwerke werden aus gewöhnlichem oder unbelebtem Material geschaffen, mit dem Stein und einem Hammer, einer Leinwand und Farben, warum nicht auch mit Fleisch und Blut? Seine eigene Persönlichkeit einer anderen aufzuprägen, seinen Geist einer anderen einzuhauchen ist überaus berauschend.«

»Und Florence hörte auf Sie, sie gehorchte Ihnen?«

»Wenn ich es Ihnen doch sage, Monsieur, daß Sie sie nicht kannten! Niemand kannte sie, sie selbst sich am wenigsten. Sie hielt sich für frei, von wegen! Wenn ich ihr sagte: ›Du mußt dies oder jenes tun. Genau das mußt du ihm schreiben. Ich werde dir den Brief diktieren. Diesen Mann mußt du wegschicken. Diesen anderen mußt du sanft von dir schieben, ohne ihn zu entmutigen, aber ...‹, dann lachte sie spöttisch und rief aus: ›Oh, davon verstehst du doch nichts, meine arme Camille! Was weißt du schon von den Männern, von der Liebe, vom Leben! Vergraben in deinem Loch.‹ Ich antwortete: ›Mag sein, mag sein, aber denk ein wenig nach, und du wirst einsehen, daß ich recht habe. Genau das mußt du tun.‹ Und am Ende folgte sie meinem Rat und war überzeugt, nach eigener Erkenntnis gehandelt zu haben. Sie war ja so weiblich ...«

Sie verstummte. Ein melancholisches, zärtliches und zugleich bitteres Lächeln huschte über ihre Züge. Dange betrachtete sie bestürzt. Nach einer Weile fuhr sie fort:

»Ihr Freund ist plötzlich gestorben, und da keine Vorkehrungen zu Floras Gunsten getroffen worden waren, ist das ganze Erbe der legitimen Ehefrau zugefallen. Von heute auf morgen war Flora mittellos. Das Haus, in dem sie wohnte, ihr Wagen, nichts gehörte ihr. Ich habe dafür gesorgt, daß ich einige Monate Urlaub bekam, und wir haben beide in Paris gelebt. Monsieur, ich wollte aus dieser Frau etwas machen, verstehen Sie? Ich dachte an eine Theaterkarriere. Bei ihrer Stimme, ihrer Schönheit, ihrem Charme hätte sie es zu etwas bringen können, nicht wahr? Zu einem großen Namen! Und wenn ich es recht bedenke, wäre das noch nicht genug gewesen. Verstehen Sie, es war fast zu einer Halluzination geworden. Mitunter vergaß ich, daß ich Camille Cousin war und sie Flora Leblanc. Wenn sie sang, schien meine Stimme aus ihrer Kehle zu dringen. Ihr Gesang befreite mich von mir selbst. Wir führten ein ruhiges, zurückgezogenes Leben, denn sie wollte sich öffentlich nicht in dem erbärmlichen Zustand zeigen, in dem der Tod ihres Geliebten sie zurückgelassen hatte! Ohne schöne Kleider, ohne Schmuck, oft sogar fehlte das Geld für den Friseur. Wäre sie allein gewesen, dann hätte sie jedem beliebigen gewinnversprechenden Abenteuer zugestimmt ...«

Dange unterbrach sie:

»Sie ist nicht hier, um sich zu verteidigen«, wandte er mit bebender Stimme leise ein.

»Monsieur, ich spreche zu Ihnen wie vor Gott. Ich bin gläubig und überzeugt, daß ihre Seele da ist und uns zuhört, daß sie bestätigt, daß ich die Wahrheit sage. Ich war es, die sie in diesen zwei Jahren bei sich behalten und ihr eine wunderbare Zukunft ausgemalt, ihr Ruhm und Liebe versprochen hat, wenn sie nur auf mich hören wollte. Ich sage Ihnen noch einmal, es war berauschend zu sehen, wie dieses schöne Geschöpf halb unbewußt meine Worte wiederholte, meine Überlegungen zitierte, meine Meinung über eine Lektüre äußerte ... Und ihre Briefe ... Oh, wie sehr habe ich manchmal gelacht ... Ihre Briefe, die ich schrieb ... Nach und nach hat sie verstanden, was ich aus ihr machen wollte. Sie ließ sich formen, und manchmal nannte sie mich ›ihren Regisseur‹, aber sie unterstellte mir recht niedrige Motive; sie glaubte, daß ich damit rechnete, später auf ihre Kosten zu leben und sogar – sie hat es mir lachend gesagt – irgendeinen von ihr verschmähten Verehrer zu heiraten, irgendeinen von Flora Leblancs abgelegten Liebhabern, ich ...«

Sie wiederholte: »Ich!« und zuckte mit einer Miene einfachen, natürlichen Stolzes die Achseln.

»Monsieur, vor etwa zwei Jahren habe ich Sie zum ersten Mal spielen hören. Ich besaß einige von Ihnen aufgenommene Schallplatten, und ich hörte Sie im Radio, aber noch nie hatte ich eines Ihrer Konzerte besucht. Und an jenem Tag ... Vorhin sagte ich Ihnen, daß Sie sich allen diesen Menschen schulden, die Sie bewundern und lieben. Bedenken Sie nur, daß jedesmal, wenn Sie spielen, mindestens ein Wesen im Konzertsaal sitzt, dessen Stimme sie für einige Augenblicke sind. Die Leute sind stumm, Monsieur. Wir sind wie Pflanzen, wie Bäume. Wir leiden und wir sterben, und niemand hört unseren Schrei. Nun, Sie wissen das alles. Sie werden erraten, daß ich Sie von diesem Tag an ...«

Sie verstummte und wich ein wenig zurück, damit ihr verblühtes Gesicht im Dunkeln blieb.

»Ich bin nicht schön, und natürlich konnte ich nichts von Ihnen erhoffen, aber da war Flora. Und deshalb … ich habe ihr von Ihnen erzählt. Ich habe sie in Ihre Konzerte geschleppt und gab erst Ruhe, als sie sich Ihnen hat vorstellen lassen. Ja, in jenem leeren Theater, einige Wochen vor ihrem Debüt. Es ist seltsam. Zuerst waren Sie sehr kalt. Aber ich, ich wußte, daß Sie sie am Ende lieben werden.«

»Aber sie? Sie?«

»Sie liebte Sie nicht. Sie konnte nicht lieben. ›Ein außergewöhnliches Geschöpf‹, sagten Sie? Ach was, eine ganz gewöhnliche Frau. Oh, nicht schlechter und nicht dümmer als andere … Einfach durchschnittlich. Die Flora Leblanc von früher, die Schneiderin werden wollte, ist von Ihnen geliebt worden, Roger Dange. Sie hat sich lieben lassen. Sie waren reich und berühmt. Dann hat sie Sie betrogen. Nie hätte ich das geglaubt. Ich sah sie damals selten, und sie prahlte nicht mit ihren Abenteuern. Vor sechs Monaten ist sie gekommen, um einige Tage hier zu verbringen. Es ist sonderbar … Einerseits fühlte sie sich von mir angezogen, andererseits haßte sie mich. Sie floh vor mir, kam dann wieder zu mir zurück. Ich war nicht allein. Ein junger Mann, ein Cousin meiner Mutter, wohnte bei mir. Er war zehn Jahre jünger als ich und Waise, meine Eltern hatten ihn aufgezogen. Stellen Sie sich einen hübschen Burschen vor, einen halben Bauern, mit einer Stupsnase, roten Wangen, schwarzem Haar, starken, harten Armen … Das erste Mal hat es, glaube ich, nur eine Nacht gedauert, denn sie ist fast gleich wieder abgereist. Doch als Sie in diese Tournee nach Mexiko einwilligten, ist sie hierher zurückgekehrt. Er konnte ihr nicht nach Paris folgen. Er hatte eine Autowerkstatt hier im Ort gekauft, und er war ein pfiffiges Kerlchen, einer von denen, die wegen einer Frau nicht so leicht den Kopf verlieren. Nun, gleich nach ihrer Ankunft sind die beiden … Wenn ich bedenke, Monsieur, daß Sie mir vorgeworfen haben, ich hätte ihr geholfen, Sie zu betrügen! Ich habe sie aus meinem Haus gejagt, hören Sie! Ich konnte ihr das nicht verzeihen … Es war so niederträchtig, so gemein! Da sagte sie mir, ich sei eifersüchtig auf sie. Sie behauptete, ich sei in diesen Knaben verliebt, in diesen Robert … Gott sei Dank hat sie nie die Wahrheit erfahren! Sie hätte sie beschmutzt! Und dann hat sie mir noch gesagt, daß ihr ganzes Leben falsch und künstlich sei, daß sie für Männer wie Robert und nicht für Männer wie Sie geschaffen sei, daß nur diese sie befriedigen könnten, und sie hat sogar etwas … Schreckliches hinzugefügt: ›Die Haut täuscht sich nicht, nur sie …‹ Ich habe sie davongejagt, Monsieur Dange. Sie und ihren Geliebten. Ich habe ihnen gesagt: ›Morgen mittag, wenn ich von der Schule komme, will ich euch nicht mehr hier sehen.‹ Sie haben gelacht. Sie sind weggefahren. Sie sind auf der Landstraße ums Leben gekommen. Und das beklagen Sie?«

Sie wiederholte: »Das!«, mit einem schrillen, harten Lachen. Sie sah Dange an und fügte hinzu:

»Ich wette, Sie glauben mir nicht. Sie meinen, daß ich träume, daß ich eine verrückte Alte bin. Soll ich Ihnen den Brief hersagen, den Sie auf Ihrem Herzen tragen? Jenen, der so anfängt: ›Heute nacht habe ich von Ihnen geträumt‹, in dem von Monteverdi die Rede ist, von jener so wunderbaren Arie: *›Tod, ich glaube an dich, und ich hoffe auf deine Nacht‹,* und jenen, den sie Ihnen am Tag vor ihrem Tod geschrieben hat ... denjenigen, den Sie vorhin erwähnten. Sie hatte mich aufgesucht: ›Camille, schreib du ihm, es ist mir lästig.‹ Und ich schrieb. Und mit welchem Glück! Ich schrieb Ihnen.«

»Warum erzählen Sie mir das?«

»Um Sie zu retten, Sie von ihr zu erlösen, Sie von ihrem Tod zu heilen, weil sie keine einzige Ihrer Tränen verdient. Was Sie in ihr geliebt haben, gehörte ihr nicht.«

»Schwören Sie mir, daß das wahr ist? Daß Sie nicht lügen? Sie sind nicht verrückt, Sie wirken so hellsichtig, so ruhig. Sie schwören, daß es wahr ist?«

»Ich schwöre es.«

Er stand schwankend auf, ging durch das Zimmer. Er nahm seinen Mantel, seinen Hut, öffnete wortlos die Tür. Sie hatte sich nicht gerührt, betrachtete das Feuer.

Eine Stunde später kam er in dem kleinen, verlassenen Bahnhof an. Was er empfand, war sonderbar. Er begriff, daß er eine Illusion geliebt hatte, einen Schatten. Er wußte mit absoluter Gewißheit, daß er endlich die Wahrheit erfahren hatte. Aber er litt mehr denn je, weil er begriff, was Camille sich nicht vorstellen konnte: daß die Seele, der Geist, die Intelligenz seiner Frau, daß dies alles keine Bedeutung hatte, daß dies alles nur eine Dreingabe war. Was zählte, war die sanfte Bewegung der Schulter, wenn sie ihren Kopf zu ihm neigte, war die Form und die Wärme ihrer Brust, war ein Blick, ein Tonfall ihrer Stimme, eine rasche und matte kleine Bewegung ihrer Hand, mit der sie ihn wegschob, wenn er sich ihr näherte, und vor ihm floh (jetzt wußte er, warum). Und davon konnte er nicht geheilt werden.

Brüderlichkeit

Er betrat einen Augenblick lang den leeren Wartesaal der ersten Klasse; die Heizkörper waren angezündet, aber der kalte Hauch der Erde drang durch die dünnen Dielen des Parketts; er ging wieder hinaus. Der Bahnhof war sehr klein, von kahlen Feldern umgeben. Es war ein eisiger Oktobertag, noch golden und strahlend, aber kurz, denn seit dem Vortag war die Winterzeit in Kraft. Er ging bis zu einer geschützten Bank unter dem Vordach, zögerte, setzte sich. Jetzt bereute er, nicht auf Florent, den Chauffeur, gehört und die Nacht in der Stadt verbracht zu haben. Das Hotel war nicht so schmutzig ... Auf diesem gottverlassenen Bahnsteig warten, bis zum Abend in irgendeinem elenden lokalen Bummelzug herumsitzen ... Er würde erst nach acht bei den Sestres ankommen. Das Auto war unbrauchbar, gegen einen Strommasten gekracht. Er sollte nicht mehr Auto fahren. Er fühlte sich müde und hatte schlechte Reflexe. Ein Wunder, daß er ohne Verletzung davongekommen war. Er hatte nicht einmal Zeit gehabt, der Gefahr, dem Tod ins Auge zu sehen. Danach hatte er sich sehr angestrengt, um vor Florent die Angst, deren er sich schämte, zu verbergen, und es war ihm gelungen, jede äußere Bekundung seiner Nerven zu beherrschen. Zumindest hoffte er es! Jetzt zitterte er ... vielleicht vor Kälte. Er fürchtete die frische Luft, den Wind. Er war ein magerer, schmächtiger, gebeugter Mann mit einem schmalen, leicht gelblichen Gesicht, ausgedörrter, gleichsam der Nahrung beraubter Haut, silbrigem Haar; seine Nase war außergewöhnlich lang und spitz; seine stets trockenen Lippen schienen durch einen tausendjährigen Durst, ein von Generation zu Generation weitergegebenes Fieber welk geworden zu sein. ›Meine Nase, mein Mund, die einzigen typisch jüdischen Merkmale, die ich behalten habe.‹ Sacht preßte er die Hand auf seine durchscheinenden, dünnen, wie die einer Katze bebenden Ohren; sie waren besonders kälteempfindlich. Er schloß den Kragen seines dunklen, dicken und weichen Mantels aus wunderbarer englischer Wolle. Dennoch bewegte er sich nicht. Dieser leere Bahnsteig, diese Lichter entlang der Schienen, noch blaß, kaum sichtbar vor dem leuchtenden, fahlroten Hintergrund des Abends, diese Einsamkeit, diese Traurigkeit – das alles besaß für ihn unaussprechliche Reize. Er gehörte zu jenen Männern, die mit tiefem und perversem Eifer die Melancholie, das Bedauern, die Bitterkeit auskosten, zu hellsichtig – ›*self-conscious*‹, sagte er sich –, um an das Glück zu glauben. Ungeduldig sah er auf die Uhr. Kaum fünf … Er berührte das Zigarettenetui an seiner Brust, ließ die Hand aber gleich wieder sinken. Er rauchte zuviel, litt an Herzklopfen, Schlaflosigkeit. Er seufzte. Er war selten krank, aber seine geschärften, dem Schmerz wunderbar angepaßten Sinne lauerten auf das geringste Unbehagen, achteten auf jede Regung seines Körpers, das Fließen des Bluts. Ja, er war selten krank, hatte jedoch einen empfindlichen Hals, eine anfällige Leber, ein angegriffenes Herz, einen schwachen Kreislauf. Warum? Er war immer genügsam, vorsichtig, in allen Dingen maßvoll gewesen. Oh, so vorsichtig, sogar in seiner Jugend, sogar in der Zeit seiner blinden, unvergeßlichen Torheiten ... Er trauerte seiner Jugend nicht nach. Freilich, sie war leicht gewesen. Damals hatte er nur die natürlichen, dem Menschsein innewohnenden Kümmernisse verspürt, den Tod seiner Eltern, die Enttäuschungen in der Liebe oder im Beruf. Nicht vergleichbar mit dem Schmerz, den ihm der Tod seiner Frau vor zehn Jahren zugefügt hatte. Er wußte, daß sich seine Familie über diese anhaltende Traurigkeit wunderte. Denn er hatte Blanche ohne Liebe geheiratet, ihre Verbindung war ruhig und lau gewesen, aber er war einer jener treuen Männer: Ein Haus, dessen Wärme, das Licht der Lampe, dieses Gefühl von Beständigkeit, von Frieden in ihm und um ihn her, genau das hatte er gesucht, das hatte er geliebt, und das hatte er verloren, als er Blanche verlor. Nie würde er eine andere Frau haben. Er war keine leichte Beute für die Liebe, er war zu zurückhaltend, zu argwöhnisch, zu schüchtern. ›Angsthase‹, dachte er. Er lebte, als wären alle darauf aus, ihm sein Leben, sein Glück zu rauben. Zerknirschtes, gedemütigtes, ständig zitterndes Herz, Hasenherz ... Und vor einer Stunde hätten auf der Landstraße schließlich alle seine Sorgen um ein Haar ein Ende gefunden. ›Ich habe immer gesagt, daß das Auto nichts taugt. Und das Mittagessen war schwer. Ich war schläfrig, ohne Schwung, die Nerven schlaff.‹ Was genau hatte er gegessen? Fasan, ein Champignonomelett ... was noch? Ein wenig Brie ... ›Das ist zu schwer für mich. Die Eier bekommen mir nicht. Oh, das viele Sitzen, in meinem Alter! Ich bin fünfzig. Von Anfang bis Ende des Jahres kaum einen Monat im Freien, und in der übrigen Zeit die Bank, das Haus, der Klub.‹ Wieder einmal dachte er daran, so bald wie möglich die Geschäfte aufzugeben, öfter auf dem Land zu leben. Gartenarbeit, Golfspielen ... Golfspielen? Schon meinte er, an einem Tag wie diesem den schneidenden Hauch des Windes auf seinen Wangen zu spüren ... Er wußte genau, daß er das verabscheute! Er wußte genau, daß er auch die Spaziergänge in frischer Luft verabscheute, den Sport, das Reiten, das Auto, die Jagd ... Glücklich war er nur zu Hause, allein oder mit seinen Kindern, geschützt vor den Menschen. Er mochte die Menschen nicht. Er mochte die Welt nicht. Dabei war er immer überall willkommen geheißen und freundschaftlich, wohlwollend empfangen worden. In seiner Jugend hatten ihn bezaubernde Frauen geliebt. Warum? Warum also? Es kam ihm immer so vor, als brächte man ihm nicht genügend Zuneigung, nicht genügend Zärtlichkeit entgegen. Wie sehr hatte er Blanche zu Beginn ihrer Ehe leiden lassen! »Bist du glücklich? Nicht nur mit deinem Herzen, sondern mit deinen Sinnen? Mache ich dich glücklich? Ganz und gar? Einzig und allein?« Dieses zitternde, unbefriedigte Herz. Und am sonderbarsten war, daß er in den Augen der Welt so kalt, so ruhig wirkte. Manchmal dachte er, daß nur eine außergewöhnliche Schönheit, Ruhm oder Genie ihn hätten zufriedenstellen, diesen Liebeshunger hätten stillen können. Aber er besaß keine außergewöhnlichen Gaben. Allerdings war er reich, gut abgesichert im Leben, glücklich. Glücklich? Doch wie ohne vollkommene Seelenruhe glücklich sein? Und wer konnte heutzutage ruhig sein? Die Welt war so unbeständig. Morgen könnte ihn das Unheil treffen, der Ruin, die Armut. Er war nie arm gewesen. Sein Vater war ein wohlhabender Mann gewesen, er selbst war reich. Er hatte nie Not gelitten, nie Angst vor der Zukunft gehabt. Dennoch lebte immer diese Angst, diese Furcht in ihm, immer, immer, und nahm die seltsamsten, die ... groteskesten Formen an. Mitten in der Nacht wachte er zitternd auf, mit der Befürchtung, daß etwas geschehen werde, geschehen war, daß ihm alles weggenommen werde, daß das Leben so unbeständig war wie eine schwankende Kulisse, bereit einzustürzen, um wer weiß welchen Abgrund erkennen zu lassen.

Zu Beginn des Krieges hatte er gemeint, daß er genau das vorausgeahnt, erwartet hatte. Er war Soldat gewesen, ein gewissenhafter Soldat, der pünktlich und geduldig seine Pflicht erfüllte, wie bei allem, was er tat. Nach einigen Monaten war er hinter die Front zurückgeschickt worden; er hatte ein schwaches Herz. Nach dem Krieg war das Leben leicht gewesen, die Geschäfte waren sehr gut gegangen. Aber immer diese Befürchtungen, diese latente Besorgnis, die sein Leben vergifteten. Diese Angst. Zuerst die schlechte Gesundheit, dann die Kinder. Ach, die Kinder! Seine älteste Tochter war verheiratet. War sie glücklich? Er wußte es nicht. Nie sagte man ihm etwas. Und die Krise, die immer höheren Steuern, die schwierigen, bald vermutlich verheerenden Geschäfte? Die politische Ungewißheit? Er gehörte zu denen, die bei jeder Rede dieses oder jenes Diktators den Krieg heraufziehen sahen, nicht im nächsten Monat oder im folgenden Jahr, sondern morgen, sofort. Dabei ließ er sich in Worten niemals zur Panik hinreißen, nicht wie die reichen Bourgeois, seine Brüder. Aber, es war seltsam: Auch wenn die anderen das schlimmste Unheil prophezeiten, blieben sie doch gesund und waren guter Laune, verloren weder eine Stunde Schlaf noch ihren Appetit. Er allein verzehrte sich innerlich, schwitzte Blut und Wasser, wie es im Volk heißt. Er allein schien zu glauben, daß das Unglück ihn treffen könnte, ihn persönlich, während das Unglück in den Augen der anderen lediglich ein Phantom, ein Schatten war. Sie beschworen es unablässig, glaubten jedoch nicht daran. Nur er! Und doch sagte man über ihn: »Christian Rabinowitsch? Der ausgeglichenste, ruhigste Mann.«

Inzwischen war der Wind eiskalt. Diese Jagdpartie bei den Sestres war ihm schon im voraus zuwider. Aber es mußte sein ... Er mußte mit eigenen Augen seinen Sohn sehen, Jean-Claude, und die Kleine der Sestres. Er seufzte tief auf. Es gehörte zu seinem Charakter, daß er sich das wirkliche Übel, die tatsächliche Wunde nie gleich eingestand. So lag er während seiner langen Schlaflosigkeit, wenn ein Geschäft ihm Sorgen bereitete, viele Stunden wach, dachte an diese oder jene unerfreuliche Begegnung, diese oder jene ärgerliche Reise. Er verabscheute Bahnhöfe, Häfen, Postdampfer. Sich nicht rühren, immer am selben Ort leben und dort sterben. Dann, gegen Morgen, schien endlich eine unsichtbare Barriere in der Tiefe seines Herzens zu zerbrechen, und das wirkliche Elend strömte heran, stieg an die Oberfläche, erstickte ihn. So auch jetzt ... Alles kam von seinem Sohn, und alles kehrte zu ihm zurück. Wie er ihn liebte! Er liebte seine beiden Töchter, die ältere, verheiratet und Mutter, die jüngere noch in kurzem Kleid. Aber dieser Sohn ... Dabei hatte er ihm mehr Kummer als Freude bereitet: so leichtsinnig, unruhig, unzufrieden, wie er war. Ein brillantes, früh aufgegebenes Studium. Frivol? Nein. Unzufrieden, das war es ... unzufrieden. Jetzt war er verliebt. Er wollte die Tochter des Grafen von Sestres heiraten. Ach, wie schwierig das war. Seine Rasse ... ›Er wird nicht glücklich sein, ich spüre es, er wird nicht glücklich sein.‹ Und würde Sestres überhaupt einwilligen? Drohte womöglich eine Beleidigung seines Jean-Claude, seiner eigenen Person? Schon blutete sein Herz, und am liebsten würde er sich beide Hände abhacken, um die Heirat zu verhindern! Sie würden nicht glücklich werden, Jean-Claude und diese Kleine. Nie würden sie sich wirklich verstehen. Zwar wären sie vereint, aber jeder würde für sich ein einsames, unbefriedigtes Herz bewahren. Aber was konnte er tun? Er wußte genau, daß man nicht auf ihn hören würde. Schon jetzt hielten ihn seine Kinder für ein Wesen aus einer anderen Zeit, einen Tattergreis. Schon gehörte er zu jenen, die schnell altern. Nein, zu jenen, die vor der Zeit reifen, mit Erfahrungen belastet. Ach, warum wollte Jean-Claude heiraten? War er nicht glücklich? Keinen Augenblick Friede auf dieser Erde!

Er sah auf die Uhr. Er hatte soviel nachgedacht, geträumt, und doch waren kaum zwanzig Minuten verstrichen. Trauriger Herbst, trauriger Abend ... Da gewahrte er, zum ersten Mal, einen Mann, der neben ihm auf derselben Bank saß, einen arm gekleideten, mageren, schlecht rasierten Mann mit unsauberen Händen. Er paßte auf ein Kind auf, das immer wieder zu den Gleisen ging, von ihnen fasziniert. Es trug einen armseligen, abgetragenen Mantel und eine Kappe, und zu beiden Seiten seines Kopfes sah man zwei große Ohrmuscheln; aus den zu kurzen Ärmeln ragten rote Handgelenke und Hände. Es war ein lebhaftes Kind. Es drehte den Kopf zur Bank, und seine riesigen schwarzen Augen in dem schmalen Gesicht schienen von einem Gegenstand zum andern zu hüpfen. Es machte einen Schritt nach vorn, und obwohl das Gleis völlig frei war, sprang der Mann ängstlich von seinem Platz auf, nahm es in die Arme und setzte sich wieder, wobei er es fest an sein Herz drückte. Er sah, daß der gut gekleidete Nachbar das Kind ansah, und sogleich lächelte er schüchtern.

»Dürfte ich Sie nach der Uhrzeit fragen?«

Er sprach mit einem ausländischen, rauhen Akzent, der seine Worte verzerrte.

Rabinowitsch deutete wortlos auf das Zifferblatt über ihren Köpfen.

»Ach ja, verzeihen Sie ... Erst fünf Uhr zwanzig? Mein Gott, mein Gott! Der Zug kommt erst um sechs Uhr achtunddreißig. Verzeihen Sie ... Warten Sie auch auf den Zug nach Paris?«

»Nein.«

Christian stand auf; sogleich murmelte der Mann:

»Monsieur, wenn Sie so gut sein könnten ... Es ist wegen des Kindes. Es ist krank gewesen, und der Wartesaal der dritten Klasse ist nicht geheizt. Gestatten Sie, daß wir Ihnen in den Saal der ersten Klasse folgen. Wenn wir nach Ihnen eintreten, wird man uns hineinlassen.«

Er sprach mit einer überaus raschen, fast affenartigen Geschwindigkeit. Nicht nur seine Lippen bewegten sich, sondern auch seine Hände, die Falten seines Gesichts, seine Schultern. Seine fiebrigen schwarzen Augen, glänzend wie die des Kindes, schienen von einem Gegenstand zum andern zu eilen, sich abzuwenden, besorgt etwas zu suchen, was sie nicht sahen, nie sehen würden.

»Wenn Sie wollen«, sagte Rabinowitsch widerstrebend.

»O danke, Monsieur, danke ... Komm, Jascha.« Er nahm

das Kind mit der einen Hand und mit der andern Christians Reisetasche, obwohl dieser sich verlegen wehrte.

»Ach, lassen Sie doch ...«

»Aber sicher, Monsieur, was macht das schon?«

Sie betraten den Wartesaal der ersten Klasse, wo jetzt ein dreiarmiger Lüster brannte und ein spärliches, fahles Licht spendete. Christian setzte sich in einen der Samtsessel, der Mann furchtsam auf die Kante einer Bank; noch immer hielt er das Kind auf seinen Knien.

Ein melancholisches, zittriges Läutwerk tönte endlos in der Stille.

»Ihr Sohn ist krank gewesen?« frage Christian endlich zerstreut.

»Es ist mein Enkel, Monsieur«, sagte der Mann und sah das Kind an. »Mein Sohn ist gerade weggefahren. Ich habe ihn bis zum Schiff begleitet. Er wird in England leben, in Liverpool. Man hat ihm eine Stelle versprochen, doch in der Zwischenzeit hat er mir den Kleinen dagelassen.«

Er stieß einen tiefen Seufzer aus.

»Er wohnte in Deutschland. Dann konnte ich ihn vier Jahre lang bei mir behalten, in Paris. Und jetzt wieder die Trennung ...«

»England«, sagte Christian lächelnd, »ist nicht sehr weit weg.«

»Für uns, Monsieur, ist England, Spanien oder Amerika dasselbe. Man braucht Geld für die Reise, man braucht einen Paß, ein Visum, eine Arbeitserlaubnis. Es ist eine lange Trennung.«

Er schwieg, aber man sah deutlich, daß die Worte seinen Kummer linderten. Sogleich fuhr er fort:

»Sie fragten, ob das Kind krank gewesen ist? Oh, es ist kräftig, aber es erkältet sich leicht, und dann hustet es monatelang. Aber es ist stark. Alle Rabinowitschs sind stark ...«

Christian zuckte zusammen.

»Wie war Ihr Name?«

»Rabinowitsch, Monsieur.«

Unfreiwillig sagte Christian leise:

»Ich heiße so wie Sie ...«

»Ah! ... *Jid?*« sagte der Mann langsam. Und er fügte weitere Worte auf Jiddisch hinzu.

Christian hatte sich wieder gefangen. Schroff murmelte er: »Verstehe nicht.«

Der Mann zuckte leicht die Achseln, mit einem unnachahmlichen, aber liebevollen, fast zärtlichen Ausdruck von Ungläubigkeit und Spott, als dächte er: ›Wenn er angeben will, bitte sehr ... Rabinowitsch heißen und kein Jiddisch verstehen!‹

»Ein Jude?« wiederholte er auf Französisch. »Schon lange weggegangen?«

»Weggegangen?«

»Ja. Aus Rußland? Aus der Krim? Aus der Ukraine?«

»Ich bin hier geboren.«

»Ah, dann Ihr Vater?«

»Mein Vater war Franzose.«

»Also war es vor Ihrem Vater. Alle Rabinowitschs kommen von dort.«

»Möglich«, sagte Christian kalt.

Jetzt war die kurze Erregung verflogen, die er empfunden hatte, als er seinen Namen aus dem Mund dieses Mannes hörte. Es überkam ihn ein peinliches Gefühl. Was gab es Gemeinsames zwischen diesem armen Juden und ihm?

»Kennen Sie England, Monsieur? Ja, bestimmt. Und die Stadt, in der meine Kinder wohnen werden, Liverpool?«

»Ich bin durchgefahren.«

»Ist das Klima gut?«

»Aber ja.«

Der Mann seufzte, es war ein langer Seufzer in verschiedenen Tonhöhen, der mit einem klagenden *oi-oi-oi* endete. Er drückte das Kind zwischen seine Knie.

Christian sah ihn aufmerksamer an. Wie alt mochte er sein? Zwischen vierzig und sechzig, mehr konnte man nicht sagen! Vermutlich nicht über fünfzig, wie er selbst. Seine schmale Brust schien zusammengepreßt zu sein, wie unter einer schweren, unsichtbaren Bürde, die seine Schultern gekrümmt und nach vorn gezogen hatte. Mitunter machte er sich bei einem unerwarteten Geräusch ganz klein, drückte seinen Körper gegen die Bank; und doch schien er, obgleich so schmächtig, so mager, eine unauslöschliche Vitalität zu besitzen. Wie eine im Wind brennende Kerze, vom Glas einer Laterne notdürftig geschützt. Die Flamme schlägt gegen das Glas, das Licht flackert, wird blaß, erlischt beinahe, aber der Wind läßt nach, und von neuem erstrahlt es, bescheiden und hartnäckig.

»Ich mache mir solche Sorgen«, sagte der Mann sanft. »Sein Leben lang macht man sich Sorgen. Ich hatte sieben Kinder, fünf sind tot. Alle kommen kräftig zur Welt, aber sie haben einen wunden Punkt, die Brust. Zwei von ihnen habe ich großgezogen. Zwei Jungen. Ich liebte sie wie meine Augäpfel. Haben Sie Kinder, Monsieur? Ja? Ah, sehen Sie, ich betrachte Sie, und ich kann nicht umhin, mich mit Ihnen zu vergleichen. In gewissem Sinne tröstet es mich. Sie sind reich, bestimmt haben Sie ein gutgehendes Geschäft, aber wenn Sie Kinder haben, verstehen Sie mich! Man gibt ihnen alles, und sie sind nie zufrieden. Das liegt in der Natur des Juden. Mein jüngster Sohn ... Mit fünfzehn hat es angefangen: ›Papa, ich will kein Schneider sein ... Papa, ich will studieren!‹ Als ob das leicht gewesen wäre, damals in Rußland! ›Papa, ich will weggehen.‹ – ›Und was willst du sonst noch, du Unglück meines Leben?‹ – ›Papa, ich will nach Palästina gehen. Nur dort kann der Jude in Würde leben. Dort ist das Vaterland des Juden.‹ – ›Nun, Salomon‹, habe ich zu ihm gesagt, ›ich respektiere dich, du hast studiert, du bist gebildeter als dein Vater. Geh nur, aber hier kannst du einen eigenen Beruf haben, den Beruf eines Herrn, du kannst eines Tages Zahnarzt oder Kaufmann sein. Da unten wirst du den Boden urbar machen wie ein Bauer. Für Palästina werdet ihr nicht alle Heringe fangen können, die im Meer ausgeschwärmt sind, und sie in den Bauch ihrer Mutter zurückstecken. Erst wenn ihr das zuwege bringt, wird Palästina das Vaterland des Juden genannt werden können. Bis dahin ... aber geh nur, geh ... Wenn du glaubst, daß das dein Glück ist.‹ Und er ist gegangen. Er hat geheiratet: ›Papa, schicke Geld für die Hochzeit ... Papa, schicke Geld für die Geburt des Kindes ... Papa, schicke Geld für den Arzt, die Schulden, die Miete.‹ Eines Tages hat er angefangen, Blut zu spucken. Die Arbeit war zu hart. Dann ist er gestorben. Jetzt bleibt mir nur noch der Älteste, der Vater von dem Kleinen hier. Auch er hat mich verlassen, als er noch kaum ein Mann war. Er ist nach Konstantinopel gegangen, dann nach Deutschland. Er hat angefangen, seinen Lebensunterhalt zu verdienen. Er war Fotograf. Und dann kam Hitler! Ich selbst hatte Rußland verlassen, denn als die Revolution ausbrach – Sie sehen, das Glück des Juden! –, verdiente ich zum ersten Mal in meinem Leben ein wenig Geld. Ich habe Angst bekommen. Ich bin fortgegangen. Das Leben ist mehr wert als das Vermögen. Seit fünfzehn Jahren wohne ich in Paris. Das wird so lange dauern, wie es eben dauert … Und jetzt ist mein Sohn in England! Wo wirft Gott die Juden nicht überall hin? O Herr, wenn man nur einmal ruhig sein könnte! Aber niemals, niemals ist man ruhig! Kaum hat man im Schweiße seines Angesichts hartes Brot verdient, vier Wände, ein Dach über dem Kopf, da kommt ein Krieg, eine Revolution, ein Pogrom oder anderes, und adieu! Dann heißt es: Packen Sie Ihre Sachen, hauen Sie ab. Ziehen Sie in eine andere Stadt, in ein anderes Land. Lernen Sie eine neue Sprache – in Ihrem Alter ist man doch nicht kleinmütig, was? Nein, aber man ist müde. Manchmal sage ich mir: Ausruhen kannst du dich erst, wenn du tot bist. Bis dahin lebe dein Hundeleben! Danach kannst du dich ausruhen. Schließlich ist Gott der Herr!«

»Was ist Ihr Beruf?«

»Mein Beruf? Von allem ein wenig, natürlich. Im Augenblick arbeite ich im Hutgewerbe. Solange ich eine Arbeitserlaubnis habe, nicht wahr? Wenn man sie mir entzieht, werde ich wieder verkaufen. Dies und jenes, Rauchwaren en gros, automatische Apparate, was sich eben ergibt. Ich lebe, weil ich billig verkaufe, mit sehr geringem Gewinn. Glücklich, wer hier geboren ist. Man sieht ja an Ihnen, zu welchem Reichtum man es bringen kann! Und zweifellos stammte Ihr Großvater aus Odessa oder aus Berditschew wie ich, und bestimmt war er ein armer Mann … Die Reichen, die Glücklichen gingen nicht fort, wo denken Sie hin! Ja, er war ein armer Mann. Und Sie ... Eines Tages vielleicht wird dieser hier ...«

Zärtlich betrachtete er das Kind, das wortlos lauschte, mit nervös zuckendem Gesicht, blitzenden Augen.

Unbehaglich sagte Christian:

»Ich glaube, ich höre meinen Zug.«

Sofort stand der Mann auf.

»Ja, Monsieur. Erlauben Sie, daß ich Ihnen helfe. Rufen Sie keinen Träger. Wozu! Aber ja, Monsieur, es ist nicht der Rede wert! Komm, Jascha. Bleib hier! Dieses Kind ist wie Quecksilber! Wir müssen das Gleis überqueren.«

Der Zug kam erst zehn Minuten später. Schweigend ging Christian den Bahnsteig entlang, der Mann hinter ihm, das Gepäckstück in der Hand. Sie schwiegen jetzt. Sie betrachteten sich nur, wenn sie unter den Laternen vorbeikamen, und mit einem sonderbaren, schmerzlichen Gefühl dachte Christian, daß sie sich so am besten verstanden. Ja, so ... wortlos, an einem Blick, einer Bewegung der Schultern, einem nervösen Verziehen der Lippen. Endlich hörten sie den Zug.

»Steigen Sie in aller Ruhe ein, Monsieur. Sorgen Sie sich nicht um den Koffer. Ich werde ihn Ihnen durch das Fenster reichen«, sagte der Jude und hob das englische Gewehr in seinem Wildlederfutteral hoch.

Christian schob ihm ein Zwanzig-Franc-Stück in die Hand, der Mann steckte es mit schamhafter Hast in seine Tasche, grüßte und ergriff die Hand des Kindes; der Zug fuhr an. Sofort wandte Christian sich ab, betrat sein leeres Abteil; mit einem Seufzer warf er die Reisetasche und das Gewehr ins Netz und setzte sich. Draußen war es stockdunkel. Die kleine Lampe an der Decke spendete kaum Helligkeit; lesen war nicht möglich. Jetzt fuhr der Zug durch die finstere Landschaft; der Himmel war kalt, fast winterlich. Es würde fast acht Uhr sein, wenn er bei den Sestres ankäme. Er dachte an den alten Juden, der, das Kind an der Hand, auf dem eiskalten Bahnsteig stand. Armseliges Geschöpf! War es möglich, daß er vom selben Blut war wie dieser Mann? Wieder dachte er: ›Was gibt es Gemeinsames zwischen ihm und mir? Zwischen diesem Juden und mir besteht nicht mehr Ähnlichkeit als zwischen Sestres und den Lakaien, die ihm dienen! Alles andere ist ausgeschlossen, grotesk! Eine Kluft, ein Abgrund. Er rührt mich, weil er pittoresk ist, ein Zeuge vergangener Zeiten. Ja, genau deshalb rührt er mich, weil er weit, sehr weit von mir entfernt ist … Es gibt keinen Berührungspunkt, nichts …‹

Jetzt empfand er entrüstete Verwunderung. Sicherlich, es gab nichts Gemeinsames zwischen ihm und diesem … diesem Rabinowitsch (dennoch machte er eine irritierte Handbewegung).

›Aufgrund meiner Erziehung, meiner Bildung stehe ich einem Mann wie Sestres näher; aufgrund meiner Gewohnheiten, meiner Vorlieben, meines Lebens bin ich von diesem Juden weiter entfernt als von einem orientalischen Brillenhändler. Drei, vier Generationen sind vergangen. Ich bin ein anderer Mensch. Nicht nur seelisch, auch körperlich. Meine Nase, mein Mund zählen nicht. Allein auf die Seele kommt es an!‹

Er merkte es nicht, aber mit einer langsamen, seltsamen Bewegung schaukelte er, in seine Träumerei versunken, bedächtig auf der Bank vor und zurück, im Rhythmus des Waggons. Auf diese Weise fand sein Körper in Momenten der Müdigkeit oder des Unwohlseins zu jener Bewegung zurück, mit der sich vor ihm schon Generationen von über die Heilige Schrift gebeugte Rabbis, über Stapel von Goldstücken gebeugte Wechsler, über ihren Werktisch gebeugte Schneider gewiegt hatten.

Er hob die Augen und sah sich im Spiegel. Er seufzte, strich sich sanft mit der Hand über die Stirn. Blitzartig dachte er: ›Daran also leide ich … Dafür zahle ich mit meinem Körper, meinem Geist. Für Jahrhunderte des Elends, der Krankheit, der Unterdrückung … Tausende von elenden schwachen, müden Knochen haben die meinen geformt.‹

Mit einemmal erinnerte er sich an diesen oder jenen seiner Freunde, der starb, als er im Ruhestand war, Golf spielte oder auf dem Land lebte, ohne daß man genau wußte, warum. Sie fühlten sich unwohl im Reichtum, in der Untätigkeit. Die alten Sorgen gärten in seinem Blut und vergifteten es. Ja, er war, zumindest momentan, vom Exil, von der Armut, von der Not befreit, aber die Narbe blieb, unauslöschlich. Und dennoch, nein, nein! Es war schändlich, unmöglich … Er selbst war ein reicher französischer Bürger, weiter nichts! Und seine Kinder? Ah, seine Kinder … ›Sie werden glücklicher sein als ich‹, sagte er sich mit tiefer, glühender Hoffnung, ›sie werden glücklich sein!‹

Er hörte die Räder dumpf durch die schlafende Landschaft rattern. Allmählich schlief er ein. Endlich kam er an.

Der Zug hielt in dem kleinen Bahnhof von Texin, nahe dem Schloß der de Sestres. Durch seinen Chauffeur hatte er ein Telegramm schicken lassen, das seine Ankunft ankündigte. Drei seiner Freunde waren da: Louis Geoffroy, Robert de Sestres und Jean Sicard. Sie umringten ihn.

»Mein armer Alter! Aber das ist ja furchtbar! Sie hätten umkommen können!«

Er schritt zwischen ihnen, antwortete ihnen lächelnd; sie sprachen dieselbe Sprache, sie waren auf dieselbe Art gekleidet, sie hatten dieselben Gewohnheiten, dieselben Vorlieben. Mit jedem Schritt, den er in ihrer Mitte auf das Auto zuging, das auf sie wartete, fühlte er sich zuversichtlicher, glücklicher. Der schmerzliche Eindruck, den seine Begegnung mit jenem Juden geweckt hatte, verlor sich. Nur sein Körper zitterte trotz der warmen englischen Kleidung vor Kälte, seine schmerzenden Nerven erkannten das alte Erbe.

Robert de Sestres atmete tief auf.

»Welch herrliches Wetter!«

»Nicht wahr«, sagte Christian Rabinowitsch, »nicht wahr? Ein wenig kalt, aber so gesund ...«

Verstohlen preßte er die Hand auf seine eiskalten Ohren und stieg in das Auto.

Der Zuschauer

Sie hatten gut zu Mittag gegessen. Die sämigen Hechtklößchen bargen das reiche, dunkle Aroma der Trüffel in sich, das sich nicht anmaßend aufdrängte, sich vielmehr im zarten Fleisch des Fischs und in der jungfräulichen Sahne versteckte, gleich den tiefen Klängen des Cellos, die das Klavier bei dem gestern gehörten bezaubernden Konzert unaufhörlich überdeckte und wieder hervortreten ließ. Gut möglich, dachte Hugo Grayer, auf diese Weise ein Maximum an Genuß, an unschuldigen Freuden zu erzielen, vorausgesetzt, daß man sie mit Hilfe der Phantasie und der Erfahrung variiert. Nach der köstlichen, komplizierten Würze der Hechtklößchen war der Geschmack des Chateaubriand mit Kartoffeln von strenger Schlichtheit, die an die der großen klassischen Ordnungen erinnerte. Sie hatten ein wenig Wein getrunken: Hugo hatte eine empfindliche Leber, aber es war ein Château-Ausone 1924. Welches Glück, diesen edlen Wein in einem bescheiden wirkenden Restaurant an den Pariser Seineufern entdeckt zu haben! Leise lachend sagte Magda:

»*You are a marvel, Hugo dear!* Sie sind wunderbar!«

Sie nahm seinen Arm. Er war von kleiner Statur, sehr schlank und schien mit besonderem Feingefühl modelliert und mit großer farblicher Sparsamkeit gemalt worden zu sein: Grau für den Anzug, das Haar und die Augen, ein helles

Ocker für das Gesicht und die Handschuhe, ein paar Tupfer Weiß für den gestärkten Kragen und die Schläfen und Goldsplitter im Mund. Seine Gefährtin – größer als er, massig und von frischer Farbe, Silberohrringe unter dem kecken Hütchen, das nach der derzeitigen Mode auf ihrem Kopf saß wie ein Vogel auf einem Zweig – ging neben ihm mit ausgreifenden, entschlossenen Schritten, die auf dem alten Pflaster widerhallten.

Es war ein Augusttag in Paris, am Ufer der Seine, Quai d'Orléans. Hugo konnte sich gar nicht genug beglückwünschen, in diesem Jahr seine Abreise nach Deauville hinausgeschoben zu haben; das Wetter war kühl und Magda recht amüsant. Er nahm seine Mahlzeiten nicht gern mit hübschen Mädchen ein: In seinem Alter war es angebracht, die Zerstreuungen nacheinander zu genießen. Für ein Mittagessen wie dieses war Magda, eine zähe und zynische alte Amerikanerin, die gern gut aß und mit Verstand trank, genau das Richtige. Sie bewunderte ihn, aber das war ihm gleichgültig; er war immer bewundert worden für seinen Geschmack, seinen Reichtum, seine Sammlung herrlichen Porzellans, seine Kenntnis der alten griechischen Autoren, seine Großzügigkeit, seine Intelligenz. Die Bewunderung der anderen war ihm kein Bedürfnis, aber Magda amüsierte, unterhielt ihn. Es war viel seltener und besser, unterhalten als bewundert zu werden … seltener auch und besser, unterhalten als geliebt zu werden.

›Egoist …‹

So hatte ihn früher einmal weinend eine Frau genannt. Noch heute fielen ihre Tränen wollüstig auf sein Herz: Sie war so schön gewesen und so jung. Auch er war damals jung.

Egoist ... Er hätte antworten können, daß die einzigen harmlosen Menschen hier auf dieser Welt, die aus wahnsinnigen Henkern und törichten Opfern bestand, Egoisten waren wie er. Sie verletzten niemanden. ›Alles Unglück, das über die Menschheit hereinbricht‹, dachte Hugo, ›wird von denen verursacht, die andere mehr lieben als sich selbst und die wollen, daß man diese Liebe anerkennt.‹ Er dagegen versuchte glücklich und ruhig zu leben, mehr nicht. Das Geheimnis war einfach. Man mußte die Welt nur als ein höchst erstaunliches Schauspiel betrachten, das es verdient, noch in den kleinsten Details seiner Inszenierung gelobt zu werden, und alles fand zu großer Schönheit. Er zeigte Magda eine feuchte Gasse zwischen zwei alten Villen. Ein kleines Mädchen stand an einem Gitter und preßte ein goldgelbes Brot an sein Herz. Hugo sah es wohlwollend an: Mit einfachen Elementen – einem anämischen Kind, einem hellen Brot, alten Steinen – erzeugte der Zufall ein anmutiges, anrührendes Bild, das Hugo Grayer gefiel.

»Auch ich hatte meinen Anteil an Traurigkeit, wie alle Welt«, sagte er zu Magda. »Der alte Fontenelle behauptete, daß kein Kummer, so grausam er auch sei, eine Stunde Lektüre überdauere. Mich dagegen trösten weder ein Buch noch ein Kunstwerk, sondern die Betrachtung dieses unvollkommenen alten Universums.«

»Fontenelle muß, ganz so wie Sie, ein friedliches Leben geführt haben«, sagte Magda lachend.

Ihr Lachen war das einzige an ihr, was Hugo mißfiel; sie lachte, wie ein Pferd wiehert.

»Nicht ganz so friedlich«, antwortete er.

Er wußte nicht, warum, aber er war stolz und gleichzeitig

verdrossen, wenn man ihm zu verstehen gab, er sei glücklicher als die anderen. Genau wie ein Luxushund bisweilen an seiner Kette zerrt und sich die Nahrung der gewöhnlichen Tiere wünscht.

»Auch ich hatte mein menschliches Los«, sagte er und dachte an den Tod seiner Mutter – sie hatten sich häufig gestritten. Sie hatte einen abscheulichen Charakter, aber die letzten Augenblicke, die Versöhnung auf dem Sterbebett waren kurz gewesen, ohne Tränen und Schreie, und aufgrund dieser Zurückhaltung, dieses Sinns für Schicklichkeit und einer gewissen ästhetischen Qualität war alles ausgelöscht worden. Er dachte an seine Scheidung vor zwanzig Jahren, an die De Beers, die gerade um hundert Punkte gefallen waren. Schließlich hatte ein Mann seines Schlages Sorgen geistiger Art, wie sie sich die gewöhnliche Menge nicht vorstellen konnte. Gelitten – wirklich gelitten – hatte er unter bestimmten Büchern, verpfuschten Reisen, dummen Frauen, Träumen, düsteren Vorahnungen. Eine in einem dunklen, häßlichen Hotelzimmer verbrachte Nacht erfüllte ihn mit Traurigkeit. Eine grelle Tapete an einem Ort der Durchreise, an dem er wegen einer Erkältung acht Tage lang das Bett hüten mußte, war die Ursache einer hartnäckigen Melancholie, von Kopfschmerzen und Spekulationen über das künftige Leben gewesen. Und jetzt hatte ihn Magdas Bemerkung verstimmt: Es ging ihr zu gut, um ihn zu verstehen.

Aber Magda war an der Stelle stehengeblieben, wo die Seine sich sanft nach rechts biegt, und Hugo dachte, wie häßlich der übliche Ausdruck »der Ellbogen des Flusses« doch war und an eine alte Landstreicherin erinnerte, die den Arm hebt, um eine Ohrfeige abzuwehren. In Wirklichkeit war es eine Bewegung von köstlicher Anmut und Vornehmheit. Die Seine umschlang Paris, so wie eine Frau ihre Arme um den Hals eines geliebten Mannes legt, jedoch eine sehr junge, zärtliche und errötende Frau, dachte Hugo, als er das schimmernde Wasser betrachtete. Wie liebte er dessen Wirbel, dessen blasse Farbe ... Ganz in der Nähe lag ein ruhiger Square.

»Wie schön!« sagte Hugo leise. »Europa hat den Zauber von Geschöpfen, die bald sterben werden«, sagte er, als er weiterging und dabei die graue Brüstung liebkoste. »Das ist sein größter Reiz. Schon seit mehreren Jahre fühle ich mich ganz besonders zu diesen bedrohten Städten hingezogen. Paris, London, Rom. Jedesmal, wenn ich sie verlasse, kommen mir die Tränen, als nähme ich Abschied von einem todkranken Freund ... Auch von Salzburg, vor dem Anschluß ... Mein Gott! Wie bewegend es war, in jenen kalten Sommernächten die Musik von Mozart zu hören und an Hitler zu denken, der einige Meilen von dort entfernt an Schlaflosigkeit und Begehrlichkeit litt. Man erlebte das Ende einer Zivilisation. Man sah ein Land singend zukken und sterben, so wie man das klopfende Herz einer verwundeten Nachtigall in seiner Hand spüren würde. Armes, bezauberndes Österreich ... Und das alles«, sagte er, auf Notre-Dame deutend, »von den Bombenangriffen zerstört, in Trümmern, nur noch Rauch und Asche, wie entsetzlich! Und dennoch ...«

Er fühlte sich ein wenig außer Atem. Er konnte Magda nicht folgen, da sie zu schnell ging, aber aufgrund eines Rests an Eitelkeit wollte er es nicht zugeben. (Außerdem war Magda älter als er, aber sehr viel robuster.)

›Frauen sind unverwüstlich‹, dachte er.

Er schlug ihr vor, sich auf eine Bank des Squares zu setzen: Es sei zu schön, um sich in einen Wagen einzusperren.

»Glauben Sie denn an diesen Krieg?« fragte sie, während sie sich in dem kleinen Spiegel ihrer Handtasche betrachtete und ihre Locken in Ordnung brachte, die aus massivem ziseliertem Silber zu bestehen schienen, wie Verzierungen auf einer viktorianischen Suppenschüssel. Ein Kind aus dem Volk, von soviel Glanz fasziniert, blieb vor ihr stehen und betrachtete sie. Sie lächelte.

»Glauben Sie an diesen Krieg?« wiederholte sie.

»Meine liebe Freundin«, sagte Hugo mit Nachdruck, »glauben Sie an die Kugel, die aus einem geladenen Revolver kommt, wenn man auf den Abzug drückt?«

Voller Mitgefühl betrachteten sie Notre-Dame.

»Magda, das Los dieser alten Steine berührt mich mehr als das der Menschen.«

Der kleine Junge stand noch immer vor ihnen. Hugo Grayer holte ein wenig Kleingeld aus seiner Tasche.

»Da, geh und kauf dir ein Bonbon, mein Junge!«

Erstaunt senkte das Kind den Kopf, zögerte, nahm dann das Geld und entfernte sich.

»Ja, schließlich hat es Jahrhunderte gedauert, um diese unersetzliche Kathedrale zu errichten, aber es braucht nur wenige Augenblicke, um einen Menschen zu erschaffen, der allen anderen Menschen gleicht, denn sie sind leider austauschbar mit ihren vulgären Leidenschaften, ihren gewöhnlichen Freuden, ihrer maßlosen Dummheit.«

»Ja«, sagte Magda, »wenn ich mich während des Spanischen Bürgerkriegs zu Tisch setzte und an die Grecos dachte, die zerstört werden konnten, war es mir unmöglich, einen

Bissen runterzukriegen. Wirklich, ich hörte eine Stimme, die mir ständig ins Ohr flüsterte: ›Die Grecos, die Grecos, die du nie wiedersehen wirst!‹«

»Einige Bilder vom spanischen Krieg im Kino wogen die Grecos auf«, seufzte Hugo.

Magda hob die Augen zum Himmel und tat so, als dächte sie an den spanischen Krieg. In Wirklichkeit fragte sie sich, ob es ihrem Bankier gelungen war, die Aktien der Mexican Eagle rechtzeitig zu verkaufen. Der gute Hugo stand den Dingen dieser Welt höchst gleichgültig gegenüber: Kein Wunder, er besaß eines der größten Vermögen von Uruguay. Sie dachte auch an die beiden großen Salons im ersten Stock ihrer Wohnung in New York und träumte kurz von einer glücklichen Farbzusammenstellung: Purpur und Rosa vielleicht? Das könnte amüsant sein zusammen mit ihren italienischen, mit Vögeln und Blumen bemalten Spiegeln ... Hugo lächelte dem hellen Tag zu. Obwohl man sich mitten im Sommer befand, war das Licht nicht zu grell, sondern einschmeichelnd und leicht. Er würde in den Louvre gehen, um sich wieder einmal den *Mann mit dem Weinglas* anzuschauen, eines seiner Lieblingsgemälde, bevor er nach Hause ginge, um sich für das Diner umzuziehen; er war außerhalb von Paris bei einer brasilianischen Freundin, die in Versailles wohnte, zum Essen eingeladen. Ja, es war seltsam, auf diese Weise die Alte Welt zu betrachten, die wie ein leckes Schiff, das langsam unterging, in jene schrecklichen Tiefen sank, wo unablässig die Stimme Gottes ruft. Würden in einigen Monaten, einigen Wochen die bombardierten Türme von Notre-Dame zerbersten und ihre alten gemarterten Steine in den Himmel schleudern? Und all diese schönen alten Häuser ...

Welch ein Jammer! Er fühlte Mitgefühl, eine geziemende Empörung und gleichzeitig jene komfortable beschauliche Ruhe, die man empfindet, wenn man ein Drama auf der Bühne betrachtet. Viel Blut, viele Tränen, die jedoch von einem entfernt fließen, die einen nie tangieren werden. Er selbst war neutral, »ein Bürger aus no man's land«, sagte er lächelnd über sich selbst. Von diesen gab es nur eine Handvoll auf Erden (Magda gehörte zu ihnen), bei denen sich aufgrund ihrer Geburt, ihrer Vorfahren, ihrer Bindungen, einer Laune des Zufalls so viel verschiedenes Blut mischte, daß kein Land sie als die Seinen erkennen konnte. Hugos Vater war nordischer, seine Mutter italienischer Herkunft. Er selbst war in den Vereinigten Staaten geboren, aber er hatte die Staatsbürgerschaft einer kleinen südamerikanischen Republik erworben, wo er Güter besaß.

Junge Burschen und Mädchen schlenderten vorüber, sich um die Taille fassend. Was würden sie alle empfinden, wenn eines Tages …? Welch merkwürdige Konflikte von Gefühlen, Pflichten! Und diese für die Freude geschaffenen armen Körper! Aber nein, der menschliche Körper war keineswegs für die Freude geschaffen, dachte Hugo und hob die Hand vor die Augen, denn mit einemmal brach die Sonne zwischen zwei von irgendwo aufgetauchten dunklen Wolken hervor: Der Mensch war geschaffen, Hunger, Kälte, Müdigkeit zu ertragen, und sein Herz, um sich mit einer Portion heftiger, primitiver Leidenschaften zu füllen: Angst, Hoffnung, Haß.

Er betrachtete die Passanten mit Wohlwollen. Sie ahnten nichts von dem Reichtum, der in ihnen war, und daß der menschliche Organismus nahezu alles ertragen kann. Das war Hugos Grayers tiefe Überzeugung. Trotz allem bedurfte es einigen Muts, um jedes Jahr nach Europa zu kommen, wie er es tat. Er, der unschuldige Hugo Grayer, konnte zwischen diese brennenden Nationen geraten wie eine arme Ratte in ein angezündetes Haus. Ach was, er würde rechtzeitig abreisen. Mühsam riß er sich aus seiner Träumerei, um Magda zu antworten, die ihn wegen jenes Hauses um Rat fragte, das sie kürzlich in New Jersey gekauft hatte. Sie standen auf und gingen bis zum Boulevard Saint-Germain, wo das Auto sie erwartete. Dann dinierten sie in Versailles, Hugo ging nach Hause und legte sich schlafen. Er schlief noch am nächsten Tag zu der Stunde, als die Franzosen, ihre Morgenzeitung aufschlagend, auf der ersten Seite in großen Lettern lasen:

»22. AUGUST 1939, DIE OFFIZIELLE PRESSEAGENTUR DNB MELDET: DIE REGIERUNG DES REICHS UND DIE SOWJETISCHE REGIERUNG HABEN UNTEREINANDER EINEN NICHTANGRIFFSPAKT GESCHLOSSEN.«

Die einen dachten: ›Es wird noch einmal gutgehen.‹

Die anderen: ›Nichts zu machen, diesmal ist es soweit. Man muß abhauen.‹

So wie man in der Nacht hört, daß an die Tür geklopft und einem mitgeteilt wird, daß die Ruhe beendet ist, daß die Reise weitergeht, und das Herz einen Moment zu schlagen aufzuhören scheint. Die Frauen sahen den Ehemann oder den Sohn an, die in dem Alter waren, in den Krieg zu ziehen, und beteten zu Gott: »Das nicht! Erbarmen! Möge dieser Kelch an mir vorübergehen, Herr!«

Noch am selben Morgen brannten in den Kirchen tausend Kerzen »für den Frieden«. Auf der Straße blieben die Leute vor den Zeitungskiosken stehen, und Unbekannte sprachen einander an; die Gesichter waren ruhig, aber sehr ernst. Hugo hatte lange genug in Europa gelebt, um diese und ähnliche Zeichen deuten zu können. Er ließ sich die Rechnung kommen. Es betrübte ihn abzureisen. Aber natürlich hatte er hier nichts zu tun. Er gab sehr dicke Trinkgelder.

»Der gnädige Herr reist ab?« fragte das Zimmermädchen. »Die Ereignisse, nicht wahr? Alle wollen in ihre Heimat zurück. Irgendwie ist das natürlich.«

Wo würde Hugo hingehen? Nun, zuerst nach Amerika, wo man ihm eine Auktion alter Elfenbeinarbeiten gemeldet hatte: Langsam wurde er des Porzellans überdrüssig. Dann würde er weitersehen. Der Gedanke, daß er dieses Jahr Cannes nicht sähe, war trostlos.

»Ach, wie gern würde ich bleiben«, sagte er, »aber die Luftangriffe ...«

Als er alle diese starken schönen Männer vom Tode bedroht sah, empfand er eine Art ironische Zärtlichkeit gegenüber sich selbst, gegenüber seinen schwachen Knochen, seinem mageren Rückgrat, seinen langen bleichen Händen, die, seit sie existierten, noch nie irgendeine harte, grobe Arbeit verrichtet hatten, die niemals eine Hacke oder eine Waffe berührt hatten, es jedoch verstanden, alte Bücher zu liebkosen, Blumen zu pflegen, irgendein kostbares Möbelstück aus der elisabethanischen Zeit sanft mit heißem Leinöl abzureiben.

Doch das Wetter war so schön, daß er beschloß, seine Abreise auf den nächsten Tag zu verschieben, dann wartete er noch eine Weile. Der Krieg wurde an einem herrlichen Septembertag erklärt. An jenem Tag begegnete Hugo auf der Alexandre-III-Brücke Bürger beim Spaziergang: Vater, Mutter, Sohn, noch jung, bald im Alter, in die Armee einzutreten. Der Vater zog seine Uhr und sagte:

»Seit zwanzig Minuten befinden wir uns im Krieg.«

›Die Resignation der Europäer ist bemerkenswert‹, dachte Hugo Grayer. Mit glücklichen Schreien flogen Tauben auf.

Hugo wollte am nächsten Tag abreisen. Er stieß einen Seufzer aus. Er begann zu glauben, daß Paris nicht bombardiert werden würde ... nicht gleich ... aber die mögliche Unbequemlichkeit, die Rationierung des Benzins, die Schließung der besten Restaurants ... Dabei wäre es interessant gewesen, den Beginn dieses Krieges zu beobachten! Was würden alle diese Leute empfinden? Welcher Aufruhr in ihrem Innern! Was würde aus dieser tiefen Verwirrung entstehen? Heldentum? Ein Wunsch nach Genuß? Haß? Und wie würde sich das äußern? Würden diese Menschen besser werden? Intelligenter? Schlechter? Aufregend, das alles, aufregend! Jedes menschliche Gesicht barg ein Geheimnis, bisher das Privileg der Meisterwerke. Doch vor allem fühlte er ein kaltes Mitleid, wie ein Gott es empfinden mag, der aus der Höhe des Himmelsgewölbes herab das vergebliche Treiben der Sterblichen betrachtet. Arme Leute! Arme Irre! Bah! Der menschliche Körper ist geschaffen, um zu leiden, um zu sterben. Und vielleicht werden diese eintönigen, grauen Leben durch die Begeisterung, die Leidenschaft, durch neue Eindrücke Farbe bekommen und warm werden? Wie alle intelligenten und glücklichen Menschen war Hugo geneigt, für sich selbst pessimistisch, für andere aber optimistisch zu sein. Das Wesentliche aber war, daß er ihnen bei nichts helfen konnte, daß es Wahnsinn gewesen wäre zu bleiben.

Er verließ Frankreich zur selben Zeit wie Magda. Ihr Passagierdampfer war natürlich neutral. Heiter fuhr er über ein blaues Meer. Man entfernte sich von Europa. Bald würde man nicht mehr daran denken. Europa wäre wie eine Bühne, nachdem man das Theater verlassen hat, wie ein bluttriefendes Drama von Shakespeare in dem Augenblick, da der Vorhang fällt und die Rampenlichter erlöschen. Es war von irrealem Grauen, und gleichzeitig bewahrte die Erinnerung daran eine gewisse Schönheit. Manchmal beschwor man in einer lauen Nacht an der Bar oder auf dem Deck mit einem Anflug von kriegerischem Eifer jene historischen Augenblicke.

»Und ich, als ich erfuhr, daß es losging, da wollte ich sehen, wie das französische Volk reagiert: Ich bin zu Fouquet's gegangen.«

»Und ich habe eine Rundfahrt durch Paris gemacht, durch das geschichtsträchtige Paris. Ich habe in allen Cafés von Montparnasse haltgemacht. Es war bewegend! Und da es sehr dunkel war, küßte man sich in allen Ecken.«

Aber das war am zweiten Abend, und schon war Europa vergessen.

In seiner Kabine legte Hugo seine Kleider ab. Auf einem Tablett neben seinem Bett stand eine Schale mit Obst, zwischen Eistee und einem Buch. Hugo hatte große Lust zu schlafen. Er gehörte zu jenen Männern, die bis zu ihrem Tod einige Merkmale der Kindheit bewahren, die glücklichsten: einen friedlichen Schlaf, die Vorliebe für feines Gebäck mit ein wenig Sahne und viel Zucker und für erlesene Früchte. Er vermißte seinen französischen Diener, den er in den ersten Kriegsstunden in Paris hatte zurücklassen müssen. Der arme Teufel war einberufen worden. Sie hatten fast geweint, als sie sich voneinander verabschiedeten.

›Er hat mich derart bestohlen, daß er schließlich an mir hing wie der Bauer an dem Ochsen, der ihn ernährt, der fett wird und sein Feld pflügt. Armer Marcel ... Ich würde ihm ja gern ein paar Süßigkeiten schicken, doch bis sie bei ihm ankommen, lebt er wohl nicht mehr. Er hatte eine schlechte Gesundheit, und nach acht Jahren in meinen Diensten ist er schrecklich verwöhnt. Marcel, der ein kriegerisches Abenteuer erlebt, wie komisch‹, dachte er, wobei er sich nach sorgfältigem Abwägen für einen Pfirsich entschied.

Gewöhnlich schlief er so ein, halb entkleidet, eine Hand auf seinem Buch, die andere voller Wonne eine frische Frucht drückend wie die Brust einer Frau. Eine Viertelstunde oder zwanzig Minuten später wachte er auf, zog einen Pyjama an, zerteilte eine Orange oder eine Pampelmuse, trank ein paar Schluck kalten, süßen, mit Puderzucker bestäubten Saft, legte das Buch beiseite und schlief bis zum Morgen. Diesmal jedoch holte ihn ein langes, tiefes Heulen aus dem Schlaf. Er lauschte, zunächst ungläubig, meinte, daß er von Paris träumte, daß er sich im Traum vorstellte, er sei einer jener unglücklichen Pariser geworden, die in dieser Nacht sicherlich in ihren Betten die Sirenen hörten. Er aber, Hugo Grayer, neutral, auf einem neutralen Passagierdampfer, auf dem Meer, das niemandem gehörte! Vom Grund dieses Meeres, aus der Tiefe des Himmels drang der Ruf der Sirenen wie ein Echo ebenjener, die in diesem Augenblick in Europa auf einer in Tränen aufgelösten Erde ertönten: Eine rauhe, unmenschliche Stimme bebte vor Angst und Fürsorge und rief den Sterblichen zu: »Nimm dich in acht! Wehre dich! Ich kann nichts für dich tun, außer dich zu warnen!«

Er sprang aus dem Bett, begann sich anzukleiden. War es ein Schiffbruch? Ausgeschlossen: bei dieser ruhigen See ... Feuer? Ein U-Boot-Angriff? Die Türen schlugen. Man rannte in den Gängen. Er zog eine Hose an, Schuhe, ein Trikot. Nie war sein Geist so wach und gleichzeitig auch so friedlich gewesen.

Dennoch konnte er seine Jacke nicht anziehen; es gelang ihm nicht, den Ärmel zu finden. Wenn schon! Es war warm, und »das Leben ist mehr wert als ein Kleidungsstück«. Bei diesem Gedanken erstarrte er einen Moment lang. Woher, aus welchen verschütteten Erinnerungen tauchten diese alten Sätze hervor? In Hemdsärmeln und mit korrekt angelegtem Rettungsgürtel, aber die Seele voller Zweifel und Zorn (es war nicht gerecht, er war neutral. Er mischte sich in keiner Weise in ihre Streitigkeiten ein, warum hatte man ihn gestört?), erreichte Hugo Grayer das Promenadendeck. Er hatte keine Angst. Vielleicht kann ein sehr intelligenter und wohlerzogener Mann den tierischen, primitiven, panischen Schrecken ja gar nicht empfinden? Er war wütend. Ihm schien, als gäbe es jemanden, dem man die Schuld geben mußte, der nicht alles getan hatte, was er sollte, vielleicht der Kommandant des Schiffes oder die Reederei, der es gehörte? Er empfand das Lächerliche der Situation auf überaus krasse Weise. Es war vulgär und abscheulich, in Hemdsärmeln und mit Rettungsgürtel an Deck eines torpedierten Schiffs herumzuspazieren.

Denn jetzt wußte er Bescheid. Während er rannte, hatte er die Passagiere miteinander sprechen hören: Sie wurden von U-Booten verfolgt. »Ein Fehler, den sie nicht mehr begehen werden«, hatte Hugo Grayer am Vorabend an der Bar gesagt, wobei er vergaß, daß die menschliche Natur fehlbar ist und das Gedächtnis des Menschen kurz.

Er fühlte sich auf die Stufe von Wilden herabgewürdigt. Als hätte man ihn mit einemmal gezwungen zu tanzen, tätowiert und mit einem Ring in der Nase. Er aber war ein zivilisierter Mann! Er hatte mit ihrem Krieg nichts zu schaffen! Und mitunter war ihm, als träumte er noch immer. Ja, das alles hatte die Zusammenhanglosigkeit, die brutale Geschwindigkeit, die Maßlosigkeit eines Alptraums, bis hin zu den Farben, wie man sie nur im Traum sieht: die tintenviolette Finsternis, die fahle Helligkeit der Taschenlampen, blendende Spiegelungen, Wirbel, Blitze. Die Passagiere standen in kleinen Gruppen dort, wo ihre Rettungsboote vom oberen Deck herabgelassen werden sollten. Hugo sah im Dunkel Diamanten auf nackten Händen schimmern. Dort waren die Leute seines Clans; er begab sich zu ihnen. Die Frauen hatten ihre Pelzmäntel über ihre Nachthemden geworfen und ihren Schmuck angelegt, denn so, auf ihrer Haut, hielten sie ihn für sicherer als in einer Schatulle, die einem entgleiten konnte, wenn man ins Meer sprang.

Mechanisch brachte Hugo seinen Rettungsgürtel in Ordnung und betrachtete das schwarze Wasser. Die ersten Boote wurden herabgelassen, als plötzlich ein Kanonenschuß ertönte. Unter Hugos erstaunter Nase zog Pulvergeruch vorbei; er hatte ihn noch nie gerochen, und dennoch erkannte etwas in ihm ihn wieder: Es war ein starker, ordinärer Geruch, der jedoch nicht sosehr Schrecken als vielmehr eine dumpfe Erregung auslöste. Ein Schauder überlief ihn, von seinen schmalen Füßen bis zu seinen bleichen Händen, und ihm war, als ob der Tod sich ihm näherte, ihn berührte, ihm in den Mund blies und ihn bei den Haaren packte. Dicht neben ihm wurden Schmerzens- und Entsetzensschreie ausgestoßen. Dann ein zweiter Kanonenschuß, ein dritter.

Eine unsichtbare Hand wirbelte, rüttelte und mischte alle bisher getrennten Gruppen durcheinander, so wie man verschiedene Alkoholsorten in einem Shaker schüttelt. Luxuspassagiere und solche der dritten Klasse, Frauen im Nerzmantel, deutsch-jüdische kleine Kinder, die ein amerikanisches Hilfswerk in einem Waisenhaus in Uruguay unterbringen wollte, sie alle rannten jetzt gemeinsam, stießen einander an, stürzten zu den Booten, während sich diese langsam auf das Meer hinabsenkten. Eine Granate flog dicht an Hugo vorbei. Er wurde nicht getroffen, aber jemand fiel zu Boden und zog ihn mit sich.

In diesem Augenblick, so wie eine Bühne im Licht eines Scheinwerfers hell wird, so ging mit einem furchtbaren theatralischen Glanz der Mond auf. Hugo erblickte eine entzweigerissene Frau auf dem Boden. Der Kopf mit schwarzem Haar und silbernen Ohrringen sowie der Rumpf waren unversehrt, die Beine abgerissen. Schreie: »Der Torpedo!« wurden ausgestoßen, und die Menge warf sich als Ganzes nach steuerbord, auf die dem erwarteten Schock entgegengesetzte Seite. Sie schien nur noch ein einziges Wesen zu sein, zitternd wie ein Tier unter der Drohung eines Peitschenhiebs. Hugo stand auf und rannte weiter. Der erste Torpedo hatte sie verfehlt. Es kam der zweite. Sonderbar, daß man noch lebte. Der zweite drang in den Bug des Schiffes ein.

Es blieben nur noch wenige brauchbare Boote übrig: Die Granaten hatten Schaluppen zerschmettert und Matrosen getötet. Hugo begriff, daß er keinen Platz finden würde; es waren zu viele Frauen und Kinder an Bord. Er sprang ins Meer. Er konnte nicht schwimmen. Von seinem Rettungsgürtel gehalten, unternahm er vergebliche und schmerzhafte Anstrengungen, vom Schiff wegzukommen. Die Wogen spielten mit ihm, warfen ihn mit ironischer Herablassung hin und her.

Eine Schaluppe kam vorbei, doch niemand sah ihn. Endlich bemerkte man ihn. Es war ein Floß, das einige Seeleute trug. Sie hatten auf dem Meer treibende Frauen und Kinder gerettet und nun Hugo. Sie wollten sich vom dem torpedierten Schiff entfernen, doch der Wind vereitelte jedes Manöver: Sie blieben ihm nahe, schrecklich nahe … Sie hatten keine Zeit, sich um die zu ihren Füßen liegenden Geretteten zu kümmern. Hugo hatte sich an der Hüfte verletzt, als er ins Meer gesprungen war. Er lag unter anderen Menschen, die ebenso naß waren wie er, durchgefroren wie er, stumpfsinnig wie er, die ihm nicht helfen konnten. Er sah neben sich zwei kleine Mädchen. Sicherlich gehörten sie zu den Waisen, die unterwegs nach Uruguay waren; ihre nassen Haare hingen ihnen über das fahle Gesicht. Er wollte zu ihnen sprechen, sie beruhigen. Sie antworteten nicht, verstanden nicht. Wie er warteten sie auf den Tod, denn der Dampfer schwamm zwar noch, würde jedoch kentern, und das Floß würde mit ihm untergehen: Seine Wirbel würden es mit in die Tiefe reißen.

Die Stunden vergingen, langsam und zusammenhanglos wie in einer Fiebernacht. Er zitterte vor Kälte. Der Wind, der ihm so lau erschienen war, war in Wirklichkeit rauh und eisig. Bald würde es Tag werden.

Er fragte einen der Matrosen: »Viele Opfer?«

Er wußte es nicht. Eine neben Hugo sitzende Frau, wahrscheinlich eines der Zimmermädchen, denn sie wandte sich in der dritten Person an ihn, antwortete:

»Monsieur kann sich gar nicht vorstellen, wie viele Tote ich gesehen habe …«

Der Dampfer schwamm noch immer. Fasziniert betrachtete er diesen schwarzen Schiffsbauch, der in Kürze abtauchen würde wie ein gleichgültiger Fisch und mit ihnen unterginge. Fürchtete Hugo den Tod? Nein, so hatte er stets geglaubt, aber es ist eine Sache, den Tod am Ende eines langen Wegs zu sehen, als das natürliche Ende eines langen glücklichen Lebens, und eine andere, sich zu sagen, daß genau diese Nacht, dieser Morgen, dieser Augenblick die letzten sind. Und was für ein Tod! Im Schein der Morgendämmerung betrachtete er das Wasser.

Es war furchtbar. Es schien vom Wind gepflügt zu werden und ließ eine Art unsichtbaren Schlick an die Oberfläche steigen; die Gischt, die Seegräser, tausend Trümmer, die seit dem Vortag oder seit Beginn der Zeiten dort lagen, bildeten einen dünnflüssigen, grünlichen Schlamm, den Hugo voller Entsetzen betrachtete. Wo war das frische Meer, wie er es an Septembermorgen an den Stränden Frankreichs kannte? Das also barg es in seinen Tiefen? Von allen Seiten hoben und senkten sich die Wellen rings um ihn her, und Rauchschwaden, Schemen, Phantome stiegen zu ihm auf.

Zuweilen kehrte das Gefühl der Bestürzung zurück. Was machte er nur hier? Er, Hugo Grayer, ein Opfer des Kriegs, wie lachhaft! Bei jeder Welle dachte er: ›Diesmal ist es das Ende!‹, aber das Floß hielt stand. Es sank nicht, kam aber auch nicht voran.

›Wenn ich rudern könnte, ginge es besser‹, dachte Hugo.

Doch wo die Kraft hernehmen, die Riemen zu greifen? Seine Hüfte schmerzte so sehr ... Ihm war, als läge er seit Wochen hier, seit Monaten, und zeitweise kehrte sein Verstand zurück und sagte ihm, daß es soeben erst Tag geworden war, daß die Torpedierung mitten in der Nacht stattgefunden hatte, daß er erst seit ein paar Stunden solche Schmerzen hatte – die Zeitspanne, die früher zwischen einem Mittagessen und einem Abendessen, dem Besuch eines Konzerts, zwischen einem Vergnügen und dem nächsten gelegen hatte. Kaum fünf, sechs Stunden! Wie kurz das war! Wie lang! Wie lang die Zeit ist, wenn jede Sekunde ausgeschieden wird wie ein Tropfen Angstschweiß! Wie er fror! Plötzlich hob sich seine Brust; er übergab sich. Aus Scham wollte er den Kopf abwenden, aber sein lebloser Hals bewegte sich nicht mehr; er blieb liegen und kotzte auf sich wie ein Tier.

»Monsieur ist krank«, sagte die Frau neben ihm mitleidig.

Der schauderhafte Schluckauf hatte ihn kurz erleichtert. Er konnte antworten: »Nein, es ist nichts ...«

Plötzlich erinnerte er sich, daß er früher – vor einem Jahrhundert, oder war es gestern? – zu jemandem gesagt hatte – zu Magda? einer anderen? –, er wüßte zu gern, welche Gefühle die höchste Gefahr wohl weckte. Jetzt wußte er es. Und er wußte auch, daß nicht alles sofort verloren war, daß die Scham, das Mitleid, die Solidarität der Menschen lange im Herzen verbleibt. Dadurch, daß er mit Maß, mit Würde geantwortet hatte, fühlte er sich gestärkt. Er wollte noch mehr tun. Mühsam atmete er aus:

»Danke.«

»Sie frieren sehr, Monsieur ...«

Sie sprach ihn nicht mehr in der dritten Person an. Sie

nahm seine Hände, hielt seine blassen, leblosen Finger in den ihren; sie preßte sie, rieb sie sanft, hob einen nach dem andern an … Eine unbegrenzte Leidensfähigkeit wohnte in diesem armen Körper.

Seine Hüfte wurde mit kundiger, grausamer Hartnäckigkeit bearbeitet, als bohrte ein mit Intelligenz und Bösartigkeit begabter Hummer seine Zangen in sie hinein. Die Seekrankheit verstärkte noch das furchtbare Gefühl von Kälte und Verlassenheit, das er empfand. Der Tag verging. Er döste. Er schrie. Und niemand konnte ihm helfen. Man sah ihn mitleidig an. Mehr konnte man nicht für ihn tun. Zum Teufel mit ihrem Mitleid! Auch er hatte die französischen Soldaten, die in den Kampf zogen, voller Mitgefühl angesehen. Genug jetzt, genug! Wenn dieser grauenhafte Strudel doch aufhörte! Wenn ihm doch endlich warm würde! Wenn er diese Kleinmädchengesichter doch nicht mehr bleich und reglos wie tote Fische vor sich sähe! Wie erträglich doch alle Mißgeschicke erscheinen, wenn sie nur anderen zustoßen! Wie stark der menschliche Körper zu sein scheint, wenn das Fleisch eines anderen blutet! Wie leicht es doch ist, dem Tod ins Antlitz zu sehen, wenn er sich einem anderen Menschen nähert! Nun denn, jetzt war er an der Reihe. Jetzt ging es nicht mehr um ein chinesisches Kind, eine spanische Frau, einen Juden aus Mitteleuropa, um diese charmanten armen Franzosen, sondern um ihn, Hugo Grayer! Um seinen in der Gischt des Meeres und dem Erbrochenen schlingernden, eiskalten, einsamen, unglücklichen, zitternden Körper! So wie er die Zeitungen durchgeblättert, dann, bevor er sich schlafen legte, mit ruhiger Hand zusammengeknüllt hatte, Zeitungen, die über Bombardements, Torpedierungen, Feuersbrünste berichteten – ach, es gab zu viele davon, sogar das Mitleid wurde ihrer überdrüssig –, so würden morgen vernünftige und gelassene Leute einen Augenblick das Bild eines eintönigen, glatten Meeres betrachten, in dem ein Wrack schwamm, und würden deshalb keinen Bissen Brot, keinen Schluck Wein, keine Stunde Schlaf versäumen. Er wäre vom Wasser aufgeschwemmt, von den Meerestieren gefressen, und in einem Kino von New York oder Buenos Aires sähe man auf einer Leinwand: »Das erste neutrale Schiff in diesem Krieg torpediert!« Und die Nachricht wäre veraltet und vergessen und würde niemanden mehr interessieren. Leute würden an ihre Geschäfte denken, an ihre Krankheiten, an ihre Sorgen. Knaben würden im Dunkeln Mädchen um die Taille fassen; Kinder würden Bonbons lutschen.

Das war schrecklich, ungerecht! Diese Menschenmengen ähnelten Hühnern, die ihre Mutter, ihre Schwestern abschlachten lassen und dabei fortfahren zu gackern und ihre Körner zu picken, ohne zu begreifen, daß gerade diese Passivität, diese innere Einwilligung eines Tages auch sie einer starken, harten Hand ausliefern wird. Er selbst, Hugo, so dachte er plötzlich, hatte stets erklärt, daß die Gewalt hassenswert sei, daß man sich dem Bösen widersetzen müsse. Hatte er das nicht gesagt? Vielleicht hatte er nicht die Zeit gehabt, es zu sagen, aber eines stand fest: Er hatte es immer gedacht, verkündet, geglaubt! Und jetzt befand er sich in dieser entsetzlichen Lage, während andere … andere nun ihrerseits feinsinnige Skrupel empfanden, sich mit wohlwollender Neutralität schmückten, sich einer lustvollen Gelassenheit erfreuten.

Unterdessen vergingen die Stunden …

Der Unbekannte

Im Bahnhof von N. herrschte ein dichtgedrängtes Durcheinander von Soldaten und Zivilisten. Die einen waren durch den Einmarsch der Deutschen in Belgien aus dem Urlaub zurückgerufen worden, die anderen befanden sich auf Geschäftsreisen oder flohen aus den Gegenden, wo der Krieg immer näher rückte. Es war eine Nacht im Mai 1940, bei sehr mildem Wetter. Krankenschwestern in ihren langen blauen Umhängen, Pfadfinder mit frischen Gesichtern unter ihren breiten Burenhüten, Gendarmen und die örtliche Polizei nahmen die Flüchtlinge aus Belgien, Luxemburg und Holland in Empfang. Die Soldaten, die die Bahnhofswirtschaft und die Wartesäle zuerst besetzt hatten, überließen diese dem Strom von Frauen und Kindern und überfluteten nun die Bahnsteige, wo sie sich schlecht und recht niederließen. Es gab keine einzige freie Bank mehr; sogar auf dem Boden, zwischen Bündeln und Koffern, schliefen Leute; an dere lagen auf den Wagen der Gleisarbeiter. Die Fahrpläne waren durcheinandergeraten, für manche Strecken wurden Verspätungen von mehreren Stunden angekündigt. Sobald sie auf die schwarze Tafel unter der Leuchtuhr geschrieben wurden, erregte sich die Menge, ereiferte sich, und durch das Stimmengewirr, die Rufe, das Geräusch der regelmäßigen, über das Pflaster scharrenden Schritte der Truppe hindurch war das kleine Läutwerk, das sich alle Viertelstunden umsonst verausgabte, kaum zu hören: Die feindlichen Flugzeuge näherten sich der Stadt N., und die einzige Sirene, über die sie verfügte, warnte in alle Himmelsrichtungen vor der Gefahr, ohne sich vernehmlich machen zu können. Da bisher in der Region noch keine Bombe gefallen war, bewirkte sie nur, daß irgendein in den Armen seiner Mutter schlafendes Kind die Augen öffnete; es wachte auf und blickte überrascht auf all diese Leute, die herumrannten und einander riefen; dann verbarg es sein Gesicht an der vertrauten weichen Schulter und sank wieder in Schlaf. Der Bahnhof mit seinen blaubemalten Fensterscheiben und den abgedunkelten Lampen bildete eine Insel der Finsternis inmitten eines Gewirrs von Schienen, deren Widerschein man nicht hatte dämpfen können und die im Licht der Sterne glänzten, so wie die Hügel und der nahe Fluß Inseln bildeten inmitten von Lärm und Rauch.

Die Männer waren bis zum Ende des Bahnsteigs gegangen, bis zu der Stelle, wo zwischen den Bergen von Kohle und Steinen ein wenig Gras wuchs. Hier stapelte sich das nicht abgeholte Gepäck der Flüchtlinge. Koffer, Fahrräder, Kinderwagen, Hutschachteln türmten sich meterhoch. Dort ließen die beiden Männer sich nieder. Sie waren Brüder, beide Soldaten; ein Urlaub hatte sie auf der Hochzeit ihrer Schwester vereint, die militärischen Ereignisse sollten sie bald wieder trennen. Sie sprachen von ihrer Familie, von der Feier am Tag zuvor, von all denen, die sie gerade verlassen hatten. Lange Pausen unterbrachen ihre Worte. Züge fuhren in hoher Geschwindigkeit an ihnen vorbei, bliesen ihnen ihren heißen, pfeifenden Atmen ins Gesicht; an den

Türen, deren Fensterscheiben heruntergedreht worden waren, blickten ängstliche Gesichter mit erhobenen Stirnen fragend in die Dunkelheit. Die Nacht war hell und klar; seit dem 10. Mai hatte man in Frankreich nicht einen Windhauch gespürt, nicht eine Wolke am Himmel gesehen. Viele dieser Züge fuhren, ohne zu halten, durch den Bahnhof, erhöhten mit schrillem, markerschütterndem Kreischen sogar ihr Tempo. Wenn sie in der Ferne verschwunden waren, bebte die Metallbrücke noch einige Augenblicke und gab einen stöhnenden, fast musikalischen Ton von sich. Dann verstummte alles.

Manchmal stand einer der beiden Soldaten auf und erkundigte sich nach der mutmaßlichen Verspätung ihres Zuges. Diese Verspätung nahm von Minute zu Minute zu.

»Nicht vor drei Uhr, Alter«, sagte er, als er zu seinem Bruder zurückkehrte, »noch ganz schön lang!«

»Hast du es denn so eilig?« fragte Claude, öffnete die Augen und betrachtete die Erkennungsmarke, die an seinem Handgelenk schimmerte und die es am Ende einer Schlacht ermöglichte, die Gefallenen zu identifizieren. »Wir werden schon früh genug ankommen!«

»Schön, daß wir für Loulous Hochzeit beisammen sein konnten.«

»Hm, ja«, sagte der andere.

Er schlug die Beine übereinander, streckte sie wieder, hob sein spitzes Kinn, und der bläuliche Schein der Sterne spiegelte sich in den Gläsern seiner Hornbrille, auf dem schmalen Rücken der Nase und auf der Oberlippe, die ein wenig zitterte.

»Was ist los, alter Claude?« fragte der Jüngere.

»Nichts.«

Der junge Mann dachte: ›Für ihn ist es schlimmer als für mich. Er hat Frau und Kinder, er …‹

Er selbst war fünfundzwanzig Jahre alt und freute sich, in den Kampf zu ziehen. Den ganzen Winter über war er im Norden stationiert gewesen und war dort lediglich auf zwei Gegner gestoßen: die Langeweile und die Kälte. Jede Veränderung war willkommen. Sein Bruder dagegen hatte seit September an der Maginotlinie gekämpft. Ein Altersunterschied von zehn Jahren zwischen ihnen ließ den Jüngeren mit zärtlichem Mitleid an dieses Los denken: ›Das ist nicht gerecht. Man sollte ihm ein wenig Ruhe gönnen‹, sagte er sich, wobei er an die geröteten Augen seiner Schwägerin, an die Tränen der Kinder dachte.

»Wann genau kommt das Baby, Claude?«

»Im September.«

»Ist das der Grund, daß du so …«, er zögerte, »… daß du so ein Gesicht ziehst?«

Liebevoll legte er seine Hand auf Claudes Schulter, eine Geste, die sanft sein sollte, jedoch eher dem Knuff eines Schulkameraden glich als einer Liebkosung.

»Nein«, sagte Claude, »das ist es nicht.«

Er wandte sich ab, und sein Gesicht verschwand im Schatten; seine Stimme kam dem Jüngeren zögernd und sonderbar vor.

»Was ist los?« fragte er beunruhigt. »Es ist doch nicht wegen Mamas Gesundheit?«

»Nein, zum Glück nicht! Aber da ist etwas, was mir kürzlich zugestoßen ist, etwas so Eigentümliches, daß ich es nicht vergessen kann und daß … Aber zuerst muß ich dich fragen: Du hast natürlich nicht mehr die geringste Erinnerung an Papa?«

»An Papa?« wiederholte der Jüngere überrascht. »Ich war doch erst zwei Jahre alt, als er gefallen ist.«

»Aber manchmal ist das Gedächtnis eines kleinen Kindes außerordentlich genau und treu. Ich zum Beispiel erinnere mich sehr gut an eine Köchin, die wir hatten, als wir in Poitiers wohnten. Damals war ich knapp drei Jahre alt.«

»Ja, du hattest schon immer ein gutes Gedächtnis. Du erinnerst dich natürlich sehr gut an Papa?«

»Ja, und an seinen letzten Urlaub, als Loulou gerade zur Welt gekommen war. Es war im Frühjahr 1917. Knapp zwei Wochen später, im Mai, ist er für vermißt erklärt worden. In diesem Monat ist der Jahrestag seines Todes, François«, sagte er nach einer Pause.

»Ich kann mich überhaupt nicht an ihn erinnern«, gestand der junge Mann. »Du scheinst ihm ähnlich zu sehen, nicht wahr? Ich kann das nur nach dem Porträt beurteilen, das sich in Mamas Zimmer befindet und auf dem er Uniform trägt. Er sieht freundlich aus, verträumt. Er hat ein kleines spitzes Kinn, genau wie du.«

Claude zuckte zusammen; sein Bruder sah ihn überrascht an.

»Was ist denn? Was wolltest du mir sagen?«

»Was ich dir sagen wollte? Also, vor vier Monaten gehörte ich zu einer Gruppe von sechs Männern, die ein verlassenes Dorf auskundschaften mußten. Man hatte uns die Anwesenheit von Deutschen gemeldet, und wir sollten darüber berichten. Ich war gerade dorthin versetzt worden …«

Er machte eine undeutliche Handbewegung, jene unbestimmte Geste, mit der die Frontsoldaten den Osten bezeichneten, jene Gegend, wo der Krieg stattfand.

»Dorthin«, wiederholte er. »Es war die erste Expedition dieser Art, an der ich teilnahm. Beim ersten Mal ist das ein komisches Gefühl. Das Dorf bot einen ungewöhnlichen Anblick. Man mußte die armen Leute innerhalb von fünf Minuten evakuiert haben. In den kleinen kahlen Gärten hing noch Wäsche auf der Leine, die man hereinzuholen vergessen hatte und die sich in völlig steifgefrorene alte Lappen verwandelt hatte. Durch offene Türen habe ich in Küchen gesehen, in denen es aussah, als bräuchte man sich nur noch zu Tisch zu setzen, ein Kochtopf auf dem erloschenen Herd, Teller, Gedecke und eine aufgeschlagene Zeitung, die an einer vollen, aber gefrorenen Weinflasche lehnte, einem violetten Eisblock. Es war eine ebenso klare Nacht wie heute, aber sehr kalt, auf den Dächern und Bäumen lag Rauhreif, die Flüsse waren in Rutschbahnen verwandelt, na ja, das ganze Drum und Dran.«

»Das stimmt, es war kalt. Auch bei uns war einmal ...«

»Ja«, sagte Claude mit abwesender Miene.

Als sein Bruder weitersprechen wollte, fiel er ihm ins Wort:

»Hör zu, laß mich zu Ende erzählen. Ich schwöre dir, es fällt mir nicht leicht ... Wir waren also durch das Dorf gegangen, ohne etwas zu finden; es bestand aus einer einzigen langen Straße. Ich muß dir wohl nicht erklären, wie vorsichtig wir uns vortasteten. Als wir aufgebrochen waren, schien sich der Himmel zu verdunkeln, und wir hatten mit Nebel gerechnet, vielleicht mit Tauwetter, aber je weiter wir vordrangen, desto heller schienen die Sterne. Deshalb konnte ich im Vorbeigehen, wie ich schon sagte, ins Innere all dieser armseligen Häuser sehen. Du kannst dir denken, wie dicht wir die Mauern entlangschlichen! In solchen Momenten hat man nicht viel Bauch, wie ich feststellen konnte; sogar der Dickste wird dünn und findet zu seiner schlanken Linie zurück. Schließlich überzeugten wir uns davon, daß das Dorf menschenleer war. Wir wollten umkehren, aber wir hatten einen langen und harten Rückweg vor uns, unter anderem mußten wir kriechend einen zugefrorenen kleinen Fluß überqueren. Natürlich wollten wir etwas essen und trinken, bevor wir uns auf den Weg machten. Gegenüber der Kirche befand sich ein Café, dessen Läden halb offen standen, wie die der andern Häuser. Wir machten sie weiter auf und erblickten Flaschen, meine Güte, von oben bis unten, volle Flaschen auf allen Regalen! Dieses unselige Bistro mußte noch am Morgen der Evakuierung seine Vorräte aufgefüllt haben. Wie einer meiner Leute, Maillard, der Mailloche genannt wurde, sagte: ›Es gibt wirklich welche, die Pech haben!‹ Kurz und gut, zwei Männer sprangen rein, die andern folgten, und wir bedienten uns. Über dem Ofen hing ein dikker Schinken, ein kleiner Teil davon war zwar ein bißchen verdorben, aber der Rest schien genießbar zu sein. Wir tranken, wir aßen, als mit einemmal einer meiner Männer sagte: ›Es waren Deutsche hier.‹ – ›Woran siehst du das?‹ – ›Ganz einfach: Dort stehen geöffnete, leere Bierflaschen. Es ist noch gar nicht lange her, denn der Schaum an den Rändern ist noch frisch, und der Wein im Kasten daneben ist nicht angerührt worden. Franzosen hätten den Wein getrunken und das Bier stehenlassen.‹

Das schien mir richtig zu sein. Ich trieb also meine Leute, die sich natürlich taub stellten, zur Eile an, als mir plötzlich einer von ihnen ein Zeichen gab und wortlos auf eine Falltür in der Mitte der Küche deutete. Diese Falltür, die den Keller abdecken sollte, war leicht angehoben, und irgend etwas glänzte im Dunkeln, vielmehr konnte man einen Widerschein sehen. Mailloche hatte seine Lampe angeknipst, um eine am Deckenbalken hängende Wurst herunterzunehmen, und der Lichtstrahl hatte im Dunkeln eine polierte Fläche aufscheinen lassen. Es konnte eine Flasche, der Spund eines Fasses, aber auch ein Koppelschloß oder der Stahl einer Waffe sein. Es war eher ein Eindruck, und man mußte schon gut an die Dunkelheit gewöhnte Augen haben, um dieses schwache, fahle, bläuliche Licht wahrzunehmen, doch als ich es genau anschaute, sah ich, daß es sich vorwärtsbewegte, sich verschob, dann allmählich verschwand. Mit einem Blick hatte ich die Männer darauf hingewiesen, und wir gingen so natürlich, so lärmend wie möglich hinaus, doch sobald wir draußen waren, glitten wir lautlos hinter das Fenster, durch das man in die Küche sehen konnte; die Falltür befand sich genau vor uns.

Wir mußten nicht lange warten. Langsam und leise hob sie sich … Es war ein Deutscher. Er befand sich genau vor mir, er konnte mich nicht sehen, da ich im Schatten des Fensterladens verborgen war. Ich dagegen sah ihn in dieser hellen Nacht ganz genau. Er hatte ein kleines Kinn und frische Wangen, er wirkte sehr jung; er sah sich aufmerksam um und winkte, sich umdrehend, ins Innere des Kellers, kam dann mit mehreren Männern in seinem Gefolge heraus. Ich dachte, daß sie uns bestimmt angreifen würden, entweder an Ort und Stelle oder später auf dem Rückweg. Daß sie es nicht getan hatten, als sie uns bemerkten, bedeutete, daß sie sich zuerst vergewissern wollten, ob wir allein waren und sie nicht Gefahr liefen, in einen Hinterhalt zu geraten. Diese Vorsichtsmaßnahmen wiesen darauf hin, daß wir es mit einem isolierten Trupp gleich dem unseren zu tun hatten. Sie glaubten, wir seien abgezogen, deshalb hatten wir den Vorteil der Überraschung; den galt es auszunutzen. Ich sagte: ›Ich dachte‹, aber unter solchen Umständen denkt man nicht nach, man greift an oder haut ab, immer setzt derselbe Verteidigungsreflex ein, diesmal zugunsten des Angriffs. Ich sprang durch das offene Fenster, die anderen taten es mir nach. Ich schätzte, daß wir im Ganzen etwa fünfzehn Männer waren, Franzosen und Deutsche; die Kräfte waren auf beiden Seiten etwa gleich verteilt. Es wurde kein Schuß abgegeben, nicht einmal ein Schrei ausgestoßen; wir hatten nämlich die Order, bei solchen Begegnungen absolutes Schweigen zu wahren, und sie vermutlich ebenso. Der arme Mailloche mußte als erster dran glauben; ich hörte dicht neben mir eine Masse zu Boden fallen und erkannte seine Stimme, die mich rief. Der Arme. Er klammerte sich an meine Beine und zog mich mit sich.

Jedesmal, wenn einer von uns – Franzose oder Deutscher – wieder zu Atem kam, bedeutete er dem Feind, sich zu ergeben, aber keiner wollte weichen. Für eine erste Begegnung war ich bedient: Es gab vier Verwundete, und ich hatte einen Deutschen getötet. Dann sprang einer der Männer aus dem Fenster, und die anderen, Verfolgte und Verfolger, verschwanden. Er war unerhört, dieser stumme, wilde Kampf. Was mich angeht, so fiel mein Kopf auf die Ecke eines Marmortischs, und ich blieb betäubt liegen. Als ich die Augen wieder öffnete, war ein verwundeter Kamerad bei mir sowie der tote Mailloche und der tote Deutsche. Außerdem hatte jemand die Weisungen mißachtet und geschossen, so daß jetzt auf allen Seiten die Schießerei losging. Zwar hörte sie bald auf, aber die Artillerie löste sie ab. Es krachte auf beiden Seiten des kleinen Flusses, den wir überqueren mußten. Jetzt galt es, sich ruhig zu verhalten, doch wir fürchteten, daß die Deutschen in großer Zahl zurückkehrten.

Mein Kamerad schlug vor, im Keller Schutz zu suchen, wie die anderen es vor uns getan hatten. Wir ließen die beiden Toten, wo sie waren, humpelten hinunter, schlossen die Falltür und blieben dort: mein Kamerad fluchend und stöhnend, ich wie ein Schwein blutend. Wir hofften, daß die Artillerie bei Tagesanbruch verstummen würde, aber es hörte nicht auf. Durand – so hieß der Kamerad – hatte mir einen rudimentären Verband angelegt. Ich fühlte mich besser, aber ich fror entsetzlich und hatte furchtbaren Durst. Nach und nach faßte ich Mut; es war früh am Morgen, jetzt würden die Deutschen bestimmt nicht kommen. Ich erinnerte mich an die Vorräte, die sich in der Küche befanden, und an einen Kocher, den ich am Vortag kurz gesehen hatte, noch voller Spiritus. Ich versuchte meinen Kameraden mitzuziehen, aber er wollte mir nicht folgen; er hatte sich aus alten Säcken, die wir im Keller gefunden hatten, eine Decke gemacht und schlief ein.

Ich stieg unter großen Mühen hinauf. Die Küche war in strahlendes Licht getaucht; es war heller Tag, und ich war starr vor Kälte. Ich ging in den beiden durchwühlten Zimmern, in denen die Leichen von Mailloche und dem Deutschen lagen, hin und her, und du kannst mir glauben, François, ich würdigte sie kaum eines Blickes. Für mich war es zwar das erste Schauspiel des Krieges, das ich sah, aber wenn man großen Hunger und Durst hat, ist man eher ein Tier als ein Mensch.

Erst nachdem ich hintereinander mehrere Tassen gut gesüßten Glühwein getrunken, die sanfte Wärme in meiner Brust gespürt und meine Pfeife angezündet hatte, dachte ich an den armen Mailloche. Ich kniete bei ihm nieder. Der arme Kleine, er sah sehr ruhig aus, froh, alles hinter sich zu haben, mit einem komischen kleinen Lächeln im Mundwinkel, als wollte er sagen: ›Ich weiß jetzt, wie das ist, aber du ...!‹

Ich faltete die Hände auf der Brust öffnete seine Brieftasche, um nach der Adresse seiner Angehörigen zu suchen. Er hatte eine verwitwete Mutter, die putzen ging, hatte er mir erzählt, und in Saint-Mandé wohnte. Er trug ihr Foto auf seinem Herzen sowie ein Stück Schnur, die von einem seiner Onkel stammte, der sich aufgehängt hatte, nachdem er auf seiner eigenen Hochzeit zuviel getrunken hatte. Die Schnur eines Erhängten, stell dir vor, mein Mailloche hielt sich für einen Glückspilz! Das hat ihn nicht beschützt, den armen Kerl. Er hatte noch seine Mitgliedskarte des Fußballklubs von Saint-Mandé und anderen unwichtigen Kleinkram bei sich. Lange suchte ich nach einer Decke, um sein Gesicht zu bedecken, aber die Schlafzimmer waren abgeschlossen. Bei dieser Kälte konnte er lange warten, bis man ihn begrub; deshalb wollte ich im Garten eine Grube für ihn ausheben, bevor Durand und ich den Rückweg antraten. Als ich mit ihm fertig war, kümmerte ich mich um den anderen.«

»Um den Deutschen?«

»Ja.«

Er schwieg so lange, daß François ihn an die Schulter tippte.

»Mach schon, Alter, ich höre dir zu!«

»Ich weiß.«

Ein Zug raste vorbei; Funkengarben stoben von den Rädern hoch, und die Lokomotive stieß schrille Pfiffe aus, kreischend wie verstörte Vögel.

»Das ist doch nicht der unsere?« sagte François besorgt.

»Von wegen! Wir hocken noch morgen früh hier.«

»Na, dann erzähl weiter. Du sagtest, daß der Deutsche …?«

»Bis dahin hatte ich noch nicht viele Deutsche gesehen. Deshalb schaute ich den meinen, denjenigen, den ich getötet hatte, mit einem Gefühl an, das weder Neugier noch Mitleid, noch Haß war, sondern eine Art Ungläubigkeit. Ja, es kam mir unbegreiflich vor, daß hier neben Mailloche einer von denen lag, die wir nachts wie Schatten vorbeihuschen sahen, auf die wir zielten, die wir manchmal töteten, aber nie fanden, da ihre Kameraden sie mitnahmen. Man hatte zwar bei einem Handstreich ein paar Gefangene gemacht, aber das war vor meiner Ankunft.

Der Tote war jener Knabe, den ich als ersten aus der Falltür hatte kommen sehen, und etwas an ihm weckte in mir eine vage Erinnerung. Ich fühlte mich unbehaglich, war irritiert, und ich konnte nicht begreifen, warum. Ich war verwirrt, wie wenn man nach einem vergessenen Namen sucht oder nach einem Musikstück, das einem entschwindet … Verwirrt und gereizt. Verstehst du? Er wurde von einer strahlenden Sonne, einer ganz rosigen Sonne beleuchtet. Mit seiner graugrünen Uniform und seinen groben Stiefeln auf den kalten Fliesen liegend, war er ebenso friedlich wie Mailloche, doch sein kleines spitzes Kinn, das ein Grübchen hatte und in die Höhe gereckt war, verlieh ihm einen trotzigen Ausdruck. Er war sehr blond; seine bleichen Wangen begannen ein wenig einzusinken. Er war hingefallen, als er zu seinem Messer greifen wollte. Wäre ich nicht schneller gewesen als er, hätte er mich erwischt. Vielleicht hätte ich seine Taschen nicht durchsuchen dürfen, wie ich es bei meinem Kumpel gemacht hatte, aber ich hatte dabei kein böses Gefühl. Wenn der Krieg zu Ende sein wird, möchte eine Mutter, eine Verlobte, eine Frau vielleicht wissen, wie er gestorben ist, ob er gelitten hat und wo er begraben liegt. Er hat nicht gelitten; er ist sogar ohne einen Schrei hingefallen. Er trug eine dicke Brieftasche voller Briefe bei sich. Ich suchte nach einer Unterschrift, einer Adresse; es gab keine. Ein Foto zeigte ihn in Tenniskleidung, den Schläger in der Hand, in weißen Shorts und einem am Hals aufgeknöpften Hemd, mit in die Augen fallendem Haar. Er sah darauf sehr jung aus. Du kannst dir nicht vorstellen, was ich empfand … Wenn ich einen Mann in meinem Alter getötet hätte, einen erwachsenen Mann …«

»Man hat nicht die Wahl«, unterbrach ihn François achselzuckend.

»Nein, die hat man nicht. Aber weißt du, wenn man selbst Kinder hat und einen kleinen Bruder, den man mit großgezogen hat – denn das habe ich getan, mein Junge … Nun ja … Es gab auch noch Fotos von einem sehr hübschen jungen Mädchen, das der Deutsche in mindestens zwölf verschiedenen Posen aufgenommen hatte, im Gras sitzend, in einem Garten, einen schwarzen Hund auf den Knien … Aber das berührte mich nicht; anders als beim Foto von Mailloches alter Mutter. Ich wollte die Brieftasche gerade wieder zurückstecken, da ich nicht gefunden hatte, wonach ich suchte, als ich ein Porträt fand, das größer und älter war als die anderen, leicht vergilbt und zerknittert, als ob es lange in einer Tasche oder einem Beutel herumgeschleppt worden wäre und sich an anderen Papieren gerieben hätte...«

Er hielt inne und fragte:

»Hast du eine Lampe bei dir, François?«

»Ja, warum?«

»Mach sie an, richte das Licht nach unten, damit wir nicht angeschnauzt werden, obwohl die Sterne leuchten wie Scheinwerfer, und schau...«

»Was?«

»Dieses Foto. Siehst du? Es ist das Foto, das ich dem Deutschen abgenommen habe.«

»Warte, Alter, ich...

»Erinnert es dich an etwas?«

François betrachtete das Foto. Es zeigte einen noch jungen Mann auf der Freitreppe eines Landhauses. Eine Frau stand neben ihm, eine etwas kräftige Frau mit sanftem, gütigem Gesicht und hellem Haar.

François zögerte einen Augenblick, lächelte dann gequält.

»Ich würde sagen, daß der Mann dir ein wenig ähnlich sieht, aber...«

Der Ältere schüttelte den Kopf.

»Nein, nicht mir sieht er ähnlich, mein Kleiner. Schau gut hin, schau noch mal hin. Schau auch seine linke Hand an, sie ist deutlich zu sehen. Siehst du die Narbe? Diese tiefe Spur, die vom Ringfinger bis zum Handgelenk reicht?« Er schloß die Augen, als ginge er einer Erinnerung nach, und fuhr fort: »Sie bildete einen dicken Wulst, aber die Wunde war oberflächlich, nur eine Fleischwunde; dennoch hatte sie eine unauslöschliche Spur hinterlassen. Du weißt doch, daß im September 14, am selben Tag, an dem unser Vater an der Hüfte und an der Leiste verwundet wurde, ein Granatsplitter ihm die Hand aufriß. Zwei Jahre später wurde er ein zweites Mal am Kopf verwundet, oberhalb der linken Augenbraue, hier«, sagte er, auf das Porträt deutend.

François betrachtete es lange, ohne etwas zu sagen.

»Das ist nicht möglich ...«, sagte er dann.

»Ich habe dieses Foto mit allen Porträts von Papa verglichen, die unsere Mutter aufbewahrt hat. Ich habe die Röntgenaufnahmen dieser beiden Verletzungen gefunden; die an der Stirn bildet eine Schlangenlinie, völlig identisch mit der auf dem Foto, wenn man sich die Mühe macht, es mit der Lupe zu betrachten, wie ich es getan habe. Du hast Papas Züge und seinen Gesichtsausdruck vergessen, deshalb zweifelst du, ich aber ... Das ist er haargenau, genau sein Blick über die Brille hinweg, sein Lächeln, und dieses Grübchen im schmalen Kinn, einem Kinn wie das meine und wie das seines dritten Sohnes«, schloß er mit sonderbarer Stimme.

»Bist du sicher, daß dieser Deutsche ... sein Sohn war?«

»Hör zu, das Foto trägt das Datum von 1925, und weiter oben, siehst du, in einer anderen Schrift, diesen Vermerk auf deutsch ...«

»Ich kann ihre Frakturbuchstaben nicht entziffern.«

»*Für meinen lieben Sohn, Franz Hohmann, dieses Bild seines vielgeliebten Vaters, möge er ihn aus der Himmelshöhe beschützen, Frieda Hohmann, Berlin, 2. Dezember 1939.*«

»Er hieß Franz, also François?« rief der junge Mann aus. »François, wie ich?«

»Wie du, wie unser Großvater, wie einer unserer Onkel.

Es ist ein Vorname, der in der Familie oft vorkommt. Er hat ihn auch dem Deutschen gegeben.«

François zuckte zusammen.

»Ich sage dir, er ist es«, sagte Claude leise. »Wenn ich den geringsten Zweifel gehabt hätte, hätte ich dir nie ein Wort davon gesagt, wie du dir denken kannst. Aber es ist etwas so ... so Außerordentliches, so Ernstes. Ich glaubte, daß ich nicht das Recht hatte, es dir zu verschweigen. Ich dachte, daß man nach dem Krieg Nachforschungen in Deutschland anstellen könnte. Wir werden es gemeinsam tun, wenn es möglich ist. Sonst wird sich der Überlebende darum kümmern.«

Niedergeschlagen legte François die Hände an seine Schläfen.

»Ich bin wie vor den Kopf geschlagen, Alter.«

»Dazu besteht auch aller Grund«, sagte sein Bruder sanft. »Ich selbst träume jede Nacht davon.«

»Aber ich meinte, Papa sei mit Bestimmtheit im Krieg gefallen!«

»Also, genau haben sich die Dinge folgendermaßen abgespielt: Er wurde am 27. Mai 1917 als vermißt erklärt. Bis zum Ende des Kriegs hat Mama auf seine Rückkehr gehofft. Erst nach dem Waffenstillstand hat einer seiner Kameraden uns geschrieben und gesagt, er habe ihn zwei Schritte von ihm entfernt mit abgerissenem Arm und Kopf fallen sehen. Die Überreste sind nie gefunden worden. Aber in diesem entsetzlichen Tumult, dem Durcheinander einer Schlacht – und diese fand bei Tagesanbruch, an einem Regentag statt; ich habe die Einzelheiten durch jenen Brief erfahren, den Mama aufbewahrt hat und den sie mir auf meine Bitten aushändigte –, da kannst du dir ja denken, wie sicher sich der Kamerad dessen sein konnte, war er gesehen hatte! Es hat an jenem Tag ich weiß nicht wie viele Tote und Verwundete gegeben. Er sagt es selbst, und alle diese verkohlten, zermalmten, unkenntlichen Körper ... Da soll man auf all diese armen Teufel einen Namen heften!«

Er verstummte und sog einen Augenblick schweigend an seiner Pfeife, leicht den Kopf abwendend.

»Die Deutschen tragen ihre Erkennungsmarke auf der Brust, an einem Halskettchen«, sagte er dann.

»Claude?«

»Ja?«

»Aber dann ... ist unser Vater desertiert?«

Der Ältere machte eine heftige Bewegung.

»Was weiß ich! Vielleicht ist er desertiert. Vielleicht ist es ein Fall wie jener Mann, der das Gedächtnis verloren hat und um den sich nach dem Krieg mehrere Familien jahrelang stritten?«

»Wenigstens hätte man doch wissen können, daß er Franzose war.«

»Nicht unbedingt. Eine Uniform, eine Erkennungsmarke können verlorengehen, zerstört werden, und jene Unglücklichen, von denen ich spreche, hatten ihre Namen vergessen und mußten wieder sprechen lernen, wie Kinder. Schließlich sind einige Kriegsgefangene aus Deutschland nach Rußland entkommen, und dort war es während der Revolution nicht schwer, seinen Personenstand zu ändern und sich bei der Rückkehr nach Belieben als Franzose oder Deutscher auszugeben.«

»Und der Krieg?«

»Der Krieg war zu Ende.«

»Und wir?«

»Oh, wir ... Was soll ich dir sagen? Ich habe keine Ahnung. Er war ein guter Vater, aber ...«

»War er gut zu Mama?« fragte François und wandte seinerseits das Gesicht ab.

»Ich glaube nicht«, sagte der Ältere.

»Hör zu ...«

»Ich sage: Ich glaube nicht. Ich war zehn Jahre alt, ja? Was konnte ich da wissen? Es ist nur ein Eindruck, der mir geblieben ist, weniger im Gedächtnis oder im Verstand als im Ohr ... Ja, lange Augenblicke des Schweigens bei Tisch, ein unmerklicher Mißton in der Stimme, wenn sie endlich das Wort aneinander richteten ... zugeschlagene Türen, das Echo eines fernen Gewitters ...«

»Vielleicht Dienstbotengeschwätz!«

»Ja, das auch. Aber ich möchte lieber nicht darüber reden, mein Kleiner.«

Sie schwiegen beide, voller Unruhe und Scham. Gepäckwagen kamen in der Dunkelheit vorbei. Wieder wurden Koffer entladen. Soeben war ein Zug eingefahren, und eine verstörte Menge stieg aus. Die Flüchtlinge irrten über den Bahnsteig, ängstliche Rufe ertönten. Die Nacht war so klar, daß man alles deutlich sehen konnte, diese übernächtigten Gesichter, diese zerknitterten Kleider, diese Bündel mit Wäsche und armseligen Fetzen, manchmal einen mit einem Stück dunklen Stoffs bedeckten Vogelkäfig, manchmal einen Korb, in dem eine Katze miaute, manchmal eine Tragbahre.

»Sind das Verwundete?« fragte François.

Jemand hörte ihn und sagte:

»Nein, es sind zwei Frauen, die gebären werden.«

»Welch schreckliches Völkergemisch«, sagte François, als die Bahre sich entfernte.

Sie wurde von vier Männern getragen, die riefen: »Laßt uns vorbei! Ein Arzt, eine Krankenschwester! Schnell! Gleich kommt das Kind!«

»Es gibt noch eine andere Frau, die vor zwei Stunden ihr Kleines bekommen hat – sie hat Blutungen«, sagte eine Stimme in der Menge. »Sie stirbt.«

Die Frauen auf der Tragbahre schrien nicht; eine von einem der Träger eingeschaltete Taschenlampe beleuchtete gelöstes langes blondes Haar, das bis auf den Boden fiel.

»Man denkt nie daran«, sagte François mit leiser Stimme, »aber in den vier Jahren des anderen Kriegs, und dann bei der Invasion, und als unsere Truppen über den Rhein gingen, da mußten doch schon einige Brüder einander in feindlichen Lagern gegenübergestanden haben.«

»Sie wußten es nicht. Ich aber habe seit dem Tod dieses Deutschen jede Nacht denselben Traum: Ich sehe jenen dunklen Keller wieder vor mir mit der halb angehobenen Falltür, und ich weiß, daß der Deutsche sie aufklappen und mir die Kehle durchschneiden wird. Ich schlage um mich, ich bin der Stärkere, ich töte den Deutschen; und dann, wenn er tot ist, nehme ich ihn in die Arme, ich ziehe ihn aus und lege ihn auf Mamas Bett, auf das große rosa Bett, in das ich dich nach deinem Scharlach getragen habe, als du ein kleiner Junge warst; dann beuge ich mich über ihn, schaue hin, und ich weiß nicht mehr, was ich sehe: dich oder ihn ... Oh, dieser elende Traum«, murmelte er und drehte sich seufzend zur Seite.

François knetete nervös seine Hände.

»Mein Lieber, du kannst tun, was du willst, aber ich, das schwöre ich dir, werde nie nach Deutschland fahren, um Nachforschungen anzustellen. Wozu? Zum einen bleibt mir die Illusion, daß du dich getäuscht hast, daß das Foto nicht unseren Vater zeigt, und zum anderen, sollte es unglücklicherweise doch so sein, dann würde eine Untersuchung das Leben von Unschuldigen durcheinanderbringen. Außerdem ist das die Vergangenheit, und die interessiert mich nicht. Ich will sie in Ruhe lassen.«

»Aber sie läßt uns nicht in Ruhe«, seufzte Claude, und wieder betrachtete er die kleine Erkennungsmarke an seinem Handgelenk, die im Licht der Sterne bläulich schimmerte.

»Aber du hast recht, es ist besser, nichts zu sagen.«

Nicht weit von ihnen umringte eine Gruppe von Flüchtlingen einen dicken Mann, der eine Zeitung in die Höhe hielt. Er war in Zivil, aber eine helle Armbinde wies darauf hin, daß er irgendein städtisches Amt bekleidete, wahrscheinlich beim Luftschutz. Mitunter steckte er eine Trillerpfeife in den Mund, der er schrille Töne entlockte; er rief einige Befehle, bevor er sich mit lauter, krächzender Stimme wieder an seine Zuhörer wandte. Er hatte einen schwarzen Schnurrbart und einen prallen Bauch; die beiden Brüder konnten hören, was er sagte.

»... Wenn ihr wie ich das viele Material gesehen hättet, das nach Norden rollt, dann würdet ihr euch keine Sorgen machen! Diesmal wird's nicht so kommen wie 14. Die werden auf gut gerüstete Männer treffen. Und abhauen, das verspreche ich euch! Und außerdem kann man Leute, die nichts mehr zu essen kriegen, überhaupt eine Armee nennen? Das frage ich euch! Werden wir nicht einen Haufen von Kümmerlingen, von Bleichsüchtigen besiegen, die nicht mal die für den Organismus nötigen Vitamine haben? Und ich sage euch, wir mit unsern Vitaminen und unserm Material und dazu mit unserm Schmiß, unserm Mumm, wir werden sie kriegen, noch bevor sie auch nur Zeit haben, uff zu sagen!«

Claude zuckte die Achseln.

»Es gibt viele Dinge, die man besser nicht sagt«, bemerkte er.

Die Flüchtlinge und die Soldaten lauschten der improvisierten Rede, lachten und nickten sich zu.

»Er spricht gut, der Mann. Er hat recht!«

Monsieur Rose

Er war umsichtig und gelassen wie ein Kater. Sein Leben verlief behaglich; er war nicht verheiratet, und er war reich. Von Kindheit an hatte er eine spöttische, herablassende Art, die Respekt einflößte. Er schien zu glauben, daß die Welt mit Dummköpfen bevölkert ist; und er glaubte es tatsächlich. Dagegen ist kein Kraut gewachsen. Er hatte die Fünfzig überschritten, schöne volle Wangen, eine durchdringende, autoritäre Stimme, frostige, zurückhaltende Umgangsformen, Esprit. Sein Weinkeller war gut bestückt. Für einige wenige Freunde gab er vorzügliche Abendessen. Um einen Menschen richtig kennenzulernen, muß man ihn bei Tisch sehen oder in Gegenwart einer Frau, die ihm gefällt. Ob er eine Frucht schälte oder ob er die Hand einer Frau liebkoste, Monsieur Rose legte dieselbe Sanftheit an den Tag, dieselbe überzeugende Umsicht; er war wählerisch, aber sein Appetit war schnell gestillt.

Er liebte niemanden; er verabscheute niemanden. Er war der umgänglichste Mensch, hieß es über ihn. Er verwaltete sein Vermögen ausnehmend gut. In seiner Jugend war er viel gereist. Jetzt machte es ihm keinen Spaß mehr. Er wohnte am Boulevard Malesherbes in dem Haus, in dem er geboren worden war. Er schlief in demselben Zimmer, genau in der Ecke, wo früher sein Kinderbett gestanden hatte.

Sein eintöniges, zurückgezogenes Leben barg Freuden, die nur er kannte; er behauptete gerne, nur einfache Vergnügen zu lieben: spazierengehen, flanieren, lesen, jeden Abend das gleiche Glas Schnaps immer zur selben Uhrzeit in derselben ruhigen Bar trinken, die kindlichen Leckereien – Fondants, Schokolade, gefüllte Bonbons; keine Praline hätte er leichtfertig ausgesucht; er betrachtete sie lange mit halbgeschlossenen Augen in ihrer rosa Hülle, entschloß sich dann mit einem leichten Seufzer, eine zu nehmen, und genoß sie mit Zartgefühl. Er meinte, man müsse sein Leben im voraus berechnen, abwägen, dosieren, dem Zufall mißtrauen. Daß das nicht immer einfach war, wollte er gerne einräumen, doch geduldig korrigierte er das Mißgeschick.

Seine größte Sorge war, sein Geld anzulegen und eine allzu große Steuerlast zu vermeiden. Er hatte den Krieg von 1940 vorausgesehen, als er noch in den Anfängen steckte, lange vor der Zeit, als in jedem Pariser Salon jeden Abend etwa zwanzig falsche Propheten in Frack und Abendkleid begonnen hatten, in munterem Ton das Ende der Welt zu verkünden. Schon 1930 hatte er seine Vorsichtsmaßnahmen getroffen. Sie waren nicht immer glücklich gewählt. »Ich lasse einige Federn«, vertraute er 1932 nahen Freunden an, »aber lieber eine Feder als den ganzen Federbusch.« Frühzeitig dachte er daran, die Immobilien zu verkaufen, die er in Paris besaß und zu denen auch das Haus am Boulevard Malesherbes gehörte. Er schämte sich ein wenig zu gestehen, daß er sich vor den Luftangriffen fürchtete. Im übrigen gingen seine Gründe niemanden etwas an. In aller Ruhe, ohne sich zu beeilen, machte er gute Geschäfte, wie er es stets tat, ohne übermäßigen Gewinn oder Verlust. Er suchte sich ein bezauberndes Eckchen in der Normandie aus, unweit von Rouen, wo er ein bequemes schönes Haus mit einem großen Garten kaufte. Zur Zeit des Anschlusses schaffte er seine Porzellansammlung dorthin und verteilte sie auf zwei Vitrinen im Salon im Erdgeschoß. Beim Einmarsch der deutschen Truppen in Prag ließ Monsieur Rose seine Glassachen und seine Gemälde einpacken; seine Bücher und sein Silber gingen kurz vor dem Münchner Abkommen auf die Reise. Er war auch einer der ersten Franzosen, der sich eine Gasmaske zulegte. Dennoch zeigte er sich optimistisch und erklärte gern, alles werde ein gutes Ende nehmen.

Monsieur Rose hatte eine Mätresse, hübsch, elegant, dumm und gutmütig, die er vernünftig ausgewählt hatte. Er zog es vor zu vergessen, daß er eines Tages, wie ein x-beliebiger Mann, beinahe einer Frau ins Netz gegangen wäre. Das war 1923 in Vittel gewesen. Er hatte sich in ein junges Mädchen verliebt. Zum ersten Mal in seinem Leben warf Monsieur Rose ein Auge auf eine Zwanzigjährige. Sie war die Nichte des ihn behandelnden Arztes, eine aus Barmherzigkeit aufgenommene Waise, die nicht geliebt wurde und die man so schnell wie möglich verheiraten wollte. Sie war frisch, brünett, hatte lächelnde, unterwürfige Augen und einen hübschen Mund. Sie gefiel ihm vom ersten Augenblick an; sie weckte in ihm ein seltsames Gefühl der Rührung und des Begehrens, ein etwas verworrenes, abschätziges Mitleid. Sie trug einfache rosa Kleider, geradegeschnitten wie Kinderkittel, und einen runden Kamm im Haar. Eines Tages schrieb sie ihm wegen eines Wohltätigkeitsfests einen Brief, den sie mit »Lucy Maillard« unterschrieb. Monsieur Rose mußte lächeln, als er dieses »y« sah, mit dem sie wohl ihren ehrbaren kleinbürgerlichen Namen aufzuwerten hoffte. Dieser schlechte Geschmack bezauberte ihn, er wußte nicht, warum. Es war naiv, lachhaft, köstlich; ein Gedankenflug in den Traum, ein schüchterner Versuch der Verkleidung, eine Hoffnung auf Flucht: Genau dies bedeutete es in den Augen von Monsieur Rose.

Als er das junge Mädchen wiedersah, neckte er sie wegen der Art, wie sie ihren Namen schrieb, und wegen des roten Lacks auf ihren Fingernägeln. Sie hob sie manchmal an ihren Mund und biß mit der lebhaften, wilden Miene eines kleinen Mädchens hinein, erinnerte sich dann an ihr Alter, errötete und bat Monsieur Rose um eine Zigarette. Sie atmete den Rauch nicht ein, sondern beeilte sich, sie mit einer Grimasse wegzuwerfen, einem Verziehen ihres jungen Mundes, den Monsieur Rose ebenso frisch und süß fand wie eine Praline. Denn er hatte sie einmal geküßt. Er war ihr im Park begegnet. Es war Abend, und sie waren allein. Er hatte sie sehr schnell geküßt, wobei er sich fragte, was für ein Gesicht sie wohl machte, und sie hatte, die Augen zu ihm hebend, mit zitternder Stimme geflüstert:

»Gefalle ich Ihnen?«

Sie schien sich ihrer so wenig sicher zu sein und so begierig, beruhigt, umschmeichelt, geliebt zu werden, daß er von neuem jenes Mitleid empfand, das er in ihrer Gegenwart nicht abzulegen vermochte. Er sagte: »Mein Liebes.« Er nahm ihren Hals zwischen zwei Finger, drückte ihn. Dieser Hals war dünn, und ein schwacher Puls pochte in Monsieur Roses Hand. Er dachte an die Wärme, das Zucken eines Vogelkörpers, und er sagte ganz leise: »Mein liebes Vöglein.«

Sie gingen zusammen spazieren, und wieder küßte er sie. Diesmal erwiderte sie seinen Kuß und fragte sanft:

»Lieben Sie mich? Ist das wahr? Ist das wirklich wahr? Bei mir zu Hause liebt mich niemand.«

Und da lud er sie ein, zu ihm zu kommen. Er hatte keine sündigen Absichten. Er wollte sie nur küssen, aber sie sah ihn an und sagte:

»Wenn Sie mich heiraten wollten ... Oh, das werden Sie nicht wollen, bestimmt nicht, ich weiß ja, daß ich weder hübsch noch reich genug bin, aber wenn Sie wollten ... wie sehr würde ich Sie lieben!« sagte sie, indem sie seine Hand ergriff.

Und sie beugte sich vor und küßte die Hand, die sie hielt. Und dies, ihre Geste, ihr Duft, ihr schwarzes Haar, das alles bewegte Monsieur Rose so heftig, daß er das junge Mädchen an sich zog und ihr sagte, er werde sie heiraten, er liebe sie.

»Bist du zu Hause unglücklich?«

»Ja«, sagte sie. »O ja!«

»Nun, in Zukunft wirst du glücklich sein, das verspreche ich dir. Du wirst meine Frau sein. Ich werde dich glücklich machen.«

Als sie eine Stunde später ging, waren sie verlobt. Er blieb allein zurück. Allmählich stellte sich die Vernunft wieder bei ihm ein. Was hatte er getan? Er irrte durch den Park; der schöne Abend hatte sich verdüstert. Jetzt regnete es. Er machte sich auf den Heimweg. Er stellte sich die Wohnung am Boulevard Malesherbes mit einer Frau vor, die er abends unmöglich wegschicken konnte. Eine Frau, die immer an seinem Tisch säße. Eine Frau in seinem Bett, ob er es wollte oder nicht. Er schob den Riegel an seiner Tür vor, wie er es jeden Abend tat. Plötzlich dachte er, daß diese einfache Handbewegung unter Ehegatten ungewöhnlich und fast eine Beleidigung wäre. Also könnte er nie allein sein. Er war noch jung. Er würde sich eines Tages gehen lassen, ein Kind haben. Von nun an war alles möglich. Eine Frau, Kinder, eine Familie.

»Lächerlich«, sagte er laut, »lächerlich.«

Er ließ sich in einen Sessel sinken, schloß die Augen, sammelte sich und sagte dann:

»Es ist unmöglich.«

Er sprang auf. Noch nie hatte er sich so beweglich gezeigt. Er zerrte seinen Koffer in die Mitte des Zimmers und begann ihn zu füllen. Am nächsten Tag fuhr er weg, er floh. Es war seltsam. Er vergaß dieses Abenteuer sofort. Zehn Jahre lang war die Erinnerung an Lucie Maillard in keinem Moment wiedergekehrt, um ihn zu verwirren. Dabei hatte er 1925 von ihrer Heirat und drei Jahre später von ihrem Tod erfahren; die beiden Ereignisse waren ihm durch den Arzt mitgeteilt worden, und beim erstenmal hatte Monsieur Rose nur eine tiefe Gleichgültigkeit und beim zweitenmal ein ganz banales Mitgefühl empfunden. Doch seit einiger Zeit träumte er von ihr, und immer öfter, je älter er wurde. Zum Glück verblassen Träume schnell, und sie hinterließen nur ein sehr leichtes Gefühl des Unbehagens, ähnlich einer Migräne, und es verging, sobald er ein paar Schlucke von seinem morgendlichen schwachen Tee getrunken hatte.

Dann kam das Jahr 1939, und Monsieur Rose hatte keine Träume mehr. Er schlief sogar immer weniger. Wie schwer es doch war, in dieser unruhigen, unbeständigen Welt so sicher seines Weges zu gehen wie früher; Monsieur Rose sah großes Unheil voraus. Er beklagte es, da er es jedoch weder sich noch den anderen aus dem Weg räumen konnte, lag ihm vernünftigerweise nur noch eines am Herzen: seine Person, sein Wohlbefinden, sein Vermögen.

Er hätte es niemandem eingestanden. Dieses Gefühl blieb verworren und unformuliert in der Tiefe seines Herzens verborgen. Monsieur Rose war kein Zyniker. Wie alle Welt beschwor er die Notwendigkeit, Opfer zu bringen, und pries sie: Gern und nachdrücklich sprach er von den Rechten und Pflichten des Staatsbürgers, doch im Geiste machte er einen wesentlichen Unterschied zwischen sich selbst und den anderen; er überließ ihnen die Pflichten und behielt sich die Rechte vor. Das war bei ihm eine ganz natürliche Haltung, fast ein Instinkt. Alles, was er sah, hörte oder las, bezog sich gegen seinen Willen am Ende auf seine eigene Person; er betrachtete die Welt im Licht seiner Interessen. Und da diese vom Los der Welt abhingen, war ihm an diesem sehr viel gelegen. Sein Gewissen war ruhig. Denn da das Schicksal Europas ihn am Schlafen hinderte, opferte er auf diese Weise sein kostbarstes Gut, den Frieden des Geistes. Was konnte er mehr tun? Er war nicht mehr jung, er hatte keine Kinder. Im übrigen wurde er von Steuern erdrückt. Das genügte.

»Ich muß soviel wie möglich retten«, beschloß er eines Tages.

Wie sein Geld schützen? England, Amerika hielt er für keine sichere Zuflucht. Mit Umsicht, Geschick und der ganzen Erfahrung seines Alters dachte er lange nach, verglich alle Länder Europas und der Welt miteinander. Keines schien ihm solide genug, zuverlässig genug zu sein. Schließlich wählte er Norwegen, wo er Aktien besaß.

Zum Zeitpunkt der Kriegserklärung war er zu Hause, in der Normandie. Er trank frische Milch und pflegte seine Rosen. Und so konnte er, als er im November wieder am Boulevard Malesherbes auftauchte, über den Bericht einiger Abreisen nur lächeln.

»Tatsächlich, mein Lieber, Sie haben Ihre Frau in den Süden geschickt? Komische Idee!«

»Aber ... Sie selbst?

»Oh, ich habe lediglich meine Ferien verlängert. Der September war so schön! Im übrigen gestehe ich, daß ich mich vollkommen ruhig fühle, vollkommen gleichgültig gegenüber allem, was mir zustoßen kann. Ein alter Knabe wie ich ...«

Zerstreut nahm er eine mit einem goldenen Faden zugebundene Papiertüte in die Hand, die auf einem Tisch liegengeblieben war, ergriff eine mit durchsichtigem Zucker umhüllte Nuß, ließ sie sich schmecken und fuhr fort:

»... der weder anderen noch sich selbst etwas nützt. Manchmal habe ich es satt. Ich habe zwei Kriege erlebt. Diese blutgetränkte Welt widert mich an.«

So verging der Winter. Jetzt war Frühling, und noch nie war Paris so schön gewesen. In der Luft schwebte etwas Melancholisches, Zartes, Helles, ein so reiner, köstlicher Duft, daß Monsieur Rose seine Abreise von Tag zu Tag verschob.

Dabei hatte er sehr klare, sehr bestimmte Pläne geschmiedet: Er würde diesen Sommer 1940 in aller Ruhe auf dem Land verbringen, in der Normandie. Dann würde er eine kurze Reise nach England machen. Seit einiger Zeit fühlte er sich müde und überanstrengt; ganz offensichtlich hatte ihm der Krieg von Norwegen einen harten Schlag versetzt. Nicht alles war verloren, er hoffte es, er war davon überzeugt, aber immerhin ... Dabei hatte er vernünftig gehandelt, umsichtig und logisch. Aber Vernunft und Umsicht hatten nach und nach ihre Kraft und ihre einstige Wirksamkeit verloren. In Berührung mit dieser irrsinnigen Welt gerieten sie in Unordnung, spielten verrückt, so wie unter bestimmten atmosphärischen Bedingungen sogar Präzisionsinstrumente kaputtgehen.

Glücklicherweise war Monsieur Roses Vermögen durch das Desaster in Norwegen nur geschrumpft; es existierte noch immer. Es blieben ihm sein Haus in der Normandie, sein Porzellan, seine Gemälde, seine Wertpapiere, sein Gold. Dennoch empfand er Wut und Bitterkeit, ähnlich den Gefühlen, wie ein betrogener Liebhaber sie empfindet. Daher fürchtete er die Einsamkeit auf dem Lande. Der herrliche Pariser Frühling war ihm angenehmer.

Es bedurfte der Nacht des 10. Juni, damit er endlich aufbrach. Er hatte schlecht geschlafen; die Sirenen hatten ihn zweimal geweckt, und obwohl er sich nicht aus dem Bett gerührt hatte, war sein Schlaf gestört worden von diesem Geheul in der Stille, von den eiligen Schritten der Nachbarn im Treppenhaus, von den Kanonenschüssen ganz in der Nähe. Gegen Morgen schlief er ein und träumte, er suche etwas, er wußte nicht was, in einem unbekannten Haus, in dem die Türen schlugen, Stroh und Packpapier auf dem Boden lagen. Jemand rief ihm hinter der Tür zu, er solle sich beeilen, und er suchte verzweifelt nach einem sehr teuren, sehr kostbaren Wesen oder Objekt, und er fand es nicht, und er mußte fort, und er weinte im Traum. Die Angst in seinem Traum war so groß, daß er mit Herzklopfen aufwachte. Man berichtete ihm, was in der Nacht geschehen war, und seine Stimmung verdüsterte sich. Er mußte fort.

Auch in der Normandie fand er keine Ruhe mehr. Es war lächerlich, er wußte es. Welche Gefahr drohte ihm denn in dieser friedlichen Gegend? Im übrigen empfand er nicht Besorgnis, sondern eine Art Traurigkeit. Er fühlte sich alt, älter, als er war. Er war auf dieser Erde nicht mehr an seinem Platz. Kurzum, er war ein Überlebender, gehörte zu einer aussterbenden Art, mit seinen Gewohnheiten, seinen Neigungen, seinen Ansprüchen aus einer anderen Zeit. Etwas anderes war jetzt vonnöten, er wußte nicht, was. Vielleicht die Jugend? Aber er war nicht mehr jung. Er war nie jung gewesen.

Und so wartete er.

Er wartete nicht lange. Mit einem Sprung hatte der Krieg den friedlichen Schlupfwinkel von Monsieur Rose erreicht, so wie ein wildes Tier sich aufrichtet und aus dem Dickicht bricht. Wieder mußte er fort. Alles, was mit soviel Sorgfalt, soviel Mühe eingeräumt, aufgehängt, etikettiert, eingeschlossen worden war, das Silber, die Bücher, die Wertpapiere, das Gold, alles geriet durcheinander. Ein Teil wurde in der Erde vergraben, ein anderer ins Auto gepackt, und Monsieur Rose fuhr los.

»Wir hätten schon gestern aufbrechen sollen«, sagte Robert, der Chauffeur.

Monsieur Rose hatte ihn erst seit der Kriegserklärung in seinen Diensten; er hatte ihn statt des früheren angestellt, der eingezogen worden war. Es war ein schmächtiger, rothaariger kleiner Mann, von allen militärischen Verpflichtungen befreit. Er fuhr gut und schien kein allzu großer Dieb zu sein. Aber Monsieur Rose konnte ihn nur schwer ertragen und nur in Ermangelung eines Besseren: Robert sprach mit einem Vorstadtakzent und hatte lässige, wenn nicht gar ungezogene Manieren. Jetzt mißfiel er Monsieur Rose immer mehr. Er grummelte, zuckte die Achseln, antwortete fast grob.

Es wurde Abend. Monsieur Rose hatte Hunger. Er wunderte sich, daß er bei einem solchen Unheil noch ein so lebhaftes, so gesundes, so schlichtes Gefühl verspüren konnte.

»Sobald Sie ein Dorf sehen, halten Sie an«, sagte er dem Chauffeur.

Er sah lediglich Roberts Nacken, rote Haare unterhalb der blauen Mütze.

Robert antwortete nicht, aber seine großen roten Ohren bebten; sein Rücken schien sich zu krümmen, und sein Nacken wurde runzlig. Man wußte nicht, wie er es anstellte, aber von hinten gesehen und ohne ein Wort zu sagen, gelang es ihm, eine derartige Mißbilligung, eine derartige Ironie zum Ausdruck zu bringen, daß Monsieur Rose vor Zorn puterrot wurde und ausrief:

»Halten Sie sofort an!«

»Hier?«

»Ja, hier. Ich habe Hunger.«

»Und was wird Monsieur essen? Ich sehe kein Restaurant.«

»Ich sehe ein Gehöft. In Zeiten wie den unseren«, sagte Monsieur Rose traurig und streng, »ist es nicht angebracht, heikel zu sein.«

»Anhalten ist kein Kunststück«, höhnte Robert. Das Auto

steckte seit einer Stunde in einem heillosen Stau. »Schwer wird nur sein, wieder anzufahren.«

»Tun Sie, was ich Ihnen sage«, sagte Monsieur Rose. »Steigen Sie aus, und laufen Sie zu diesem Haus dort. Kaufen Sie, was Sie können, Brot, Schinken, Obst ... Ach ja, und eine Flasche Mineralwasser, ich sterbe vor Durst.«

»Ich auch«, sagte Robert.

Und seine Mütze über die Augen ziehend, stieg er aus.

›Den da‹, dachte Monsieur Rose, ›werde ich gleich morgen entlassen.‹

Gleich morgen ... Wo würde er morgen sein? Er wußte, daß sich an der Landstraße, nicht weit von hier, ein Flugplatz befand, und etwas weiter entfernt ein Lager, und noch weiter entfernt Eisenbahngleise, Brücken, große Fabriken. Es wurde Nacht. Jedes Stück Weg barg eine Gefahr. Man hatte ihm erzählt, daß Rouen brannte. Was war aus seinem Haus geworden? Er hatte es erst an diesem Morgen verlassen, er war ihm noch so nahe, und vielleicht war es nur noch Asche, aber, wie seltsam, in dem Maße, wie die Stunden vergingen, dachte er immer weniger an das, was er aufgegeben hatte. Wenn alles verloren war, na wenn schon! Es blieb das Leben. Er würde sein Leben retten. In solchen Augenblicken schrumpft die Zukunft auf schwindelerregende Weise. Er dachte nicht mehr an das nächste Jahr, den nächsten Monat, sondern an den nächsten Tag, an die bevorstehende Nacht, an die kommende Stunde. Darüber hinaus begehrte er nichts. Er hatte Hunger und Durst. Er wünschte nichts anderes als ein Stück Brot und ein Glas Wasser. Daß er nicht daran gedacht hatte, Verpflegung mitzunehmen! Er hatte an alles gedacht. Er hatte das Haus abgeschlossen, hatte Briefe und Geschäftspapiere geordnet, hatte seinen Frack nicht vergessen, auch nicht sein Rasierzeug und seine falschen steifen Kragen, aber er hatte nichts zu essen. Robert kam nicht wieder. Und das Haus schien unbewohnt zu sein. Waren denn alle geflohen?

Robert tauchte auf und sagte nur:

»Es ist niemand da. Keiner antwortet.«

»Wir versuchen es nachher noch mal, sobald wir ein Haus sehen.«

Lange kamen sie nicht vom Fleck. Schließlich setzte sich die Autoschlange in Bewegung. Monsieur Rose klopfte an die Scheibe.

»Hier, ich sehe ein Licht.«

Robert stieg aus. Monsieur Rose trommelte auf sein Knie die »Parade der kleinen Holzsoldaten«. Die Zeit verging. Robert kam mit leeren Händen zurück.

»Es gibt nichts.«

»Wie, nichts? Das Haus ist doch bewohnt.«

»Sie packen ihre Sachen.«

»Aber sie haben doch sicher ein Stück Brot oder Käse, Wurst, irgendwas zu essen?«

»Nichts«, wiederholte Robert. »Wenn Monsieur wüßte, was auf dieser Straße los ist ... Bis morgen werden wir nichts zu essen kriegen ... oder bis nächste Woche. Wenn Monsieur mir nicht glaubt, braucht er nur selber nachzusehen.«

Und schon stieg Monsieur Rose aus dem Auto.

»Ganz recht. Sie sind zu ungeschickt, mein Junge. Ich wette, Sie haben in schroffem, unfreundlichem Ton mit ihnen gesprochen – wie üblich. Die Leute sind keine Tiere, sapperlot! Man verweigert seinem Nächsten doch kein Stück

Brot, und außerdem bitte ich ja nicht um Almosen!« schloß er wütend.

Mühsam bahnte er sich einen Weg zwischen den dicht an dicht stehenden Wagen. Die Scheinwerfer waren ausgeschaltet; mit zurückgebeugtem Kopf beobachteten die Leute beunruhigt einen Schatten, der von Stern zu Stern huschte. War es eine Wolke? Ein feindliches Flugzeug?

Man meinte ein Motorengeräusch zu vernehmen, aber es war nur das dumpfe, stetige Rumoren, das aus dieser Menge zum Himmel aufstieg: Schritte, Stimmen, das Knirschen der Fahrräder auf dem steinigen Weg, tausend schwere, keuchende Atemzüge, manchmal das Weinen von Kindern. Monsieur Rose entfernte sich davon mit einem Gefühl der Erleichterung, wie wenn man aus einem Alptraum erwacht. Ihm schien, als wäre er wie durch ein Wunder mehrere Jahrhunderte in die Vergangenheit zurückversetzt worden, als befände er sich mitten in den großen Völkerwanderungen von damals; er empfand darob Entsetzen und Scham. Rascher, als er es in normalen Zeiten gekonnt hätte, stieg er den Weg zu dem Gehöft hinauf. Robert hatte nicht gelogen. In der Stube sah er zwei Frauen, die weinend Wäsche in eine ausgebreitete Decke warfen. Eine alte Frau stand zum Aufbruch bereit an der Türschwelle, zwei Kinder auf den Armen und zwei weitere an ihren Rock geklammert. Das Büffet in der Küche war offen und leer.

»Es gibt nichts, Monsieur, tut mir leid. Wir haben nichts mehr. Sehen Sie, es bleibt uns nur ein wenig Wurst für uns selbst und Milch für die Kinder. Das ist alles. Wir brechen gleich auf.«

Monsieur Rose entschuldigte sich, machte kehrt.

›Ich werde Mühe haben, Robert wiederzufinden‹, dachte er, als er von der hohen Böschung aus diesen schwarzen Strom langsam dahinfließen sah.

Alle Wagen ähnelten einander mit ihren auf dem Dach befestigten Matratzen. Sicherlich war das Auto ein wenig vorangekommen. Er erkannte es nicht mehr. Er machte ein paar Schritte und rief:

»Robert! Robert!«

Anfangs in gebieterischem, festem Ton, dann mit besorgter, dann entsetzter, dann flehender und schwacher Stimme. Niemand antwortete. Robert hatte ihn im Stich gelassen; er fuhr mit dem Auto, den Koffern, dem Silber, den Kleidern auf und davon.

»Schurke! Dieb!« brüllte Monsieur Rose kopflos.

Stolpernd rannte er auf der Böschung voran und suchte, er wußte nicht, was: eine Polizeiwache, einen Gendarmen, jemanden, bei dem er sich beschweren könnte, jemand, der ihn beschützen könnte. Aber es war niemand da. Die Leute flohen und kümmerten sich nicht um ihn.

Endlich ließ sich Monsieur Rose außer Atem ins Gras fallen. Er hob die Hand ans Herz, spürte sein Portemonnaie und beruhigte sich ein wenig. Es war, als fände er sein Fundament wieder. Er fühlte sich gefestigt, gestützt; er nahm seinen Platz in der Welt wieder ein.

›Ich muß ja nur eine einzige unbequeme Nacht verbringen. Gleich morgen werde ich Anzeige erstatten, und Robert wandert ins Loch. Auf keinen Fall kommt er über die Grenze. Und in Frankreich finde ich ihn überall.‹

Wichtiger war, in eine Stadt oder ein Dorf zu gelangen. Aber wie? Um ihn herum auf der Landstraße kamen die

Autos, die Laster, die Kleinwagen, die Motorradgespanne und die Karren nur langsam voran; man sah regelrechte Türme, zerbrechlich und schwankend, aus Paketen, Kisten, Kinderwagen und Fahrrädern. Nirgendwo blieb eine Stelle, wo man sich hätte hinsetzen oder festklammern können. Nein. Kein Platz für Monsieur Rose! Und schon zog die Menge der Fußgänger ihn mit.

»Nun, dann gehe ich eben zu Fuß, zum Teufel!« sagte er laut.

»Hat man Ihnen Ihren Wagen geklaut, Monsieur?« fragte ein junger Mann, der neben ihm ging. »Bei mir ist es mein Fahrrad ...«

Monsieur Rose antwortete zuerst nicht. Es war nicht seine Gewohnheit, sich mit Unbekannten in ein Gespräch einzulassen. Er betrachtete den jungen Mann, der sechzehn oder siebzehn Jahre alt war und so groß, so stramm, so kräftig wirkte, daß Monsieur Rose dachte: ›Er kann mir nützlich sein.‹

Kehrte man denn nicht zu den alten Zeiten zurück, in denen allein starke Muskeln und harte Fäuste etwas galten? Dieser junge Mann könnte Monsieur Rose helfen, ihm unter die Arme greifen, ihm etwas zu essen besorgen, eine Unterkunft für ihn finden.

Schließlich sagte Monsieur Rose:

»Ja, mein Chauffeur hielt es für witzig, sich aus dem Staub zu machen. Und Sie ...?«

»Ach, jemand hat mich gerufen und bat mich, ihm zu helfen, eine Panne zu beheben. Ich hatte das Rad im Straßengraben gelassen, und als ich zurückkam, war es weg. Zum Glück bin ich gut zu Fuß.«

»Ja, zum Glück. Kommen Sie von weit her?«

»Aus meiner Schule, fünfzig Kilometer von hier. Man hat uns alle nach Hause geschickt. Ich sollte mit einem der Lehrer gehen. Aber in letzter Minute gab es ein solches Durcheinander, daß ich ihn nicht finden konnte. Wir sind bombardiert worden. Da bin ich abgehauen.«

»Ihre Familie?«

»Sie sind auf dem Land, in der Nähe von Tours.«

»Und Sie wollen zu ihr?«

»Ja, im Prinzip ... Mit dieser Absicht bin ich losgeradelt, aber ich muß Ihnen sagen, Monsieur, daß ich meine Meinung geändert habe. Ich bin siebzehn. Auch ich kann dienen. Und wie ich schon am Anfang des Kriegs meinem Vater sagte, muß man jetzt wählen zwischen einem heldenhaften und einem bequemen Leben.«

»Die Wahl ist bereits getroffen«, murmelte Monsieur Rose bitter, während er über die Steine auf dem Weg stolperte.

Der junge Mann lächelte.

»Ja natürlich, Monsieur, in Ihrem Alter ist es hart. Aber ich möchte zur Truppe stoßen. In der Nähe von Orléans gibt es ein Feldlager, das weiß ich. Ich werde mich freiwillig melden. Alle Männer müssen kämpfen.«

»Wie heißen Sie, junger Freund?« fragte Monsieur Rose.

»Marc. Marc Beaumont.«

»Sie wohnen in Paris?«

»Ja, Monsieur.«

Eine Weile gingen sie schweigend weiter. Eine Stunde verging, dann noch eine. Es schien unmöglich zu sein, daß die Menge noch weiter anschwoll, und doch tauchten an allen Straßenkreuzungen Schatten auf, die sich den Flüchtlingen anschlossen und schweigend mitgingen. Denn es wurde wenig gesprochen; man beklagte sich nicht, man hörte weder Weinen noch Schreie. Instinktiv schonte jeder seinen Atem für den Marsch. Monsieur Roses schmerzende Füße trugen ihn kaum noch.

»Stützen Sie sich auf mich, Monsieur, haben Sie keine Angst, ich bin stark«, sagte der Junge, »Sie können nicht mehr.«

»Ich möchte mich gern ausruhen …«

»Wenn Sie wollen.«

Sie ließen sich in den Straßengraben sinken, und augenblicklich schlief der junge Mann ein. Monsieur Rose dagegen war in dem Alter, in dem die Müdigkeit den Geist aufreizt und den Schlaf verscheucht. Er rührte sich nicht und strich sich hin und wieder mit der Hand über die Augen.

»Was für ein Alptraum«, wiederholte er mechanisch, »was für ein Alptraum …«

Die Nacht verging schnell; im Juni sind die Nächte kurz. Am frühen Morgen machten sie sich wieder auf den Weg. Sie fanden nichts zu essen. Nirgendwo konnten sie unterkommen. Sie schliefen auf den Wiesen, am Rand der Landstraßen, in den Wäldern. Nach achtundvierzig Stunden hatte Monsieur Rose, der sich seit zwei Tagen weder gewaschen noch rasiert hatte, mit seiner grauen Wäsche, seinem zerknitterten Anzug, seinen staubigen Schuhen große Ähnlichkeit mit einem Clochard.

»Ich nehme an, wir werden bis in die Touraine so zu Fuß gehen«, sagte Marc Beaumont.

Monsieur Rose protestierte gereizt.

»Zu Fuß! Wir gehen nicht zu Fuß! Das ist lächerlich! Verfallen Sie nicht in die beklagenswerte Manie, die Situation zu dramatisieren, mein Junge. Später werden Sie Ihren Kindern sagen: ›Während des großen Debakels von 1940 bin ich zu Fuß von der Normandie bis in die Touraine gegangen.‹ In Wirklichkeit haben Sie nur einen Teil des Wegs zu Fuß zurückgelegt, einen anderen jedoch im Lastwagen oder im Auto, noch einen anderen mit dem Fahrrad und so weiter. Das Tragische im Reinzustand existiert nicht, lassen Sie sich das gesagt sein, es enthält immer Abweichungen, Abstufungen, Nuancen«, sagte Monsieur Rose. Dann fiel er hin und stand wieder auf, denn seine geschwollenen Knie machten ihm das Gehen immer schwerer.

Tatsächlich wurden sie gegen Abend von einem vorbeikommenden Lastwagen aufgelesen, der unter seiner nassen Plane Arbeiterinnen einer evakuierten Fabrik aus der Pariser Region Schutz bot. Es regnete; das eilig gespannte Tuch ließ das Wasser in die Kragen der Frauen rinnen. Sie hatten Klappstühle mitgenommen und saßen regungslos, unter dem Guß den Rücken krümmend, Pakete zu ihren Füßen, Kinder auf ihren Knien. Monsieur Rose und Marc Beaumont durften sich einen Klappstuhl teilen sowie einen Regenschirm, der bei jedem Holpern schwankte. Nach einigen Stunden mußten sie den Platz Kindern räumen, die man am Rand einer Wiese aufsammelte. Zum Glück regnete es nicht mehr. Sie marschierten wieder, schliefen wieder, fanden Eier in einem verlassenen Bauernhof, schlürften sie roh, schleppten sich weiter. In einem Dorf gaben Soldaten ihnen zu essen und sagten ihnen, sie sollten so schnell wie möglich verschwinden, weil es bald zum Kampf kommen werde. Sie wollten Marc nicht bei sich aufnehmen: »Es fehlt uns nicht an Männern, armer Junge, sondern an Gerät.«

Monsieur Rose und Marc zogen weiter.

Zumindest Marc konnte schlafen. Sobald er auf den Boden sank, überfiel ihn der Schlaf, aber Monsieur Rose fand zwischen zwei Alpträumen nur für kurze Augenblicke Ruhe und Vergessen. Er betrachtete seinen Gefährten mit großer Aufmerksamkeit. In manchem glich dieses Kind der armen Lucie Maillard. Er hatte ihn sogar nach dem Namen seiner Mutter gefragt, da er sich, er wußte nicht, warum, ein verwandtschaftliches Band zwischen ihnen vorstellte. Aber nein. Da gab es nichts. Nichts verband den lebenden Heranwachsenden mit dem toten jungen Mädchen, nichts als das durch ihre Jugend in Monsieur Rose geweckte Gefühl. Wie einst Lucie weckte Marc in ihm ein irritierendes Mitleid. Stets war Marc bereit, ein Kind zu tragen, ein heruntergefallenes Paket aufzuheben, seinen Teil der zufällig unterwegs gefundenen Nahrung abzugeben. Am fünften Tag verlor er seine Armbanduhr. Monsieur Rose spottete:

»Das ist bestimmt passiert, als Sie durch die Büsche liefen und nach der Tasche einer dieser Frauen suchten ... Wenn sie wenigstens hübsch gewesen wäre ... Eine alte Vettel ... So haben Sie sich auch Ihr Fahrrad stehlen lassen. Sie werden im Leben immer bestohlen werden.«

»O Monsieur«, sagte Marc, »da wäre ich nicht der einzige.«

Er lachte. Er konnte lachen. Er war abgemagert. Er war blaß. Er hatte Hunger. Aber er lachte noch immer.

»Was macht das schon, Monsieur?«

»Ein Fahrrad hätte Ihnen das Leben gerettet.«

»Oh, ich werde auch so zurechtkommen!«

»Ja, gewiß, gewiß ... Auch ich, hoffe ich, aber in welchem Zustand!«

Das Leben wurde mehr und mehr zum Alptraum ... Die Gaststätten, die Hotels, die Privathäuser hatten kein einziges Zimmer, kein einziges Bett mehr, keinen freien Quadratmeter Boden, nicht das kleinste Stück Brot. In Chartres wurde am Tor einer Kaserne Suppe an die Flüchtlinge ausgegeben, und Monsieur Rose weinte vor Freude, als er seine Portion erhielt.

Man ging nach Süden, in Richtung Loire. Es schien, als würde man nie ankommen. Eines Nachts wurde geschrien: »Rette sich, wer kann«, und es fielen Bomben. Marc und Monsieur Rose lagen auf dem Boden, im Schutz einer kleinen Mauer; mit seinen Fingernägeln wühlte Monsieur Rose die Erde auf, als wollte er sich in ihr verkriechen, sich in ihr verstecken. Plötzlich spürte er Marcs Hand auf seiner Schulter, eine feste und zarte, noch kindliche Hand, die ihm liebevoll und schüchtern kleine Klapse versetzte: so wie man auf dem Schulhof in den unteren Klassen einen Neuen ermuntert.

Das Flugzeug entfernte sich. Niemand war verletzt worden. Doch in der Ferne brannte ein Haus. Leise sagte Monsieur Rose:

»Es ist zuviel. Es ist zuviel für mich. Ich kann es nicht mehr aushalten.«

»Aber doch, Sie werden sehen, man gewöhnt sich sehr gut daran«, sagte Marc und bemühte sich zu lachen.

»Ach, Sie sind siebzehn. Mit siebzehn fürchtet man weder den Tod, noch liebt man das Leben! Ich aber will das meine retten, verstehen Sie. Ich bin arm, gebrechlich, alt, und die

Welt liegt in Trümmern, und doch will ich am Leben bleiben.«

Sie gingen wieder auf die Landstraße. Monsieur Rose sprach nicht mehr. Sie näherten sich der Loire. Sie wußten nicht mehr, wie lange sie schon marschierten. Sie mußten einen zweiten Luftangriff über sich ergehen lassen. Sie waren eine kleine Gruppe von Flüchtlingen, die sich aneinanderdrängten: Der Instinkt, der während eines Gewitters die Tiere einer Herde zusammentreibt, vereinte sie. Marc schützte Monsieur Rose mit seinem Körper. Er wurde verletzt. Monsieur Rose bekam nichts ab. Er verband seinen jungen Gefährten, so gut es ging, und wieder begann der Marsch. Endlich sahen sie die Brücken der Loire.

Plötzlich fiel Monsieur Rose hin.

»Ich kann nicht mehr laufen. Es geht nicht mehr. Lieber sterbe ich hier.«

»Auch ich kann nicht weiter«, sagte Marc.

Seine Wunde blutete. Er strauchelte bei jedem Schritt. Alle beide, der alte Mann und der Heranwachsende, blieben regungslos am Straßenrand sitzen, betrachteten die in der Sonne glitzernde Loire und den vorbeifließenden Strom der Flüchtlinge. Monsieur Rose fühlte sich ruhig, gleichgültig, von allem losgelöst, von seinem Besitz, seinem Leben. Mit einemmal richtete er sich wie elektrisiert auf. Jemand schrie. Jemand rief ihn bei seinem Namen:

»Monsieur Rose! Sind Sie es, Monsieur Rose?«

Er sah ein bekanntes Gesicht an einem Autofenster. Aber er konnte diesem Gesicht keinen Namen geben. Es schien aus einer anderen Welt aufzutauchen. War es ein Freund, ein entfernter Verwandter, irgendein Bekannter, ein Feind? Egal.

Es war ein Mann, der einen Wagen hatte. Überladen zwar wie alle anderen, voller Pakete, Frauen und Kinder, aber jedenfalls einen Wagen.

»Haben Sie einen Platz für mich?« rief er. »Mein Auto ist mir gestohlen worden. Ich bin seit Rouen zu Fuß unterwegs. Ich kann keinen Schritt mehr gehen. Nehmen Sie mich mit, um Himmels willen!«

Im Auto besprach man sich. Eine Frau rief aus:

»Unmöglich!«

Eine andere sagte:

»Die Loirebrücken werden gleich gesprengt. Dann können Sie nicht mehr rüber.«

Dann, sich zu Monsieur Rose beugend:

»Steigen Sie ein. Ich weiß zwar nicht, wie ... Aber steigen Sie ein.«

Monsieur Rose regte sich, stand auf, erinnerte sich dann an Marc:

»Auch für diesen jungen Mann hier einen Platz ...«

»Ausgeschlossen, armer Freund.«

»Ich werde ihn nicht zurücklassen«, sagte Monsieur Rose.

Er war so müde, daß seine Stimme ihm dumpf und fern in den Ohren klang wie die eines Fremden.

»Ist es ein Verwandter von Ihnen?«

»Nein. Aber er ist verwundet. Ich kann ihn nicht im Stich lassen.«

»Wir haben keinen Platz.«

Im selben Augenblick schrie jemand:

»Die Brücken! Die Brücken werden in die Luft fliegen!«

Das Auto fuhr los. Monsieur Rose schloß die Augen. Alles war zu Ende. Er hatte das Leben verloren. Warum? Wegen dieses Kindes, das ihm nichts bedeutete? Neben sich hörte er eine Frauenstimme schreien:

»Es sind Leute drauf! Die Leute! Die Wagen!«

In all dieser Verwirrung und diesem entsetzlichen Durcheinander war die Brücke zu früh in die Luft geflogen und hatte die Autos der Flüchtlinge mit sich gerissen, unter anderen auch jenes, in das Monsieur Rose nicht hatte einsteigen wollen.

Leichenblaß und zitternd sank er neben Marc nieder und begriff kaum, daß ihm soeben das Leben geschenkt worden war.

Bibliographische Angaben

Rausch« (»Les fumées du vin«) erschien 1934 in vier Teilen in der Zeitung *Figaro;* in Buchform 1934 in der Sammlung *Films parlés,* Éditions Gallimard, Paris.

»Sonntag« (»Dimanche«) erschien 1934 in der Zeitschrift *La Revue de Paris.*

»Aino« erschien 1940 in der Zeitschrift *La Revue des Deux Mondes.*

»Ein ehrbarer Mann« (»L'honnête homme«) erschien unter dem Pseudonym Pierre Némery am 30. Mai 1941 in der Zeitschrift *Gringoire.*

»Die Vertraute« (»La confidente«) erschien unter dem Pseudonym Pierre Némery am 20. März 1941 in der Zeitschrift *Gringoire.*

»Brüderlichkeit« (»Fraternité«) erschien am 8. Februar 1937 in der Zeitschrift *Gringoire.*

»Der Zuschauer« (»Le spectateur«) erschien am 7. Dezember 1939 in der Zeitschrift *Gringoire.*

»Der Unbekannte« (»L'inconnu«) erschien am 8. August 1941 in der Zeitschrift *Gringoire.*

»Monsieur Rose« erschien am 28. August 1940 in der Zeitschrift *Candide.*